btb

Buch

»In Gora Kalwaria gab es viertausend Juden. Vier sind geblieben«: Der untergegangenen jüdischen Welt Polens gilt Hanna Kralls besondere Faszination. Seit Jahren recherchiert sie unermüdlich in Polen, Israel und den USA, immer auf der Suche nach neuen Schicksalen, neuen Geschichten. Daraus sind tragische und schöne Erzählungen entstanden, die zum Eindrücklichsten gehören, was man je über die Opfer des Holocaust – die Toten wie die Überlebenden – gelesen hat.

Hanna Krall betrachtet die Welt durch die Lupe des Einzelschicksals, das für sie den Schlüssel zum Kosmos darstellt. So zum Beispiel im Falle der Frau, die 1944 eine Schwangerschaft vortäuscht, während sich die tatsächlich Schwangere, eine Jüdin, im Schrank verstecken muß. Eine andere Geschichte handelt von sechs Wehrmachtsoffizieren, die 1943 vor Leningrad auf ein Hitlerporträt schießen. Bei Hanna Krall gewinnen diese geschichtlichen Zufälle neue Dimensionen, blutige und erbarmungslose, biblische und sogar mythenhafte.

Tanz auf fremder Hochzeit erzählt lakonische Geschichten, raffiniert gebaut, aber fast im Stil einer Reportage – und doch treffen sie den Leser in der Seele und bleiben tief im Gedächtnis haften wie dichteste, intensivste Literatur.

Autorin

Hanna Krall wurde 1937 in Warschau geboren. Sie studierte Publizistik und arbeitet seit 1957 als Journalistin und Schriftstellerin. Für ihre Werke wurde sie u. a. mit dem Untergrundpreis der Solidarnosc (1985), dem Preis des Polnischen Pen-Club (1989) und dem Jeanette-Schocken-Preis der Stadt Bremen (1993) ausgezeichnet. Sie gilt als eine der bedeutendsten Gegenwartsautorinnen der polnischen Literatur.

Hanna Krall

Tanz auf fremder Hochzeit

Aus dem Polnischen
von Hubert Schumann

btb

Die polnische Originalausgabe erschien 1993
unter dem Titel »Taniec na cudzym weselu«
im Verlag BGW, Warschau

Umwelthinweis:
Alle bedruckten Materialien dieses Taschenbuches
sind chlorfrei und umweltschonend.

btb Taschenbücher erscheinen im Goldmann Verlag,
einem Unternehmen der Verlagsgruppe Bertelsmann.

1. Auflage
Genehmigte Taschenbuchausgabe August 1997
Copyright © 1993 by Hanna Krall
Copyright © der deutschsprachigen Ausgabe 1993
by Verlag Neue Kritik KG, Frankfurt am Main
Umschlaggestaltung: Design Team München
Satz: IBV Satz- und Datentechnik GmbH, Berlin
T.T. · Herstellung: Ludwig Weidenbeck
Made in Germany
ISBN 3-442-72181-4

INHALT

Die aus Hamburg 7

Bitte ganz kurz! 20

Ein Mann und eine Frau 34

Phantomschmerz 52

Porträt mit Kinnladensteckschuß 86

Bornstein-Straße, Obergasse 116

Tanz auf fremder Hochzeit 148

Die aus Hamburg

1.

Sie wohnten weit weg von hier und führten ein geselliges Leben: Sie durchtanzten den ganzen Karneval, liebten Pferderennen und wetteten gern, wenn auch ohne hohen Einsatz. Sie waren rührig und tüchtig. Er war Malermeister und hatte es zur eigenen Werkstatt gebracht. Die einfachen Arbeiten wie das Streichen von Wänden überließ er den drei Lehrlingen, sich selbst aber behielt er die Schilder vor, zumal dann, wenn sie viele Buchstaben trugen. Die Buchstaben waren seine Leidenschaft, ihre Formen verzückten ihn. Stundenlang konnte er sitzen und immer kunstvollere Formen entwerfen. Manchmal waren sie traurig, weil sie keine Kinder hatten, aber sie trösteten sich schnell: Sie hatten ja einander. Das ist alles lange her.

2.

Als der Krieg ausbrach, hatten sie eben die Dreißig überschritten.

Der Krieg veränderte ihr Leben nur insoweit, als sie

nicht mehr tanzen gingen und in ihrer Werkstatt neue Wörter auftauchten. Jetzt wurden Warnschilder bestellt. Erst auf polnisch: Uwaga! Zakaz Wjazdu! Dann auf russisch: Wnimanie! Wjesd Wosprestschon! Dann auf deutsch: Achtung! Zutritt verboten!

An einem Abend im Winter kam er mit einer fremden Frau nach Hause.

»Sie ist Jüdin. Wir müssen ihr helfen.«

Seine Frau fragte, ob sie im Treppenhaus auch niemand gesehen habe, und machte rasch ein paar Brote zurecht.

Die Jüdin war zierlich, hatte schwarze locken und sah trotz ihrer blauen Augen sehr jüdisch aus. Sie gaben ihr das Zimmer mit dem Kleiderschrank. (Schränke und Juden – vielleicht eines der wichtigsten Symbole unseres Jahrhunderts. Ein Jude im Schrank… Ein Mensch in einem Schrank… Mitten im 20. Jahrhundert, mitten in Europa.)

Sooft die Türglocke ging, kroch die Jüdin in den Schrank, und da ihre Gastgeber nach wie vor ein geselliges Leben führten, verbrachte sie darin viele Stunden. Zum Glück war sie vernünftig. Niemals kam es vor, daß sie hustete. Aus dem Schrank drang nicht das geringste Geräusch.

Die Jüdin redete nur, wenn sie angesprochen wurde, und auf Fragen antwortete sie knapp.

»Ja, war ich.«

»Rechtsanwalt.«

»In Belzec.«

»Wir kamen nicht dazu, wir haben erst kurz vor dem Krieg geheiratet.«

»Sie wurden verschleppt. Ins Lager, ich weiß nicht wohin…«

Sie erwartete kein Mitleid, im Gegenteil, sie wies es zurück. »Ich bin am Leben«, sagte sie, »und ich will am Leben bleiben.«

Sie sah Barbara, der Hausfrau, beim Waschen und beim Kochen zu. Einige Male versuchte sie, ihr zu helfen, stellte sich aber aufreizend ungeschickt an.

Jan, dem Hausherrn, sah sie zu, wenn er sich im Zeichnen seiner Buchstaben übte.

»Sie sollten etwas Interessanteres üben«, sagte sie eines Tages.

»Zum Beispiel?«

Sie dachte nach.

»Vielleicht das: Einst lebte Elon lanler liron Elon lanla bibon bon bon...«

Zum ersten Mal hörten sie die Jüdin lachen und hoben die Köpfe. »Was ist das?« fragten sie, und ausgelassen sprach die Jüdin weiter: »Einst lebte Liron elon lanler. Einst lebte Lanlanler auf der Welt... Seht nur, wie viele herrliche Buchstaben! Tuwim«, setzte sie erklärend hinzu. »Altfranzösische Ballade.«

»Zuviel L«, meinte Jan. »Aber Altfranzösisch kann ich ja mal schreiben.« Und er neigte sich über sein Zeichenblatt.

»Könnte diese Jüdin nicht lernen, Kartoffeln zu schälen?« fragte ihn am Abend seine Frau.

»Diese Jüdin hat einen Namen«, erwiderte er. »Sie heißt Regina.«

Eines Tages im Sommer kam Barbara vom Einkaufen nach Hause. Im Flur hing ein Jackett: Ihr Mann war etwas früher von der Arbeit gekommen. Die Tür zum Zimmer der Jüdin war abgeschlossen.

Eines Tages im Herbst sagte der Mann:

»Regina ist schwanger.«

Sie legte das Strickzeug vor sich hin und zog es glatt. Es war der Ärmel eines Pullovers, vielleicht auch der Rücken.

»Hör zu«, raunte der Mann, »laß dir bloß keine Dummheiten einfallen! Hörst du, was ich sage?«

Sie hörte es.

»Wenn nämlich etwas passiert…« Er beugte sich zu ihr herunter und flüsterte ihr direkt ins Ohr: »…wenn ihr nämlich etwas passiert, dann passiert das gleiche mit dir! Hast du mich verstanden?«

Sie nickte – sie hatte verstanden – und nahm ihr Strickzeug wieder auf.

Nach einigen Wochen ging sie in das Zimmer der Jüdin und nahm wortlos ein kleines Kissen vom Bett. Sie trennte die Naht auf und schüttelte einen Teil der Federn heraus. An beiden Seiten nähte sie Bänder an. Sie band sich das Kissen unter den Rock und steckte die Knoten vorsichtshalber mit Sicherheitsnadeln fest. Dann zog sie noch einen zweiten Rock darüber.

Nach einem Monat füllte sie Federn nach und klagte vor den Frauen der Nachbarschaft über Brechreiz.

Später halbierte sie ein Kopfkissen…

Der Bauch der Jüdin schwoll, Barbara stopfte ihr Kissen voller und machte den Rockbund weiter – den der anderen und den ihren.

Für die Niederkunft hatten sie eine Hebamme ins Vertrauen gezogen. Zum Glück ging es schnell, obwohl die Jüdin ein schmales Becken hatte und das Fruchtwasser schon einen Tag vorher abgegangen war.

Barbara zog die Kissen unterm Rock hervor, nahm das Kind in den Arm und machte mit ihm die Runde durch die Nachbarschaft. Die Frauen küßten sie voller Rührung.

»Endlich…«, sagten sie, »spät, aber der Herrgott hat euch erhört…« Und sie bedankte sich voller Freude und Stolz.

Am 29. Mai 1944 gingen Barbara und Jan mit dem Kind und einigen Freunden zur Kirche. (»Erzdiözese Lemberg, römisch-katholischen Glaubens, Marien-Magdalenen-Gemeinde…« stand auf dem Taufschein, den Pfarrer Szogun unterschrieb und mit einem ovalen Stempel versah: »Officium Parochia, Leopoli…« Inmitten des Siegels war ein Herz, aus dem die heilige Flamme schlug.) Am Abend gab es eine schlichte Feier. Wegen der Polizeistunde blieben die Gäste bis zum Morgen. Die Jüdin verbrachte die Nacht im Schrank.

Am 27. Juli 1944 wurde die Stadt von den Russen genommen.

Am 28. Juli war die Jüdin verschwunden.

Nun waren sie zu dritt: Barbara, Jan und das drei Monate alte Kind mit den blauen Augen und dem schwarzen Lockenflaum.

3.

Mit einem der ersten Transporte fuhren sie von Lemberg nach Polen.

Sie ließen sich in Tschenstochau nieder (ein Mann, der Regina aus der Vorkriegszeit kannte, hatte ihnen gesagt, sie habe dort entfernte Verwandte gehabt).

Kaum hatten sie eine Bleibe gefunden, setzte Jan den Koffer ab, legte das Kind nieder und rannte aus dem Haus.

Am nächsten Tag ging er schon im Morgengrauen fort.

Er suchte tagelang nach ihr. Er zog durch die Straßen, fragte bei den Behörden, erkundigte sich nach Wohnungen, in denen Juden lebten, hielt Leute an, die jüdisch aussahen... Er stellte die Suche erst ein, nachdem zwei Männer erschienen waren, die sich als Reginas Bevollmächtigte vorstellten. Sie boten eine hohe Summe und verlangten dafür das Kind.

»Unsere Tochter ist nicht zu verkaufen«, fertigten Barbara und Jan die Besucher ab.

Ihre Tochter war ein braves und sehr hübsches Mädchen. Der Vater verwöhnte sie. Er ging mit ihr zum Fußball, ins Kino und in die Konditorei. Zu Hause erzählte er, wie die Leute über die Schönheit des Kindes ins Schwärmen gerieten, vor allem über das Haar, das in Schillerlocken bis zum Gürtel fiel...

Als die kleine Hela sechs Jahre alt war, trafen Pakete ein. Der Aufgabeort war Hamburg, die Absenderin trug einen fremden, seltsamen Namen. – »Das ist deine Patentante«, erklärte Barbara. »Ich hoffe, daß sie keinen leichten Tod haben wird, aber schreibe du ihr einen Brief und bedanke dich schön.«

Anfangs mußte Hela noch diktieren, aber dann schrieb sie eigenhändig. – »Vielen Dank, liebe Tante. Ich bin in der Schule fleißig und träume von einem weißen Pullover, vielleicht aus Angora, aber noch lieber aus Mohair.«

Das nächste Paket brachte den Pullover, Hela war im siebenten Himmel, Barbara aber holte tief Luft und sagte: »Wenn es einen Gott gibt, wird sie keinen leichten Tod haben. Setz dich hin und schreibe ihr! Daß du bald Erstkommunion hast und weißer Taft nicht übel wäre.«

Manchmal steckten Geldscheine in den Paketen. Briefe gab es nie. Einmal lag zwischen Schokoladentafeln ein Foto. Es zeigte eine dunkelhaarige Frau in schwarzem Kleid, um die Schultern einen langen hellen Pelz.

»Ein Silberfuchs«, stellte Barbara fest. »Ganz arm ist sie nicht.« Aber genauer konnten sie nicht hinsehen, denn der Vater riß ihnen das Foto aus den Händen und versteckte es irgendwo.

Hela mochte das Entzücken des Vaters nicht. Es war ihr lästig. Sie machte Schularbeiten oder spielte mit Freundinnen, er aber hockte da und sah sie an. Dann nahm er ihr Gesicht in beide Hände und sah sie wieder an. Und dann kamen ihm die Tränen.

Er hörte auf, kunstvolle Buchstaben zu zeichnen.

Er fing an zu trinken.

Er weinte immer öfter, trank immer mehr, und dann starb er. Aber ehe er starb – einige Monate vor seinem Tod –, fuhr Hela nach Frankreich. Sie war fünfundzwanzig Jahre alt und eine Freundin hatte sie eingeladen, damit Helas von der kürzlichen Scheidung zerrütteten Nerven zur Ruhe kamen. Strahlend, den Paß in der Hand, kam sie nach Hause. Der Vater war betrunken. Er sah sich den Paß an und nahm sie in den Arm. – »Mach in Deutschland Station«, sagte er. »Besuche deine Mutter.«

»Meine Taufpatin«, verbesserte Hela.

»Deine Mutter«, beharrte der Vater.

»Meine Mutter sitzt hier und raucht eine Zigarette!«

»Deine Mutter wohnt in Hamburg«, sagte der Vater und brach in Tränen aus.

4.

In Aachen stieg sie um.

Um sieben Uhr früh war sie in Hamburg. Sie ließ den Koffer auf dem Bahnhof und kaufte einen Stadtplan. In einer Grünanlage wartete sie bis neun Uhr, dann klingelte sie an der Tür eines großen Hauses in einem ruhigen vornehmen Viertel.

»Wer ist da?« fragte jemand hinter der Tür.

»Hela.«

»Wer?«

»Hela. Mach auf!«

Die Tür ging auf, und auf der Schwelle erschien sie selbst, Hela, mit schwarzem, hochgestecktem Haar, blauen Augen und einem kräftigen Kinn. Es war Hela, nur sonderbar gealtert.

»Warum bist du gekommen?«

»Um dich zu sehen.«

»Wozu?«

»Ich wollte meine Mutter sehen.«

»Wer hat es dir gesagt?«

»Vater.«

Das Hausmädchen brachte Tee. Sie saßen im Eßzimmer, die weißen Möbel waren mit Blümchen bemalt.

»Es stimmt, ich habe dich zur Welt gebracht«, sagte die Mutter.

»Ich mußte es. Ich mußte mir alles gefallen lassen.

Ich wollte leben.

Ich will nichts mehr von deinem Vater wissen.

Ich will nichts mehr von jenen Zeiten wissen.

Und von dir will ich auch nichts wissen.

(Sie ließ Helas Schluchzen, das immer lauter wurde, unbeachtet und wiederholte immer dieselben Sätze.)

Ich hatte Angst.

Ich mußte leben.

Du erinnerst mich an diese Angst.
Ich will nichts mehr davon wissen.
Komm nie wieder her.«

5.

Hela heiratete ein zweites Mal, dieses Mal einen Österreicher, einen ruhigen, etwas langweiligen Hotelwirt aus der Gegend von Innsbruck.

Am Todestag des Vaters fuhr sie nach Polen und ging mit der Mutter zum Friedhof (Mutter sagte sie zu Barbara; die Frau, die sie geboren hatte, nannte sie »Die aus Hamburg«). Nachher tranken sie Tee, und Barbara sagte:

»Wenn ich tot bin, findest du alles in dem Schubfach mit den Deckeln.«

Hela verwahrte sich heftig gegen solche Reden. Dann erzählte sie, daß sie schwanger sei und Angst vor der Niederkunft habe.

»Da brauchst du überhaupt keine Angst zu haben!« rief Barbara. »Ich war älter als du und noch schmaler, und das Fruchtwasser ist zu früh abgegangen, und ich habe dich trotzdem ohne Komplikationen zur Welt gebracht.«

Hela erschrak, aber Barbara benahm sich ganz normal.

»Soll ich Die aus Hamburg benachrichtigen, wenn es soweit ist?«

»Mach, was du willst... Mir hat diese Frau großes Unrecht getan, aber du kannst das halten, wie du willst. Mein Gott, wie glücklich waren wir ohne sie, wie fröhlich...«, sagte Barbara gedankenverloren. »Ohne sie wären wir glücklich geblieben bis ans Ende unserer Tage...«

Ohne sie hättest du mich nicht gehabt, dachte Hela,

15

aber das konnte sie der Mutter nicht sagen, die sie ohne Komplikationen geboren hatte, obwohl sie älter und schmaler gewesen war.

6.

In dem Schubfach, das Hela nach Barbaras Beerdigung aufzog, lagen zwischen den Topfdeckeln zwei große Umschläge. In dem einen steckte ein Bündel Hundertmarkscheine, im anderen ein Heft mit den Rubriken »Datum« und »Betrag«. Barbara hatte jeden Geldschein, der aus Hamburg gekommen war, aufbewahrt und sorgfältig notiert.

Hela kaufte von diesem Geld einen langen Silberfuchs und ließ sich dazu ein schwarzes Kleid nähen. Es zeigte sich aber, daß der Pelz schlecht präpariert war, Haare und Farbe ließ und ohnedies zu Schwarz überhaupt nicht paßte.

7.

Einige Monate nach der Heirat hatte sie ihrem Mann von den beiden Müttern erzählt. Sie konnte noch kein Deutsch. Sie wußte die Worte »Schrank« und »Kissen«, und »verstecken« hatte sie ebenso im Wörterbuch gefunden wie »Angst«.

Als sie es zum zweiten Mal, ihrem zwanzigjährigen Sohn erzählte, wußte sie schon alle Wörter. Dennoch konnte sie ihm keine Antwort auf ein paar selbstverständliche Fragen geben: Warum hat Großmutter Barbara den

Großvater nicht verlassen? Warum ist Großmutter Regina ohne dich fortgegangen? Hat Großmutter Regina dich überhaupt nicht lieb?

»Ich weiß es nicht«, sagte sie immer wieder. »Woher soll ich das alles wissen...«

»Nimm das Wörterbuch«, riet ihr Mann.

8.

Zweiundzwanzig Jahre waren seit dem ersten Gespräch vergangen, als Die aus Hamburg Hela für einige Tage einlud. Sie zeigte ihr alte Fotografien und spielte auf dem Klavier Mazurken von Chopin (»Der Krieg hat meine Ausbildung am Konservatorium unterbrochen«, sagte sie und seufzte). Sie rezitierte Gedichte von Julian Tuwim und erzählte von ihren Ehegatten. Zweimal war sie nach dem Krieg verheiratet gewesen, Kinder hatte sie keine, aber beide Ehemänner hatten sie vergöttert. – »Und wie ist deiner?« fragte sie.

Hela sagte, ihre zweite Ehe sei eben am Zerbrechen.

»Er hat neue Hotels hinzugekauft... Nachts kommt er nicht heim... Er sagt, ich solle mir ein neues Leben aufbauen...«

Es war nicht nur Die aus Hamburg, der sie das erzählte, es war auch die Mutter, aber Die aus Hamburg schrak zusammen.

»Verlaß dich nicht auf mich! Jeder muß allein durchkommen. Man muß lernen durchzukommen. Ich habe es gelernt, und du wirst es lernen müssen...«

»Du bist dank meiner Eltern durchgekommen«, erinnerte Hela.

»Dank deiner Mutter«, stellte Die aus Hamburg richtig.
»Einzig und allein dank ihr. Sie brauchte ja nur die Tür
aufzumachen und ein paar Schritte zu gehen. Auf der anderen Seite der Straße war ein Wachposten. Es ist kaum
zu fassen, daß sie die Tür nicht aufgemacht hat. Ich habe
mich gewundert, daß sie es nicht tat. Hat sie etwas über
mich gesagt?«

»Sie sagte, wenn du nicht gewesen wärest…«

»Ich mußte. Ich wollte leben.«

Sie fing an zu beben, und aus ihrem Mund kam es immer schneller und schriller:

»Ich hatte Angst.

Ich mußte.

Ich wollte.

Komm nie wieder her…«

9.

»Was wollen Sie eigentlich?« fragte der Rechtsanwalt,
den sie nach ihrer Rückkehr aus Hamburg aufgesucht
hatte. »Ihre Liebe oder ihr Vermögen? Was ersteres angeht, so ist meine Kanzlei dafür nicht zuständig. Im Falle
des Vermögens steht es nicht weniger schwierig. Vor allem wäre zu beweisen, daß sie tatsächlich Ihre Mutter ist.
Haben Sie Zeugen dafür? Nein? Na sehen Sie. Man hätte
eine Erklärung von Frau Barbara S. protokollieren und
notariell beglaubigen lassen müssen. Jetzt bleibt lediglich
eine Blutprobe… Sind Sie entschlossen, vor Gericht zu
gehen? Nein? Wozu haben Sie dann eine Anwaltskanzlei
aufgesucht?«

10.

»Zu welcher gehörst du denn nun? Und wer bist du?«
fragte sie der Sohn.

»Ich bin deine Mutter«, sagte sie, obwohl sie der Pointe
wegen hätte sagen sollen:

»Ich bin die, die überlebt hat.«

Aber solche Antworten gibt es nur in amerikanischen
Romanen.

Bitte ganz kurz!

1.

Es war an einem Freitagnachmittag. Auf dem Flughafen von New York waren Passagiere aus Warschau gelandet, darunter eine Gruppe, die aus einem Dutzend älterer, ermüdeter Frauen und einem Mann bestand. Die Luft war heiß und wie zum Schneiden. Die Frauen schwitzten. Uniformierte Schwarze plazierten sie hinter einem auf den Boden gezogenen weißen Strich und stellten ihnen Fragen. Die Frauen konnten kein Englisch. Da erschien ihr amerikanischer Betreuer: ein junger Rabbiner mit einem kurzen schwarzen Bart, in einem eleganten Anzug und einer Jarmulke aus Atlas. Er erklärte den uniformierten Schwarzen, wer die Frauen waren und warum sie in die USA gekommen waren. Gleich nach dem Rabbiner erschienen Fernsehkameras, Scheinwerfer flammten auf. Der Mann, der mit aus Warschau gekommen war, stand wie geblendet. Er wurde von Reportern umringt und von weinenden Menschen umarmt. Im Flugzeug hatte der Mann erzählt, er sei Kräuterkenner und heile dreißig verschiedene Krankheiten mit einer einzigen Mixtur aus Kräutern, die er aus dem Gebirge kommen lasse. Jetzt kam an den Tag, daß er, bevor er Kranke kurierte, jüdische Kinder gerettet hatte. Drei von ihnen umarmen ihn weinend.

Es dunkelte, und der Rabbiner machte sich Sorgen, daß die Ankömmlinge nicht bis zum Sabbat an Ort und Stelle gelangten.

»Am Sabbat darf man nicht reisen«, erklärte er seinen Schützlingen, in Verlegenheit gebracht von deren Unkenntnis. Er rief Bekannte an, die in der Nähe des Flughafens wohnten. Sie kamen mit dem Auto und brachten die Gäste zu sich nach Hause.

Es waren normale jüdische Häuser, in denen das Sabbatmahl gerichtet wurde. Es roch nach gekochtem Fisch und Hühnerbrühe. Auf weiß gedeckten Tischen standen Kerzen in Silberleuchtern.

Die Gäste fanden sich ein: Söhne, Töchter, Enkel, Schwestern mit ihren Männern und Kindern, entferntere Verwandte. Ins Haus zogen Fröhlichkeit und Stimmengewirr.

Die Hausfrauen segneten die entzündeten Kerzen, die Hausherren sprachen das Gebet. Die Eltern brachten die Kinder zum Schweigen, und man griff zu den Schüsseln. Die Frauen aus Polen wurden voller Wohlwollen und ohne Neugierde betrachtet. Man wußte, daß sie den Krieg überlebt hatten und in New York an einem Treffen teilnehmen sollten. Die Frauen aus Polen lobten die Speisen, dankten für die Bewirtung und suchten ihre Schlafzimmer auf. – »Sieh mal an«, sagte eine zu einer anderen, »wieviel Großväter man haben kann, wieviel Enkel und Cousins! Auch ich könnte mit meinen Brüdern so am Tisch sitzen...« – »Geh schlafen«, sagte die andere, aber sie lagen wach bis zum Morgen.

2.

Tags darauf lud der Rabbiner die Gäste zu sich nach
Hause ein und sagte: »Ich kenne euch nicht, und ihr kennt
einander auch nicht. Soll doch eine jede etwas von sich erzählen. Ganz kurz, in wenigen Sätzen, damit wir uns etwas kennenlernen.«

Es wurde still. Die Frauen dachten über eine bündige
Antwort nach.

Der Rabbiner lächelte: »Nur ganz kurz, ein paar
Sätze...«

Die Frau, die neben ihm saß, dachte noch einen Augenblick nach und sagte dann:

»Wir hatten kein Versteck mehr, uns war alles egal, und
die Eltern beschlossen, Schluß zu machen. Mein Vater,
der ein guter Schwimmer war, ging zu den Bahngleisen,
um sich vor einen Zug zu werfen. Mutter warf mich von
der Poniatowski-Brücke in die Weichsel und stürzte sich
hinterher. Sandwäscher haben uns gesehen. Sie zogen
mich heraus und streckten Mutter ein Ruder hin. Sie stieß
es weg und rief, sie sollten uns nicht helfen, wir seien Juden. Sie zogen sie mit Gewalt heraus, brachten uns in ein
Haus und trockneten uns. Dann fanden sie gute Menschen, bei denen wir den Krieg überlebt haben.«

Der Rabbiner bat die nächste Frau: »Ein paar Sätze...«

»Ich bin aus Wegrów, das ist ganz in der Nähe von Treblinka. Die Juden aus Wegrów gingen zu Fuß nach Treblinka, und meine Mutter ließ mich in einem Kissen mitten auf einem Gehsteig zurück. Dort lag ich drei Tage, niemand nahm mich auf, keiner wagte sich heran, die ganze
Stadt wußte, daß da ein Judenkind lag. Nahrung bekam

22

ich von einem deutschen Gendarmen. Er kam mehrmals am Tag mit einer Flasche Milch und erklärte, er könne mich nicht umkommen lassen, denn er habe zu Hause selber ein Kind von zwei Monaten. Am vierten Tag holte mich eine Frau dort weg, die keine Kinder hatte. Jemand benachrichtigte die Deutschen. ›Frau Ruszkowska‹, sagten die Nachbarn, ›denken Sie sich schon mal eine Ausrede aus, denn Sie werden gleich abgeholt!‹ Frau Ruszkowska floh mit mir aufs Dorf, und dort hielten wir uns bis zum Kriegsende versteckt.«

Der Rabbiner bat die nächste.

»Meine Eltern haben mich zwischen Zamosc und Zwierzyniec aus dem Zug geworfen. Der Zug fuhr ins Lager. Die Hunde eines Waldhüters fanden mich im Gebüsch. Ich hatte einen Zettel bei mir: ›Aida Seidmann, geboren in Zamosc, Tochter von Henryk und Ida Seidmann.‹ Der Waldhüter hieß Jakub Kryk und nahm mich zu sich nach Hause. Wir wohnten im Wald. Die Tochter des Waldhüters hat mich adoptiert und wurde meine Mutter.«

Der Rabbiner lauschte den Worten der englischen Dolmetscherin. Er sagte nicht mehr »Ein paar Sätze« oder »Nur ganz kurz!«.

Er war ein junger Mann und erinnerte in nichts an die Rabbiner, die es in Wegrów oder in Zamosc gegeben hatte. Von ihnen heißt es beim älteren der Singers, sie hätten beim Reden mit den Armen gefuchtelt, zerzauste Bärte gehabt und nach Schweiß, Machorka, dem Leder der Tefilim, Honig und hausgebackenem Kuchen gerochen. Die amerikanischen Rabbiner duften nach After Shave und nicht nach Schweiß oder Kuchen.

Der nach After Shave duftende Rabbiner mit dem sorgfältig gestutzten Bart lauschte den kurzen Geschichten der Frauen aus Węgrów und Zamosc.

»Ich stamme aus Konin. Ich hielt mich in einem Dorf versteckt, meine Eltern aber saßen in einem vermauerten Versteck in Warschau. Bei ihnen war ein Jude, dessen Frau auf der arischen Seite wohnte. Ein Pole, Herr Leszek, verliebte sich in sie. Er war eifersüchtig auf den jüdischen Ehemann und zeigte ihn mitsamt dem ganzen Versteck an. Meine Mutter sah die Deutschen und Herrn Leszek durch den Türspion und floh über die Küchentreppe zu den Nachbarn. Sie hörte Schüsse. Der Mann, bei dem sie untergekommen war, sagte, einer der Juden habe einen Deutschen aus dem Fenster geworfen und sich selber hinterhergestürzt, er liege auf dem Hof, die Gestapo sei schon da und auch die polnische Polizei. Meine Mutter dachte sich, daß Vater den Deutschen hinuntergeworfen hatte und nun auf dem Hof lag. Sie lief hinunter und sagte zu dem Sergeanten der Polizei: ›Das ist mein Mann, erschießen Sie mich auf der Stelle!‹ Der Polizist stieß sie in die Müllgrube, holte sie am Abend zu sich nach Hause und gab ihr Papiere. Wir haben beide überlebt.«

»Ich bin 1943 in Garwolin geboren. Meine Mutter war groß und blond, sehr schön und elegant. Ich war klein und schwarz, und Mutter nahm mir das übel. Sie hatte recht, wir paßten überhaupt nicht zueinander. Im Jahre 1986 hatte Mutter einen Schlaganfall und konnte nicht mehr sprechen. Sie fing einen Satz an und konnte dann nur noch stammeln. Der Satz begann immer: Baska, wir müssen noch ... Ich versuchte, ihr vorzusagen, was wir noch mußten: Renovieren, Geld besorgen, etwas wegen ihrer Krankheit erledigen? Jedesmal schüttelte sie den Kopf. Nach sechs Wochen starb sie, ohne gesagt zu haben, was wir noch mußten. Nach der Beerdigung nahm ich ihr Notizbuch und schrieb an alle Adressen, die ich dort vorfand, die gleichlautende Mitteilung: ›Meine Mutter Leokadia Kujawiak ist am... in Warschau verstorben.‹ Am 1. Januar rief eine Frau aus Schweden an. Sie wünschte mir alles Gute zum Neuen Jahr und sagte: ›Leokadia war nicht deine Mutter, ein andermal werde ich dir alles erzählen...‹, und legte den Hörer auf. Dann kam ein Brief aus Israel. Er enthielt kein Wort an mich, sondern die Kopie eines Briefes, den meine Mutter vor fünfzehn Jahren geschrieben hatte. Ich erkannte ihre Handschrift. Rede ich jetzt schon zu lange?«

Der Rabbiner schüttelte den Kopf.

»In dem Brief schrieb meine Mutter, daß sie mich aus dem Krankenhaus von Garwolin geholt hat. Ich war ein jüdisches Kind. Wer die Adressatin des Briefes war, weiß ich nicht. Sie hat sich nie wieder bei mir gemeldet. Das ist alles.«

Der Rabbiner bat die nächste Frau um ihre Geschichte.

3.

Am Tag darauf begann in Manhattan, im Hotel Mariott, ein internationales Treffen von Personen, die während des Zweiten Weltkrieges als jüdische Kinder versteckt waren: »The First International Gathering of Hidden Children During World War II«. Es kamen ungefähr zweitausend Personen, alle etwa im selben Alter – um die Fünfzig. Die Männer locker und ungezwungen, die Frauen schlank, in seidenen Kleidern, alle sichtlich successful.

»Wir sind unter fremden Namen und in einer fremden

Religion aufgewachsen«, sagte die Frau, die die Veranstaltung eröffnete. »Bis heute wissen wir nicht, wie wir wirklich heißen. Weil wir so sehr gern wie alle anderen sein wollten, haben wir geschwiegen. Wir haben im Beruf Erfolg gehabt und Familien gegründet. Wir haben uns nie beklagt – bei wem hätten wir es auch tun sollen…«

Vor zwei Jahren hatte eine Zeitung aus Los Angeles einen Leserbrief abgedruckt. Eine Leserin schrieb, sie sei als Kleinkind aus dem Ghetto gebracht und von einer polnischen Familie versteckt worden, sie wisse nicht, wer sie sei, sie habe zu niemandem auch nur ein Wort darüber verloren, nicht einmal zu ihrem Mann. Sie wüßte gern, ob es Menschen mit ähnlichen Schicksalen gebe. Wenn ja, bitte sie um einen Anruf.

In der ersten Woche riefen sechzig Personen aus den USA an. Juden, die in ihrer Kindheit von Christen versteckt worden waren – von Polen, Tschechen, Jugoslawen, Franzosen und Belgiern. Danach meldeten sich Leute aus Europa. Sie tauschten Adressen aus…

»Wir haben beschlossen, uns zu treffen und zu reden«, schloß die Frau, die das Treffen im Hotel Mariott eröffnete, ihre Rede. »Das erstes Wort soll denen gelten, die uns gerettet haben: Dziekuje. Thank you. Merci. Spassibo. Dankuwel…«

4.

In der Hotelhalle taucht eine Tafel mit Zettelchen auf. Mit jeder Stunde wurden es mehr, und alle fingen an mit »Ich suche…« Darauf folgten Informationsfetzen – Vornamen ohne Familiennamen und Daten mit Fragezeichen.

Auch die Tochter von Leokadia Kujawiak heftete einen Zettel an die Tafel. »Ich suche meine Mutter E. A. Zajdler, geb. Szapiro.« Das »E. A.« und die beiden Nachnamen hatte sie im Brief ihrer Mutter gefunden, dessen Kopie sie aus Israel bekommen hatte. Sie fühlte sich versucht, den ganzen Brief an die Tafel zu heften, fand aber dann doch, daß er zu lang sei.

»Sehr verehrte Dame!« hatte Leokadia K. geschrieben. »Wie haben Sie mich aufgefunden? Es ist eine sehr alte Geschichte von vor achtundzwanzig Jahren, aus dem Jahre 1943. Diese Geschichte kenne nur ich, ein bereits verstorbener Arzt und Frau Zajdler selbst, die ich nur einmal gesehen habe, als sie kam und das Kind küßte. Ich lag im Krankenhaus in Garwolin. Am 26. Dezember 1943 hatte ich eine Tochter geboren, die gleich nach der Geburt starb. Ich war dem Wahnsinn nahe, als der Arzt mir sagte, ich könnte keine Kinder mehr bekommen. Meine Verzweiflung kannte keine Grenze. Da brachte der Arzt ein Kind und legte es mir an die Brust. Er sagte, ich solle es stillen, die Mutter habe keine Milch... Am vierten Tag rief mich der Arzt, ein alter Mann, in sein Zimmer und fragte, ob ich die Kleine behalten wolle. Er sagte mir, die Leute seien Juden, aber sehr anständig und ehrenwert. Natürlich war ich sofort einverstanden... Frau Zajdler kam, gab dem Kind und mir einen Kuß und bat, ich solle es hegen wie das eigene... Das Kind solle Barbara heißen, und sie gab mir ein Kärtchen mit der Aufschrift ›E. A. Zajdler, geborene Szapiro‹. Sie war eine hübsche, zierliche schwarzhaarige Frau. Sie flehte mich an, das einzige Andenken anzunehmen, das sie bei sich hatte. Es war eine Damenuhr, eine Cyma, in einem goldenen Gehäuse. Aus dem Gehäuse habe ich für Barbara einen Ring machen lassen. Die

27

Tochter trägt meinen Familiennamen. Sie weiß nichts von alledem. Wenn Sie vielleicht Frau Zajdler sind, dann bitte ich Sie, möglichst diskret Kontakt zu mir aufzunehmen, damit wir beraten können, wie wir die Sache erledigen. Ich verstehe das Herz der Mutter, die ich gesehen habe, aber ich bitte Sie, auch mich als Mutter zu verstehen. Ich war immer der Hoffnung, daß Frau Zajdler nicht mehr am Leben ist und ich der Tochter erst alles sagen müßte, wenn ich im Sterben liege. Hochachtungsvoll Leokadia Kujawiak.«

Vor der Reise nach New York hatte Barbara Kujawiak das Jüdische Historische Institut aufgesucht. In der Kartei der Überlebenden fand sich unter den Häftlingen von Bergen-Belsen eine Esther Zajdler. Sie überlegte, ob sie an das Internationale Rote Kreuz schreiben und um die Adresse bitten sollte. Ihr Mann fragte sie, ob sie das Recht habe, den Frieden einer alten Frau zu stören. Sie stimmte ihm zu, schlug aber im Warschauer Telefonbuch nach und fand sechs Zajdlers. Sie rief alle an und erzählte sechsmal ihre Geschichte. Die Leute hörten einen Moment zu, dann fielen sie ihr ins Wort – »Nein, nein, damit haben wir nichts zu tun« – und legten den Hörer auf.

Sie begann ihr Leben zu analysieren.

Als sie an Krebs erkrankte, kaufte sich die Mutter ein schwarzes Kleid. »Wo finde ich denn etwas Schwarzes, wenn Barbara etwas passiert...«, sagte sie zur Nachbarin.

Sie dachte darüber nach, ob Leokardia K. sich ein schwarzes Kleid gekauft hätte, wenn sie ihre richtige Mutter gewesen wäre. Sie glaubte, ja. Die Geschäfte waren leer, es herrschte eine Krise, die Mutter hatte sich ganz vernünftig verhalten.

Im Krankenhaus zerrte die Mutter sie mit der gesunden

Hand an den Haaren, aber der Arzt sagte, eine solche Aggression gegen die nächsten Angehörigen sei ganz charakteristisch für Menschen nach einem Schlaganfall.

»Gib endlich Ruhe«, sagte ihr Mann, »du verrennst dich bloß wieder in eine Krankheit.« Sie gab Ruhe, erzählte aber alles einer amerikanischen Journalistin. Der Artikel erschien im »Wall Street Journal«. Am ersten Tag des New Yorker Treffens kam eine junge Frau zu ihr. Sie interessierte sich nur für die Cyma-Uhr, die Frau Zajdler damals Leokadia K. gegeben hatte. Wie sie aussah und ob etwas eingraviert war. »Das ist eine andere Uhr«, sagte sie traurig, »bitte entschuldigen Sie«, und ging fort.

5.

Nachmittags fanden Beratungen in Arbeitsgruppen statt. Die Themen lauteten: »Wessen Kind bin ich?« – »Was bin ich eigentlich, Jude oder Christ?« – »Kann man sich nach alledem mit Gott verständigen?« – »Die Einsamkeit der Überlebenden und ihr Schuldgefühl« – »Die Angst vor der Erinnerung« – »Ich halte mich weiterhin versteckt« – und so weiter.

6.

Zu den Frauen aus Polen kam ein älterer Mann und fragte, ob jemand aus Zamosc unter ihnen sei.

»Ja«, sagten sie und riefen die Frau, die die Hunde des Waldhüters im Gebüsch gefunden hatten.

Der Mann sah sie prüfend an.

»Sie erinnern mich an jemanden… Sie erinnern mich an den Rechtsanwalt Seidmann.«

»Henryk Seidmann?« vergewisserte sie sich.

»Ja, Henryk.«

»Das war mein Vater.«

»Na, so etwas!« rief der Mann erfreut. »Er hat unsere Vermögensangelegenheiten betreut. Als mein Vater sich mit meinem Onkel zerstritten hatte, hat Rechtsanwalt Seidmann…«

»Was wünschen Sie von mir?« unterbrach sie ihn.

»Nichts, ich wollte nur mit jemandem reden, der aus Zamosc ist. Was ist mit der übrigen Familie? Sind die Brüder am Leben?«

»Ich hatte Brüder?«

»Was für eine Frage! Sie hatten zwei Brüder und eine Schwester. Moment, wie hieß doch gleich der ältere…«

Die Frau preßte die Hand auf die Brust.

»Entschuldigen Sie…«, flüsterte sie und wandte sich zum Gehen. Der Mann wollte ihr folgen.

»Warten Sie doch! Mir sind die Namen Ihrer Brüder eingefallen…«

Sie blieb stehen und entgegnete wütend:

»Mein Herr, ich habe eine geschiedene Tochter. Ich habe drei Enkelkinder. Ich werde von ihnen gebraucht. Einen Infarkt hatte ich schon. Ich kann nicht an Herzversagen sterben, nur weil mir jemand unbedingt sagen muß, wie meine Brüder hießen…«

7.

Die Frauen aus Polen wohnten im Studentenheim eines Seminars für jüdische Geistliche. Dort gab es koschere Kühlschränke, für Milch und für Fleisch. Die Gastgeber waren überaus freundlich, regten sich nur auf, wenn die Gäste ihre unkoscheren Speisen in die Kühlschränke stellten. »Wenn ihr nicht wißt, ob etwas koscher ist oder nicht, dann fragt doch vorher«, sagten sie immer wieder verzweifelt.

Die Frauen aus Polen konnten die Sabbatlichter nicht segnen.

Sie konnten nicht in der Synagoge beten.

Sie trugen keine seidenen Kleider, ganz zu schweigen von den in Lila und Rosa glänzenden Overalls, die die Jüdinnen von New York auf Empfängen trugen. »Wissen Sie, wie alt die ist?« wurde eine der polnischen Frauen von einer der New Yorker Damen angesprochen, die auf eine andere, ebenso schlanke, geschminkte und glitzernde zeigte. »Siebzig! Ich weiß es genau, denn es ist meine Mutter.« – »Ihre Mutter?« fragten die Frauen aus Polen wie betäubt. – »Mach dir nichts draus«, beruhigten sie einander. »Die Mütter in Zamosc und Garwolin sahen ganz anders aus.« Sie verstummten und suchten sich vorzustellen, wie die jüdischen Mütter in Zamosc, Wegrów und Garwolin ausgesehen hatten.

Eine der Frauen hatte das Gehör eingebüßt und besaß kein Hörgerät. Eine andere sah nur noch schlecht und hatte nicht die entsprechende Brille. Eine dritte hatte einen Herzinfarkt hinter sich und keine Medikamente. Eine vierte war vom Krebs geheilt worden... Und so weiter.

Nach einigen Tagen begannen sie sich zu streiten. Es geschah auf seltsame Weise: Sie waren beleidigt, sie weinten, und eine beklagte sich über die andere. Sie wurden sich bewußt, daß sie sich wie kleine Mädchen aufführten, die sie im wirklichen Leben nie gewesen waren.

Historiker, Journalisten, Psychologen und Psychiater kamen zu ihnen. Sie sammelten Material für wissenschaftliche Arbeiten und stellten Fragen:

»Waren Sie in Ihrer Kindheit Bettnässerin?«

»Haben Sie als Kind vor dem Einschlafen den Bettzipfel in der Hand gehalten?«

»Werden Sie von Alpträumen geplagt?«

»Träumen Sie manchmal, daß Sie nicht fliehen können, weil die Beine den Dienst verweigern, oder daß Sie nicht schreien können, weil Ihnen die Stimme versagt?«

»Haben Sie Angst, wenn Sie den Aufzug benutzen oder sich in anderen geschlossenen Räumen aufhalten?«

»Haben Ihre Kinder von Ihnen die Angst geerbt?«

Diese Fragen waren ärgerlich, aber immer noch unvergleichlich einfacher als die, die ihnen die normalen New Yorker Juden stellten.

»Und Sie wollen zurück nach Polen?« fragten sie entsetzt. »Wohin denn? Zu den Gräbern?«

Sie hatten die jüdischen Gräber im Sinn, begriffen aber nicht, daß die Frauen zu ihren polnischen Gräbern zurückkehrten. Zu den Müttern, die nicht die ihren gewesen waren, und zu der jüdischen Leere, die die richtigen Mütter hinterlassen hatten.

Der Rabbiner begleitete sie zum Flughafen.

Im Gegensatz zu den anderen stellte er keine Fragen.

Er duftete noch nicht nach Machorka, hausgebackenem Kuchen und dem Leder der Tefilim, aber er stellte schon keine Fragen mehr.

Ein Mann und eine Frau

1. Nach der Vorstellung

Im diesem Herbst* war die Moskauer Luft schwer von grauen Nebelschleiern. Seit Wochen hielt sich ein Tief. Mutmaßungen über Damals mehrten sich: Warum war es passiert, und warum hatte es ausgerechnet ihnen passieren müssen? Es überwog die Meinung, daß Gott eine Strafe über Rußland verhängt hatte für seine Sünden. Man schloß nicht aus, daß Lenin ein Kind des Satans gewesen war. Und man hob die Bedeutung des Wetters hervor. Es war wie das diesjährige gewesen: wochenlang ein bedrückendes, schwer zu ertragendes Tief.

Zum Jahrestag von Damals versammelten sich Leute vor dem Haus des Zentralkomitees, unweit vom Kreml, und beteten für das Seelenheil des Zaren, für das heilige Rußland, für die Menschen, die für Rußland und den Zaren gefallen oder in den Lagern und in Afghanistan umgekommen waren.

Die Menschen beteten in diesem Herbst immer zahlreicher und immer leidenschaftlicher. In den Kirchen tat sich

---

* des Jahres 1990

Sonderbares. Eine Sängerin, die Parteisekretärin im Chor einer großen Universität gewesen war, sang beim Gottesdienst in der Basiliuskathedrale mit einer so tönenden reinen und kraftvollen Stimme, wie sie nie zuvor gesungen hatte. Sie hatte den Glauben wiedergewonnen, ihren Austritt aus der Partei erklärt und die Taufe empfangen. Solche Bekehrungen waren keine Seltenheit. Aus dem Stand der Sterne suchte man die weitere Entwicklung zu entschlüsseln. Die Astrologen sagten einen Winter ohne Tragödien voraus, im Frühjahr aber werde es zu Hunger und Bürgerkrieg kommen. Die Radiästhesisten warnten vor der Entstehung negativer Felder, die Angstgefühle verstärken und die Tatkraft lähmen. Die Miliz warnte davor, auf der Straße Schmuck zu tragen. Die Vereinigung »Pamjat« warnte die Juden davor, in Rußland zu bleiben. Beim Prozeß gegen einen Schlägertrupp dieser Gruppierung, der in eine Schriftstellerversammlung eingedrungen war, hatte die Journalistin Alla G. ausgesagt. Daraufhin ließ man sie wissen, daß ihre Tage gezählt seien. »Ubjom tebja«, sagte der junge Mann, der sie im Treppenhaus erwartete. Er war adrett und höflich. »Wir werden dich umbringen«, wiederholte er ganz emotionslos. »Glaub nur nicht, daß du davonkommst.«

In diesem Herbst bröckelte von Moskaus Häusern der Putz, Balkons brachen weg, schwarze Risse liefen von den Dächern durch die morschen Wände bis in die Grundmauern. Auf der Njeglinnaja-Straße hatte man eine Wand mit einem Balken abgestützt. Die Last hatte ihn geknickt, sein Holz war gespalten und zersplittert. Am Kusnetzki Most stand vor einem Haus ein Bretterzaun. Ein Brett war abgerissen, die Lücke gab den Blick auf ein Kellerfenster frei. In dem Fenster fehlte die Scheibe, die Öffnung war mit einer Zeitung zugeklebt. In der Zeitung war ein Loch. Auf einem Hof am Boulevard gegenüber dem Kreml waren Decken zum Trocknen aufgehängt. Eine der Decken war zerrissen, der Fetzen schaukelte im Wind, seine langen, verfitzten Enden schleiften im Dreck. In jeder Straße standen kleine Holzbuden mit dem Schild »Tschistka obuwi«, in einer jeden arbeitete dieser Aufschrift gemäß tatsächlich ein Schuhputzer, aber die Schuhe der Passanten waren schmutzig. Vielleicht lag das daran, daß auf den Fahrbahnen Pfützen standen – Pfützen, obwohl es nicht geregnet hatte. Die Passanten bewegten sich langsam, wie Leute, die nicht recht wissen, wohin sie gehen sollen. Manchmal blieben sie vor einem Schaufenster stehen und suchten in dem Laden dahinter etwas auszuspähen. Zwei Dinge gab es im Stadtzentrum zu kaufen: Gläser mit eingelegtem Knoblauch an einem Straßenstand und Türgongs in einem Elektrogeschäft. Die Leute traten ein, betrachteten die Gongs und probierten sie aus. Sie lauschten den schrillen Tönen nach, als zögen sie ernsthaft einen Kauf in Erwägung, verließen den Laden und gingen wieder ohne Eile ihres Weges. Das Zentrum von Moskau war einmal voller Leben gewesen, eine Stadt des 19. Jahrhunderts, mit dem Reiz von Gründerzeit und Sezession. In diesem Herbst aber wirkte es wie eine seltsame Dekoration. Eine Bühnenausstattung, durchgestaltet bis in jedes Detail, aber betrachtet, nachdem alles vorbei ist. Die Lichter sind aus. Die Vorstellung ist zu Ende.

2. Er

Weit draußen vor der Stadt, am Fuße der bewaldeten Sperlingsberge, hatte die Zarin Katharina für einen ihrer Liebhaber ein Sommerpalais bauen lassen. Nach der Revolution war ein Chemie-Institut darin untergebracht worden, in den Unterkünften der Dienerschaft fanden die wissenschaftlichen Mitarbeiter Wohnung. Der gelbe Außenputz, die weißen dorischen Säulen und der weitläufige Park – alles befand sich in hervorragendem Zustand. Wäre da nicht die Bekanntmachung an der Tür gewesen, daß am Vorabend des Tages der Revolution Gutscheine für Industriewaren ausgegeben würden, hätte die Datscha des Günstlings der Kaiserin wie ein Reservat wirken können. Ein Reservat des 19. oder sogar des 18. Jahrhunderts – eines Rußlands, dem die große Sehnsucht galt in diesem Herbst.

Die Mieterin aus dem Hause mit den Säulen, Sara Salomonowna P., Doktor der Chemie, erhielt anläßlich des Revolutionstages einen Gutschein für einen Mantel. Der Dozent im Parterre bekam einen Gutschein für ein Bügeleisen. Saras Bruder, Professor Lew Salomonowitsch P., bekam nichts, denn in seinem, dem Physikalischen Institut, waren keine Gutscheine für Industriewaren verteilt, sondern Fleischkonserven verlost worden – eine Dose auf zwanzig Wissenschaftler –, und der Professor war leer ausgegangen.

Sara und Lew stammen aus Astrachan. Ihr Großvater war sehr fromm, trug einen langen Bart und einen Gebetsmantel und ging jeden Tag in die Synagoge. Ihre Onkel waren sehr fortschrittlich und gaben eine menschewistische Zeitung heraus. Ihr nicht weniger fortschrittlicher Vater war Ingenieur bei der Tankerflotte. Lew Salomonowitsch P. wurde nach dem Studium Assistent von Alexej Krylow, einem großen Mathematiker und Schiffskonstrukteur aus Leningrad. Als Lew Salomonowitsch im Jahre 1937 verhaftet wurde (ein Kommilitone vom Doktorandenstudium hatte die Zeitschrift »Fragen der Philosophie« – ein Organ des Zentralkomitees – als große Scheiße bezeichnet, Lew Salomonowitsch diese Ansicht aber – wie es in der Anklageschrift hieß – durch sein Schweigen gebilligt), schrieb Professor Krylow einen langen Brief an Molotow. Darin legte er dar, daß Lew Salomonowitsch ein hochbegabter Mann sei, der rasch das Wesen der schwierigsten Dinge erfasse. Mit dieser besonderen Auffassungsgabe habe er die Prinzipien der Schiffsführung von Admiral Nelson erkannt. »Diesen Prinzipien nämlich« – so schrieb der Professor im Jahre 1937 an Molotow – »verdankte Nelson den Sieg in der Schlacht vor Trafalgar, die für mehr als ein Jahrhundert die britische Vorherrschaft auf See begründete.« – »Sollte sich Ihr Assistent als unschuldig erweisen«, schrieb Molotow zurück, »dann werden Sie mit ihm in einer Woche in Ihrem Arbeitszimmer Tee mit Rum trinken.«

Lew Salomonowitsch trank diesen Tee mit Rum nach achtzehn Jahren, fünf Monaten und elf Tagen. In dieser Zeit hatte er Einsicht in zwölf Gefängnisse, drei Straflager und zwei Verbannungsorte gewonnen.

Vor einem halben Jahr hat Leonid A., ein junger Physiker, Lew Salomonowitsch gebeten, er möge ihm von diesen achtzehn Jahren erzählen. »Beginnen wir mit den Schlußfolgerungen«, schlug dieser vor. »Mit den grundlegenden Wahrheiten, die man von dort mitbringt.«

Sie verabredeten sich im Physikalischen Institut. Nach der Erfüllung seiner täglichen Pflichten, die in der Erforschung und Beschreibung von Plasma bestanden, nannte Lew Salomonowitsch seinem jungen Physikerkollegen die grundlegenden Wahrheiten.

Wahrheit Nr. 1: Das Fleisch von Krähen ist eßbar, das von Dohlen nicht.

Wahrheit Nr. 2: Von Zecken hat man keinen Nutzen, von Läusen hingegen sehr wohl. Man legt sie auf ein Blech über eine Büchse mit siedendem Wasser, läßt in dem ausgebratenen Fett einen Docht festwerden und erhält damit eine Lichtquelle.

Wahrheit Nr. 3: Das Beschaffen von Nahrung ist wichtig, doch genau so wichtig ist die Arbeit des Verdauungssystems. Zumal dann, wenn man für die Entleerung nur fünf Minuten hat.

Wahrheit Nr. 4: Man darf sich nicht mit den Kriminellen anlegen.

Wahrheit Nr. 5: Ein Schritt nach rechts oder ein Schritt nach links gilt als Fluchtversuch. Ohne Warnung wird von der Schußwaffe Gebrauch gemacht.

Wahrheit Nr. 6: Bilde dir niemals ein, daß die Welt dich besonders nötig hat. Sonst glaubst du nämlich, daß dir alles erlaubt sei – sogar einem Kameraden eine Scheibe Brot wegzunehmen. Stelle dir lieber vor, daß die Welt ganz gut ohne dich auskommt, dann kommst du auch ohne die Welt aus.

Wahrheit Nr. 7: Wenn du einmal fest zum Durchhalten entschlossen bist, dann nur um zu leben. Für nichts anderes. »Es soll«, so setzte Lew Salomonowitsch hinzu, »welche gegeben haben, die durchhalten wollten, um alles zu beschreiben. Ich habe von ihnen gehört, aber nie einen getroffen. Was mich angeht – ich wollte leben, weiter nichts.«

Der junge Physiker bewohnte mit seiner Frau und zwei Kindern ein kleines Zimmer in einer Gemeinschaftswohnung am Arbat. Er war in einer jüdischen Organisation aktiv. Etwa eine Million sowjetischer Juden war zur Emigration entschlossen. Etwa eine halbe Million wollte in Rußland bleiben. Die Organisation, in der der junge Physiker aktiv war, hatte ihren Mitgliedern eine ebenso edle wie unpräzise Aufgabe gestellt: mit Würde zu emigrieren oder mit Würde zu bleiben. Für den jungen Physiker verband sich das würdige Bleiben aus irgendwelchen Gründen mit den Gesprächen, die er im Physikalischen Institut mit Lew Salomonowitsch P. geführt hatte.

Manchmal kam Lew Salomonowitsch auf den zu sprechen, der er vor seiner Verhaftung gewesen war. »Ein Fremder«, stellte er verwundert fest. »Ich kenne ihn nicht, manchmal kommt es mir vor, als sei ich ihm nie begegnet.« Er erzählte von ihm mit unaufgeregter Neugierde. Als beobachte und beschriebe er Plasma: Gas, das hohen Energien ausgesetzt wird.

Wenn die Kriminellen Karten spielten, pflegten sie um Dinge zu spielen, die den Politischen gehörten: um ein Päckchen von zu Hause, ein Hemd oder den Kopf. Den Kopf mußte der abhauen, der verloren hatte. Er mußte ihn auch über den Lagerzaun bringen, erst dann war die Ehrenschuld des Kartenspielers beglichen. Eines Tages spielten die Kriminellen um den Kopf eines verhaßten Mithäftlings namens Faworski. Am Morgen wurde Faworskis Kopf draußen vorm Lagerzaun und der Rumpf in der Jauchegrube gefunden. Auf Anweisung des Brigadeführers zog ihn Lew Salomonowitsch dort heraus. Das war ein gu-

40

ter Tag, denn nach getanem Werk wurde Lew Salomonowitsch nicht mehr zur Arbeit in den Wald geschickt. Er warf sich auf seine Pritsche, lutschte die Zuckerration, die für den nächsten Tag bestimmt war, und war glücklich.

Lew Salomonowitsch erkrankte an Lungenentzündung. Hinterher war er so schwach, daß er nicht mehr zur Arbeit taugte. Ein Arzt rettete ihn: Er übertrug ihm die Beerdigung der Leute, die in der Krankenbaracke starben. Es war eine leichte Arbeit, denn die Grube wurde von anderen Häftlingen ausgehoben. Er mußte die Leichen nur hinfahren, in die Grube legen und Erde darüberschaufeln. Er transportierte sie auf einem Schlitten und suchte sie so zu betten, daß ihnen die Erde nicht ins Gesicht fiel. Die Erde war mit Schnee vermischt, der Matsch, der im Frühjahr in Taiga und Tundra entsteht. Die Toten hatten weder Kleider noch Namen. Sie hatten nur kleine Marken mit Nummern. Lew Salomonowitsch machte sich Gedanken über Begräbniszeremonien. Er wußte, daß es verschiedene Bräuche gab, aber er kannte sie nicht. Eine Rede zu halten, wäre lächerlich gewesen. Ein Gebet zu sprechen, wäre Lüge gewesen, denn er glaubte nicht an Gott. So dachte er sich eine eigene Zeremonie aus: Die Arme schwenkend, als seien es Flügel, umkreiste er mehrmals den Grabhügel. Von weitem sah er wohl wie ein Vogel aus. Sollen sie fortfliegen, fort, fort, möglichst weit fort von hier..., dachte er. Danach sang er Lieder, die er mochte, alte Schnulzen:

Schwarze Rosen, Insignien der Trauer,
trug ich zum Abschiedsort,
Doch Tränen gab es keine mehr,
und Angst verschlug uns das Wort.

Er bestieg den leeren Schlitten und wendete das Pferd. Auf der Rückfahrt hielt er in Gedanken doch noch eine

Rede, sie bestand immer aus denselben Worten: »Ihr seid gegangen. In Ordnung. Aber wir rechnen mit ihnen noch ab!« Wer mit wem auf welche Weise abrechnen sollte – davon hatte er keine Ahnung. Wenn er zur Baracke zurückkam, warteten neue Leichen auf ihn. Er tippte ihnen auf die kalten nackten Arme, sagte: »Bis morgen, Brüder!« und legte sich in die Pritsche, neben die Kriminellen, die selbstvergessen Karten spielten.

Eines Tages begehrte Lew Salomonowitsch P. gegen das Torfstechen auf. In den Vorschriften sei die Rede von gesellschaftlich nützlicher Arbeit – erklärte er dem Richter –, als Doktor der Physik sollte er folglich eine anspruchsvollere Beschäftigung erhalten. Der Richter, eine große, stattliche Frau, wohlgenährt von den gefrorenen Piroggen Sibiriens, befahl ihm, sich selber eine nützliche Arbeit zu suchen. Er fand sie auf einer Flußinsel der Angara. Dort gab es einen kleinen Flughafen für Wasserflugzeuge. Er wurde Mechaniker und Tankwart. Einmal wasserte vor der Insel ein NKWD-General und gab Lew Salomonowitsch eine noch nützlichere Arbeit: in einer geologischen Expedition, die nach Eisenerz suchte. Lew Salomonowitsch hatte das Lagerurteil verbüßt, befand sich aber noch in der Verbannung. Das bedeutete, daß er nicht verreisen durfte, sich alle zehn Tage beim NKWD zu melden hatte und in seine grüne Kennkarte einen entsprechenden Stempel bekam. Aber den Weg zum NKWD machte er allein – ohne Hunde und ohne Wache, und darum war er glücklich. Dann fuhr er zu der Expedition. Dort traf er dreißig Männer an, darunter sieben berufsmäßige Mörder. Nach einigen Monaten kamen Frauen dazu. Zehn Frauen. Acht Kolchosarbeiterinnen, die verurteilt worden waren, weil sie auf den Kolchosfeldern nach der

Ernte Ähren gelesen hatten, eine Prostituierte, die – wie sich nachher erwies – Syphilis hatte, und eine spionageverdächtige Person. Diese war Polin, hieß Anna, war zweiundzwanzig Jahre, hatte schöne Beine und ungewöhnlich türkisfarbene Augen.

3. Sie

Die Großmutter von Anna R. hatte bei einem Grafen gearbeitet und eine Tochter geboren, die der Graf nicht anerkannte und die bald mit einem viel älteren Mann verheiratet wurde, der hitzköpfig war und kranke Beine hatte. Die uneheliche Tochter des Grafen und der alte, hinkende Mann waren die Eltern von Anna R. und ihren drei Brüdern.

Sie wohnten in dem Dorf Razmierki. Kirche und Starostei befanden sich in Kosów Poleski. Zur Kirche gingen sie nur zu zweit, Anna und die Mutter, denn dem Vater schmerzten die Beine, und die Brüder waren Kommunisten. Antoni, der Älteste, war gleich bis nach Moskau gefahren, um zu lernen. Stanislaw der Mittlere, wurde steckbrieflich gesucht, gefaßt und ins Lager Bereza gesteckt. Józef, der Jüngste, saß im Gefängnis von Plozk. Nach der Verhaftung der Söhne starb die Mutter an einem Herzanfall. Im Hause waren nur noch Anna und der Vater. Er fertigte Zuber und Wannen, Anna reichte ihm die hölzernen Dauben und die eisernen Reifen zu, oder sie spann oder webte Leinen. Nach einem Jahr fand der Vater eine Geliebte. Er schleppte aus Kosów wunderbare Kleiderstoffe und schokoladeüberzogene Pralinen an und verschwand für ganze Tage mit diesen Geschenken. Als Anna zehn

Jahre war, kam ein Brief von Antoni. Er schrieb seiner Schwester, sie solle zur Starostei gehen, sich einen Paß besorgen und nach Moskau kommen. In Razmierki habe sie nichts Gutes zu erhoffen, in Moskau aber werde sie lernen und es zu etwas bringen. Im nächsten Brief schickte Antoni eine Fahrkarte und eine genaue Anweisung. Die Schwester solle bis zum Grenzbahnhof fahren und auf dem Bahnsteig sitzen bleiben – er werde sie finden. Dem Brief lag ein Foto bei und ein Stück Stoff. Das Foto zeigte einen hübschen, lächelnden Mann, an den Anna sich nicht erinnern konnte. Der Stoff war braun, mit einem Fischgrätenmuster von dunklem Beige. Der lächelnde Mann war ihr Bruder, und in einem Anzug mit Fischgrätenmuster wollte er sie auf dem Grenzbahnhof abholen.

Sie wartete einige Stunden. Auf dem Schoß hielt sie ein Bündel mit einem Daunenkissen und selbstgewebtem Leinen.

»Allein unterwegs? Und nach Moskau willst du?« fragten die Mitreisenden verwundert.

»Ich werde dort lernen und es zu etwas bringen«, gab sie zur Antwort.

Als der Mann mit dem beigefarbenen Fischgrätenmuster erschien, stellte sie ihm einige Kontrollfragen: Wie lauteten die Vornamen der Brüder? Auf welchem Fuß hinkte der Vater? Von wo ist Großmutter vor ihrem Tod heruntergefallen?

»Vom Ofen«, sagte der Mann, und erst da glaubte ihm Anna, daß er Antoni war.

Der Bruder konnte verschiedene Fremdsprachen und hatte viele Bücher. Er brachte Anna in einer polnischen Schule unter, und ein paar Jahre lang ging es ihnen zusammen sehr gut, aber dann lernte der Bruder eine Russin kennen, das Mädchen Walja, brachte ihr wunderbare Geschenke, und am Ende heiratete er sie.

Anna zog zur Familie Wziatek – Kommunisten, wie Antoni – und ging zur Arbeit in eine Vergaserfabrik, die den Namen Stalins trug. Im Jahre 1937 wurde Herr Wziatek verhaftet. Einen Monat später Antoni. Zwei Monate später Anna. Man teilte ihr mit, daß ihr Bruder ein Feind des Volkes sei und sie auf einer Komsomolversammlung die Herrschaft Pilsudskis gelobt habe. Das Urteil: spionageverdächtig, zehn Jahre Lagerhaft, ohne das Recht, Briefe zu schreiben.

Als die Eisenbahngleise endeten, ging es zu Fuß weiter, durch den Schnee und immer nach Norden. Einmal bemerkte jemand ein kleines Brett mit einer Aufschrift. Sie war mit einem Nagel in das Holz geritzt und bestand aus zwei Wörtern: »Antoni R...« Anna R. barg das Täfelchen unter der Wattejacke und ging weiter.

Fünf Jahre lang fällte und sägte sie Holz und schichtete es zu Klaftern. Im sechsten Jahr, als sie sich ohne Eskorte, ohne Hunde und Wachen bewegen durfte, schickte man sie zu den Geologen, die nach Eisenerz suchten.

4. Spassibo, serze

Der Brigadier der Geologen, Lew Salomonowitsch P., war ein Mann von kleinem Wuchs, aber hoher Kultur. Er kannte noch mehr Bücher als Antoni. Er gebrauchte keine ordinären Ausdrücke und deklamierte Gedichte. Er versuchte, ihr Englisch beizubringen, aber Sprachen wollten ihr nicht in den Kopf. Gedichte übrigens auch nicht, zumal er nur lauter schwierige kannte, von Tjutschew und

Gumiljow. Nie sprach er sie in der Koseform an, »Anna«, sagte er stets, wie Wronskij und wie Karenin. Sie hatte es gern, wenn er mit eigenen Worten verschiedene Romane nacherzählte, aber am liebsten mochte sie die Lieder, die aus Filmen stammten: Herz, du willst keine Ruhe, Herz, wie schön ist es auf der Welt, Herz, wie gut, daß es so was wie dich gibt, danke, mein Herz, daß du so liebst...

Nach einem Jahr brachte Anna R. ein Töchterchen zur Welt. Es wurde ihr nicht weggenommen und in ein Kinderheim gebracht, weil die Frau des Lagerchefs auch gerade niedergekommen war und ihr Kind nicht stillen konnte. Anna bekam von ihr Milch und stillte zwei Kinder, das eigene und das des NKWD-Chefs. Die täglichen Besuche in seinem Haus erwiesen sich als sehr nützlich, denn dort gab es Zigaretten, wie sie die Leute in der Brigade seit langem nicht mehr geraucht hatten, und es gab einen Hund, der groß und fett war. Die Leute in der Brigade hatten es mit der Lunge, und dagegen hilft am besten Hundetalg. Anna führte den Hund in den Wald, die Leute schlugen ihn tot, brieten den Talg aus und versuchten, sich damit zu kurieren.

Als man sie in die Verwaltung rief und ihr sagte, sie solle ihre Sachen packen, war sie entsetzt. Sie dachte, es handle sich um ein neues Urteil, wegen des Hundes und der Zigaretten, aber es zeigte sich, daß sie wegfahren sollte. Sie erhielt Brot und eine Bescheinigung: »Anna R., verurteilt wegen..., hat die Strafe von neun Jahren verbüßt und begibt sich nach Moskau. Es wird gebeten, ihr während der Reise Hilfe zu gewähren. Mai 1946.« Sie verabschiedete sich von Lew Salomonowitsch P., nahm die Tochter bei der Hand und stieg mit ihr in Uchta in einen Güterzug.

Moskau lag in glühender Hitze. In Wattejacke und Filzstiefeln betraten die beiden das Gebäude der polnischen Botschaft. Anna zeigte dem Pförtner die Bescheinigung. Er eilte davon und kam mit einem Mann zurück.

»Genossin R.?« fragte er mit einem strahlenden Lächeln. »Endlich, der Genosse Minister hat schon angerufen und nachgefragt...«

»Wer?«

»Stanislaw R. Ist er nicht ihr Bruder?«

»Doch, doch.«

»Na, sehen Sie«, freute sich der Mann. »Bitte kommen Sie, die Zimmer sind fertig.«

Sie fand sich mit ihrer Tochter zwischen Teppichen, Ölgemälden und schönem Mobiliar wieder. Man brachte ihnen Essen und Kleider. Dann gingen sie zu Bett. Als Anna erwachte, war es Tag. Erschrocken fuhr sie hoch: Mein Gott, es war Tag, und sie war noch nicht im Wald!

Sie sprang aus dem Bett und konnte die Axt nicht finden, sie brach ein Stuhlbein ab und hackte drauflos. Sie hörte das Kind weinen. »Ruhe!« schrie sie. »Wir müssen die Norm erfüllen!« Sie erinnerte sich noch an weiße Kittel, eine Spritze, an den Pförtner, der ihr Kleinholz voller Ungeschick aufzuschichten suchte... »Nicht so!« rief sie und wollte erklären, daß es klafterweise gestapelt werden muß, da aber überkam sie der Schlaf.

Stanislaw R., Minister für Öffentliche Sicherheit, erwartete seine Schwester am Warschauer Flughafen. Sie erkannte ihn nicht. »Schade, daß du mir nicht ein Stück Stoff geschickt hast«, scherzte sie und fing gleich an, von Antoni zu erzählen, aber der Bruder schnitt ihr das Wort ab. – »Zu niemandem ein Wort davon! Nicht einmal zu mir!« Zu Hause wiederholte er nachdrücklich: »Merk dir das fürs ganze Leben. Kein Wort davon!«

Er brachte sie im Warschauer Villenvorort Konstancin unter. Die Villa war so vornehm, daß Anna ins Häuschen des Hauswarts umzog. Am liebsten hackte sie Holz, aber das wurde überflüssig, als Zentralheizung und Gasanschluß installiert wurden. Ein Bekannter aus Kosów Poleski erzählte, daß Józef, der jüngste ihrer Brüder, im Jahre 39 von Russen erschossen worden sei, weil er sich geweigert habe, sein Fahrrad herzugeben. Antoni war nicht aufzufinden. Lew Salomonowitsch P. war nicht vorzeitig freizubekommen. Anna wollte das mit Stanislaw besprechen, aber der hörte sie nicht an. Nicht einmal von dem Täfelchen mit der Aufschrift »Antoni R.« konnte sie erzählen, das ihr irgendwo in der Taiga abhanden gekommen war.

Im Jahre 55 fuhr sie nach Moskau, um die Repatriierung der Polen zu organisieren. Sie besuchte Sara.

»Mein Bruder ist zurückgekehrt«, sagte Sara.

»Anja!« sagte Lew Salomonowitsch P. »Ich bin nicht allein zurückgekehrt. Ich denke, ihr solltet einander kennenlernen.«

Es war ihr unangenehm, daß er sie in der Koseform ansprach.

»Kennenlernen?« fragte sie erstaunt. »Wozu denn.«

Er hatte in der Verbannung geheiratet. Seine Frau war eine Lohnarbeiterin: mit normaler Arbeit, Wohnung, Personalausweis und ohne Reisebeschränkung. Die Ehe mit einer Lohnarbeiterin war für einen Verbannten ein großes Glück, sie bedeutete ein richtiges Zuhause, richtiges Essen, eine richtige Frau in einem richtigen Bett... – »Du hast eine Tochter«, sagte Anna. »Ich weiß, daß du der anderen viel zu verdanken hast, aber mit mir hast du ein Kind.« Da zeigte es sich, daß Lew Salomonowitsch P. mit der Lohnarbeiterin zwei Kinder hatte.

In Moskau hatte der 20. Parteitag begonnen. Alle redeten von den Verbrechen, den Lagern und Chruschtschows
Rede, aber Anna R. interessierten die Verbrechen nicht.
Die Mitteilung, daß Walja, Antonis Frau, nach der Verhaftung ihres Mannes mit Freunden vom NKWD gefeiert
hatte, daß Gesang und Gelächter im ganzen Haus zu hören gewesen war, berührte sie nicht. Anna R. beschäftigte
nur ein einziger Gedanke: würde Lew Salomonowitsch zu
ihr zurückkehren oder bei der Zivilangestellten bleiben.
Als klar war, daß Leo Salomonowicz nicht zu ihr zurückkehren würde, nahm Anna R. ihre Tochter bei der
Hand...

In Warschau holte sie Stanislaw R. vom Flughafen ab.
Er war nicht mehr Minister. Im Auto sagte er: »In den Zei-
tungen schreiben sie über mich... Sie schreiben über die
Verbrechen, aber ich habe nichts davon gewußt.«

Sie erinnerte ihn weder an ihre Gespräche, noch an An-
tonin und auch nicht an das Täfelchen mit dem eingeritz-
ten Namen. Sie dachte nur daran, daß sie nun nicht mehr
auf Lew Salomonowitsch P. zu warten brauchte und daß
das eigentlich besser so sei.

5. Der Gedenkstein

In diesem Herbst arbeitete Lew Salomonowitsch P. weiter
an der Plasmaforschung. Vor vielen Jahren hatte er Methoden entwickelt, wie sie vor ihm keiner angewandt
hatte, und so war er eingeladen worden, bei verschiedenen Symposien den Vorsitz zu übernehmen, mal in Paris,
mal in Amsterdam... In diesem Herbst nun hatte Lew
Salomonowitsch P. einen Paß bekommen, und im Alter

von zweiundachtzig Jahren reiste er zum ersten Mal ins Ausland. Der finnische Wald hat ihm sehr gefallen. Zu seiner Schwester sagte er, es sei der erste Wald gewesen, der in ihm keine Aggression geweckt habe. Er besuchte seine Schwester in der Regel täglich. Nach der Arbeit am Plasma ging er auf die Sperlingsberge, zur Datscha des Günstlings der Zarin, ins Gesindehaus, das in Dutzende enger, unbequemer Wohnungen aufgeteilt war, und nahm unter dem orientalischen Lampenschirm Platz, der die Blockade von Leningrad überstanden hatte. Aus irgendwelchen Gründen trank er den Tee lieber bei seiner Schwester als bei seiner Frau, der ehemaligen Zivilangestellten. Die krumme kleine Frau mit dem altjüngferlichen Haarknoten und den großen blauen Augen setzte die Tasse vor ihn hin, fragte, ob er hungrig sei, brachte eine Scheibe trockenen, nur mit Käse belegten Weißbrots und erzählte vom letzten Kammerkonzert in der Philharmonie. Er erzählte von Plasma, finnischem Wald und physikalischen Disputen. Er war nicht traurig, daß er bei der Auslosung wieder keine Fleischkonserve gewonnen hatte. Die Prophezeiungen der Astrologen machten ihm keine Sorge. Er fürchtete weder Kälte noch Hunger. Er hatte Angst, daß alles, was heute über die Lager geschrieben werde, nur ein Bild der Erniedrigung und des Schreckens festhalten werde, während es dort auch Menschen mit großem Mut und großer Kraft gegeben habe. Auf der Lubjanka wollte er etwas darüber sagen, als dort in diesem Herbst neben dem Gefängnis ein Gedenkstein enthüllt wurde: ein Denkmal für die Opfer der Repressalien. Er wollte sagen, daß dies ein Denkmal für die Opfer wie für die Kämpfer sein sollte, und drängte sich zur Tribüne durch.

»Sind Sie in die Rednerliste eingetragen?« fragte ihn ein Ordner der feierlichen Versammlung, zu der die Moskauer Demokraten eingeladen hatten.

»Nein«, sagte Lew Salomonowitsch.

»Dann dürfen Sie nicht reden.«

»Warum nicht?«

»Weil Sie nicht in die Rednerliste eingetragen sind«, sagte der Demokrat und forderte Lew Salomonowitsch P. auf, sich von der Tribüne zu entfernen.

Phantomschmerz

1.

Axel von dem Bussche stammt in direkter Linie von der Gräfin Cosel ab. Wer der männliche Beteiligte war, ist unklar. Eine Version spricht von August dem Starken, dem sächsischen Kurfürsten und König von Polen. Eine andere nennt einen polnischen Juden: einen Rabbiner, der sich mit anderen Rabbinern überworfen, Polen verlassen und sich in Deutschland angesiedelt hatte.

Beide Versionen, die des Königs wie die des Rabbiners, halten sich in der Familie Axels von dem B. seit zweihundertfünfzig Jahren.

2.

Sie hatte dicke schwarze Zöpfe, große, ausdrucksvolle Augen und einen kleinen Mund. Ihre Haut war weiß wie Alabaster. So ist Anna Cosel von Memoirenschreibern, Malern und von Józef Ignacy Kraszewski dargestellt worden.

August versprach ihr einst, sie zur Königin zu machen.

Er hielt das Versprechen nicht, verstieß sie nach wenigen Jahren und ließ sie festsetzen. Der Verbannungsort war die Burg Stolpen. Sie lebte in einem Burgturm, in dem sie – später freiwillig – bis an ihr Ende blieb.

Zur Lieblingslektüre der gefangenen Gräfin gehörten hebräische Bücher. So schreibt es jedenfalls Kraszewski. Sie umgab sich mit Juden. Ein Pastor, der Sprachen des Ostens mächtig, übersetzte ihr die Werke der Rabbiner. Sie entlohnte ihn dafür großzügig. Anfangs ließ sie ihm durch einen verschwiegenen Boten Geld bringen, später trafen sie sich und führten lange Gespräche über den Talmud und die jüdische Religion. Die Pastorsfrau setzte diesen Gesprächen ein Ende, sie war eifersüchtig auf die Gräfin, die, trotz ihrer sechzig Jahre, immer noch schön war.

3.

Wer war der jüdische Liebhaber von Anna Cosel?

(Es muß ihn gegeben haben; wie sonst wäre diese sonderbare Faszination für die Juden und ihre Religion zu erklären? Ein faszinierender Mann selbstverständlich...)

Ein Rabbiner also, der sich in Polen mit anderen Rabbinern überworfen hatte und nach Deutschland gereist war...

Vielleicht Jonathan Eibeschitz?

Er wurde in Krakau geboren, und er war ein Weiser. Man rief ihn nach Hamburg, um den Todesengel zu bändigen, weil die Frauen im Kindbett starben. Er gab ihnen Gebetszettel mit rätselhaften Zeichen und wurde angeklagt, an den falschen Messias zu glauben. Er rief die Rabbiner in Polen um Beistand an, und die Synode der Vier

Länder verwarf die Klage. Trotz dieses Verdikts verhängten viele polnische Rabbiner, unter ihnen Moses Osterer, der Großrabbiner von Dubno, den Bann über Jonathan E. und seine Lehren.

Oder Salomon Dubno?

Er wurde in Dubno geboren, daher sein Name, und er starb in Amsterdam. Er war vierzehn, als man ihn verheiratete. Er studierte in Lemberg und Berlin, wo er der Erzieher des Sohnes von Moses Mendelssohn wurde, des Philosophen und Theologen (den manche für die bedeutendste Gestalt der deutschen Aufklärung neben Lessing halten). Salomon D. brachte den Philosophen dazu, den Pentateuch neu ins Deutsche zu übertragen. Er selbst verfaßte Kommentare zur Genesis. Als er auch mit den Kommentaren zum Exodus zur Hälfte fertig war, kam Naphtali Hertz, der Großrabbiner von Dubno, auf der Durchreise nach Berlin. Er mißbilligte den Freundeskreis, in dem sich Salomon D. bewegte, und wies ihn an, die Umgebung zu wechseln. Ohne seine Arbeit zu beenden, verließ Salomon D. Berlin und begab sich nach Amsterdam.

Oder Jakob Krantz?

Er wurde in Litauen geboren und war ein Magid, ein Wanderprediger. Er überwarf sich zwar nicht mit den Rabbinern, aber reiste auch nach Deutschland – um dort zu studieren und mit den Gelehrten zu disputieren. Er verließ Deutschland, um nach Dubno zu gehen. Hier bekam er sechs Gulden die Woche, später legte man ihm noch zwei Gulden zu und reparierte ihm den Ofen.

(Der Magid von Dubno wurde gefragt, warum ein Reicher sein Almosen lieber einem Armen, der blind und lahm sei, gebe als einem Armen, der weise sei. »Der Reiche ist nicht davor gefeit«, antwortete der Magid, »selber blind oder lahm zu werden, aber er weiß, daß er nie ein Weiser werden wird.«)

Auf den Porträts haben sie alle drei weiße Bärte, traurige Augen und einen abwesenden Blick. Vielleicht kommt das daher, daß diese Augen nur unwillig von den aufgeschlagenen Büchern aufgeschaut haben. Aber die Gräfin hätte ihnen ja begegnen können, als die Bärte schwarz und die Augen fröhlicher waren...

Sie ist weder dem Magid aus Dubno noch Salomon Dubno begegnet. Der erstere ist kurz vor, der andere nach ihrem Tod geboren. Aber Jonathan Eibeschitz war 26 Jahre alt, als man sie auf der Burg eingesperrt hatte...

Jonathan also? Wer sonst als er, der Beschuldigte und mit dem Bann Belegte, hätte den Mut zu solch einer Liebschaft gehabt? Mit einer Ungläubigen! Mit einer verstoßenen Mätresse des Königs!

Es gibt noch eine andere Möglichkeit. Sie spricht gegen die Überlieferung in der Familie Axels von dem B.: Der Vorfahr war kein Rabbiner.

Er war ein Kaufmann. Nennen wir ihn Herschel Isaak. Er wohnte in Dubno und handelte mit Pelzen. Er reiste zur Leipziger Messe, begleitet von einem Diener namens Michal Schmuel. Mehr wissen wir von ihm nicht, aber Frau Dr. Ruta Sakowska, die mir die Texte aus dem Jiddischen übersetzt und geholfen hat, einen jüdischen Liebhaber für die Gräfin Cosel zu finden, ist der Ansicht, er sei mit fünfzehn verheiratet worden, seine Frau habe ihm eine ganze Schar von Kindern geboren, Fett angesetzt und eine Perücke getragen. War es da verwunderlich, daß er wegen der schönen vornehmen Dame den Kopf verlor? Natürlich sah auch er gut aus, er hatte blaue Augen (die unter dem gelockten schwarzen Haar verführerisch gewirkt ha-

55

ben müssen), sein Lächeln war breit, sein Gebiß blendend weiß und sein Pelz aus Zobelfell. Es ist nicht auszuschließen, daß er auch der Gräfin Zobelfelle zum Geschenk gemacht hat... (Hoffentlich bringt Frau Dr. Sakowska diesen Herschel Isaak nicht irgendwie mit Mitja Karamasow durcheinander.)

Der Kaufmann aus Dubno reiste also ins sächsische Leipzig, und wie wir von Kraszewski wissen, waren jüdische Kaufleute häufige Gäste auf der sächsischen Burg Stolpen. Sie brachten Waren, Zeitungen und Bücher, und einmal versuchten sie sogar, der Gräfin zur Flucht zu verhelfen. Sie ließ eine Strickleiter herunter, wurde aber, ehe sie entkommen konnte, von der Wache gefaßt.

Dieser Fluchtversuch mit Hilfe von Juden fand im Jahre 1728 statt. So beschreibt es Józef Ignacy Kraszewski in seinem Roman »Gräfin Cosel«.

In demselben Jahr 1728 reiste der Kaufmann Herschel Isaak aus Dubno zur Leipziger Messe. So steht es in der Geschichte der Stadt, in dem Erinnerungsband »Sefer Zikaron«, der in Tel Aviv erschienen ist. Hätte es also nicht sein können, daß eben dieser Herschel Isaak und sein Diener Michal Schmuel, der sich nie von seinem Herrn trennte, die halsbrecherische Flucht auf der Strickleiter organisiert haben?

Kaufmann oder Rabbiner – sei dem, wie ihm wolle, wichtig ist, daß der Vorfahr Axels von dem B. aus Dubno stammen sollte. Wenn nämlich der große Drehbuchautor all diese feinen Fäden ordnet und verknüpft, dann kennt er auch das künftige Ende. Das von Dubno und das von Axel von dem B. Er konnte also nicht umhin, einen gemeinsamen Prolog für deren spätere gemeinsame Geschichte zu ersinnen.

4.

Dubno liegt in Wolhynien, 191 Meter über dem Meeresspiegel, an der Ikwa, einem Nebenfluß des Styr. Von Anfang an war es eine jüdisch-polnische Stadt. Polen und Juden hatten gleichermaßen für die Instandhaltung der Brücken und Straßen zu sorgen. Die Juden konnten das städtische Bad am Donnerstag und Freitag, die Christen am Dienstag und Sonnabend benutzen. An wichtigen christlichen Feiertagen mußten die jüdischen Geschäfte geschlossen bleiben, aber an weniger wichtigen durften sie für die Armen und die Durchreisenden geöffnet werden. Im Jahre 1716 waren in Dubno zwei Frauen, eine Braut und eine Witwe, vor Gericht gestellt und beschuldigt worden, zum jüdischen Glauben übergetreten zu sein. Die Braut wurde direkt von ihrer Hochzeit vors Gericht gebracht, zusammen mit ihrem jüdischen Bräutigam, dem Rabbiner und dem Beamten, der den Ehevertrag aufgesetzt hatte. Nach sechzig Schlägen beharrten die Frauen immer noch auf der jüdischen Religion, nach vierzig weiteren kehrte die Braut zum Christentum zurück. Beide Frauen wurden zum Scheiterhaufen, die Juden zu Prügelstrafen und einer Buße in Form von Kerzenwachs verurteilt. Im Jahre 1794 wurde in Dubno eine Synagoge gebaut. Der Stadtherr, Fürst Michal Lubomirski, sandte für den Bau Ziegel, Kalk, Sand und leibeigene Bauern. Bei der feierlichen Grundsteinlegung trank er mit den Juden Schnaps, aß Honigkuchen und brachte ihnen seine Wünsche dar: »Möget ihr erfolgreich zu Gott beten, der Himmel und Erde geschaffen hat und in dessen Hand die Geschicke jedes lebendigen Geschöpfes ruhen...«

Dubno gehörte fünf Generationen lang den Lubomirskis. Michal, der den Bau der Synagoge unterstützt hatte, war General und Freimaurer und spielte Violine. Er hatte in Dubno eine Freimaurerloge gegründet: Das Vollkommene Geheimnis des Ostens. Während der Jahrmärkte gab er rauschende Bälle, auf denen täglich bis zu dreihundert Personen zusammenkamen. Sein Sohn Józef war ein Kartenspieler und Geizkragen. (»Infolge seines Geizes wurden in Dubno keine Ausbesserungen getätigt«, schrieb der Chronist.) Marceli, sein Enkel, spielte ebenfalls Karten, verlor aber dabei. Er floh mit einer französischen Schauspielerin ins Ausland. Er freundete sich mit dem Dichter Cyprian Kamil Norwid, mit ungarischen Aufständischen und französischen Sozialisten an. Seine verlassene Gemahlin warnte den russischen Zaren vor einem Attentat, von dem sie durch Hellsehen Kenntnis hatte. Sein unehelicher Sohn wurde Schauspieler im Pariser Odéon. Der letzte Lubomirski, der Besitzer von Dubno war, hieß wieder Józef und war dem Kartenspiel ebenso verfallen wie sein Vater und sein Großvater. Er geriet in Schulden und heiratete eine Frau, die zehn Jahre älter als er, aber Millionärin und die Witwe eines Parfümfabrikanten war. Er hatte sie durch ein Heiratsvermittlungsbüro kennengelernt. Dank dieser Ehe wurde er einen Traum los, der ihn seit dreißig Jahren allnächtlich gequält hatte: daß er sein Hotelzimmer nicht verlassen konnte, weil er kein Geld hatte, die Rechnung zu bezahlen. Er starb ohne Nachkommen im Jahre 1911. Noch vor seinem Tode hatte er Dubno an eine russische Fürstin verkauft.

In den 20 Jahren zwischen den Weltkriegen war Dubno eine Kreisstadt innerhalb der Woiwodschaft Wolhynien. Es hatte 12000 Einwohner, die Mehrzahl waren Juden.

5.

Axel von dem B. wurde am Ostersonntag 1919 geboren. Sein Elternhaus stand am Nordhang des Harzes. Es hatte zwei Stockwerke und zwei Seitenflügel, war von einem Garten umgeben, und hundert Meter vor dem Tor floß die Bode vorbei. Die Leute im Ort nannten es das Schloß, die Bewohner nannten es ihr Haus. Sie verließen es im November 1945 innerhalb von zwei Stunden, nur mit Handgepäck. Zum ersten Mal fuhr er kurz vor der deutschen Vereinigung mit Tochter und Enkelkindern wieder hin. Im Schloß befand sich eine Schule für Marxismus-Leninismus. Der Direktor wollte die Polizei rufen, weil sie durch das Tor, das übrigens nicht mehr existierte, in den Garten gefahren waren. Beim zweiten Besuch, schon nach der Vereinigung, wurde nicht die Polizei gerufen, und man ließ die Besucher ins Haus. »Unterrichten Sie noch Marxismus-Leninismus?« fragten sie den Direktor. »Wir sind auf Englischunterricht umgestiegen«, antwortete der Direktor, »aber wissen Sie, Herr Baron, wenn Sie alles zurückerhalten, würde ich es gerne von Ihnen pachten und ein Hotel aufmachen. Was halten Sie davon?«

Der Vater hatte das Hofgut geführt und die Kulturen des Fernen Ostens studiert. Er hatte Japan und China bereist und sich auch für die Geschichte der Zivilisation interessiert. Sie hatten einen alten Gärtner, junge Zimmermädchen, einen treuen Diener, eine schüchterne Gouvernante... Wie das auf einem Schloß eben so ist.

Zu den liebsten Erinnerungen Axels von dem B. gehört die morgendliche Begegnung der Gouvernante mit dem alten Diener. Jeden Morgen, pünktlich um acht, begegneten sie einander auf der Treppe – die Gouvernante ging hinauf zu den Kindern, der Diener ging hinunter zum Vater. Der Diener war es nicht gewohnt, junge Fräuleins als erster zu grüßen, und so gingen sie wortlos aneinander vorbei, worauf er stehenblieb, den Kopf wandte und sagte: »Fräulein Kuntze! Haben Sie mir Guten Morgen gesagt oder haben Sie nur gedacht, daß es sich gehören würde?« Diese Szene wiederholte sich jeden Morgen, Punkt acht Uhr, acht oder zehn Jahre lang.

Später besuchten Axel und sein Bruder das Realgymnasium. Dann gingen sie zum Militär nach Potsdam. Dann brach 1939 der Zweite Weltkrieg aus.

6.

»Der Erdwinkel von Dubno, vier Synagogen, Freitagabend, Juden und Jüdinnen zwischen diesen steinernen Trümmern – das behält man im Gedächtnis. Später am Abend, Hering und Wehmut…« So notierte es Isaak Babel, als er 1920 mit Budjonnys Reiterarmee in Dubno war. »Weideflächen, Felder, die untergehende Sonne. Synagogen, niedrige alte Häuser in Grün und Dunkelblau…«

Es gab viele Bäume, vor allem an der Ikwa. Dorthin ging man abends spazieren. Im Sommer machte man Kahnpartien, im Winter barg man das Eis, das dann wieder bis zum Herbst reichte. Das ganze Jahr über wurde Wasser geschöpft, Pferdegespanne brachten die Wasserwagen in die ganze Stadt. Bei Eintritt der Dunkelheit wurden die Gaslaternen entzündet. An Markttagen roch die Luft nach Staub und Pferdeäpfeln.

Die schönste Schrift im jüdischen Dubno hatte der

Schreiber Josl. Auch der junge Pinhasowitsch war nicht schlecht, aber Josl war beliebter, und wer ein Gesuch zu schreiben hatte, ging meist zu ihm.

Dr. Abram Grincwajg, direkt aus Wien zugezogen, hatte seine Praxis (»Strombehandlung und Bestrahlung«) auf der Cisowski-Straße und war unter der Telefonnummer 30 zu erreichen.

Der Photograph R. Cukier betrieb das Atelier »Décadence«.

Lejb Silsker hatte ein Pferd und einen Wagen. Er brachte die Post zum Bahnhof und holte sie ab.

Reb Mejer schärfte Messer, er war spezialisiert auf Messer für die rituelle Schlachtung.

Ruben Cypring war Kantor in der großen Synagoge. Er hatte eine schöne Stimme und spielte in der Hochzeitskapelle die Klarinette. Eli Striner spielte dort die Geige und die Trompete Mendel Kaczka, der in der Militärkapelle von Luck, in der Armee des Zaren, Solist gewesen war. Und dieser Mendel Kaczka war so fromm, daß er in den vier Jahren seines Militärdienstes nie auch nur einen Schlag aus dem Kochkessel zu sich genommen hatte, denn dieses Essen war nicht koscher. Die Kapelle aus Dubno spielte auf allen Hochzeiten der Umgebung, bei Juden, Polen und Ukrainern.

Ein Amateurtheater führte Goldfadens Stück über Bar Kochba auf, den Anführer des jüdischen Aufstands gegen Rom. Den Bar Kochba spielte Wolff, der Verlobte der Schneiderin Brandle. Er sah sehr gut aus und hatte einen angenehmen Bariton. Der Vater Dinas, seiner Geliebten, war Lajzer, der Mann, dem die Klempnerwerkstatt nahe am Brunnen gehörte.

Dubno war bekannt für seine vorzügliche Mazze. Sie

war dünn und außergewöhnlich knusprig. Für den Verkauf begann man sie schon im Dezember zu backen, gleich nach Chanukka. Erst im Frühjahr, nach dem Purimfest, buk man für den eigenen Bedarf.

Die großen Kaufleute handelten mit Hopfen und Holz, der Hopfen ging nach Österreich, die Kiefern, Eichen und Fichten nach Deutschland.

Es gab viele Arme. Jeden Freitag wurde für sie gesammelt, daß sie am Sabbat nicht ohne Fisch und Weißbrot dasaßen.

»Ein stiller Abend in der Synagoge – diesem Eindruck kann ich mich nie entziehen«, schrieb Isaak Babel. »Die vier Synagogen in einer Reihe. (…) Ein völlig schmuckloses Gebäude, alles weiß und glatt bis an die Grenze der Askese, alles körperlos, auf ungeheure Weise blutleer; man muß die Seele eines Juden haben, um es zu begreifen. (…) Wie ist es möglich, daß ausgerechnet in unserem Jahrhundert darüber die Vernichtung kommt?«

7.

Axel von dem B. überschritt die polnische Grenze im Gefolge der Panzer Guderians, am ersten Tag des Krieges. Am nächsten Tag fiel Heinrich, sein Freund. Es war in der Tucheler Heide, die Sonne war untergegangen, es begann zu dunkeln, und in diesem Dämmerlicht sah er die zurückweichenden Soldaten aus Heinrichs Zug. »Der Leutnant ist gefallen!« riefen sie und liefen weiter. Die Polen schossen von oben, sie hatten sich in den Wipfeln der Bäume festgebunden. Es war ungemütlich. Sie verbrachten die Nacht im Wald.

Axel von dem B. saß an einen Baum gelehnt und hielt auf seinem Schoß den Kopf des jungen Quandt, der im selben Gefecht verwundet worden war. Der »junge Quandt« hieß er im Unterschied zu seinem Vater, dem alten Quandt, dem Besitzer großer Textilbetriebe. Die Mutter des jungen Quandt war gestorben, als er noch ein Kind war, der Vater hatte eine junge Frau geheiratet, die mit Vornamen Magda hieß. Über die Schulferien stellten sie einen Hauslehrer ein. Er hieß Joseph Goebbels. Als die Ferien zu Ende waren, verschwand der Hauslehrer zusammen mit Magda. Aus diesen oder vielleicht aus anderen Gründen konnte der junge Quandt die Nazis nicht leiden.

Er werde sterben, sagte er, den Kopf auf dem Schoß von Axel von dem B., und alle diese Naziverbrecher... »So schlimm steht es nicht mit dir«, suchte Axel von dem B. ihn zu trösten, aber Quandt wußte, daß es schlimm stand, und fuhr fort: Alle diese Naziverbrecher sollten draufgehen wie er. Und möglichst schnell. Je später sie draufgehen würden, um so furchtbarer wäre ihr Ende.

Gegen Morgen starb Quandt, und Axel von dem B. besorgte sich einen zweiten Revolver. Er war zwanzig Jahre alt, hatte die erste Schlacht hinter sich und zwei Freunde verloren. Als sie weiterrückten, trug er in jeder Hand einen Revolver und im Herzen neuen Mut. Er fiel dem Regimentskommandeur auf.

»In unserer Familie«, sagte er, »stellt man Tapferkeit nicht zur Schau. Man hat sie.« Und er nahm Axel von dem B. den Revolver aus der linken Hand.

»In unserer Familie« bedeutete, daß Axel von dem B. und der Regimentskommandeur von und zu Gilsa aus einer Familie stammten, dem großen deutschen Adelsgeschlecht.

Unter diesem Kommandeur machte Axel von dem B. den ganzen Polen- und einen Teil des Rußlandfeldzugs mit. Den Winter 1940 verbrachte er in Wloclawek. Eines Tages wurde ihnen mitgeteilt, daß die Zivilbehörden einen Stadtteil bestimmt hatten, in den die Juden der ganzen Stadt umgesiedelt wurden. Die Juden hatten einzig das Recht, Handgepäck mitzunehmen.

»Das ist ein Skandal!« erboste sich der Kommandeur. »Welcher Idiot denkt sich so etwas aus! Morgen früh fahre ich nach Krakau zu Frank und erzähle ihm alles.« (Er kannte Frank aus der Zeit der Berliner Olympischen Spiele, wo er Kommandant des Olympischen Dorfes gewesen war.)

Am nächsten Morgen wurde der Wagen bereitgestellt, aber vor der Abfahrt sagte der Adjutant: »Wenn das aber kein Idiot war? Wenn das... deutsche Politik ist?« – »Meinen Sie?« entgegnete unschlüssig von und zu Gilsa und ließ das Auto wieder in die Garage bringen.

In Wloclawek blieben sie bis zum Frühjahr, dann rückten sie nach Osten, und am 22. Juni 1941, früh um drei Uhr fünfzehn, überschritt Axel von dem B. die russische Grenze. Er wußte, daß in Rußland die Bolschewisten herrschten. Er wußte, daß es dort Lager gab und daß Stalin ein Mörder war. Kurz – er wußte, daß er gegen den Kommunismus kämpfte und somit alles in Ordnung war.

(Mit Polen war auch alles in Ordnung gewesen, vor allem nach Gleiwitz. Die Polen hatten die Nerven verloren – sie hatten angefangen, es mußte geantwortet werden; alles war in Ordnung.)

Die Russen begrüßten sie mit Brot und Blumen. Auch sie glaubten, die Deutschen würden die Befreiung bringen. Schnell sollten sie sich enttäuscht sehen: Der fremde

Hurensohn erwies sich als noch schlimmer als der einheimische Hurensohn.

So sagte es Axel von dem B. bei einem Vortrag in Washington, kurz nach dem Kriege, im Rotary Club. Einer der Anwesenden stand auf und verließ demonstrativ den Saal. Axel von dem B. glaubte, es sei aus Mißbilligung seiner Ansichten geschehen, aber wie sich zeigte, war es ein Protest gegen das Wort Hurensohn. Man befand sich in der feinsten Washingtoner Gesellschaft, und derlei Ausdrücke waren hier nicht üblich.

Er kam durch Smolensk und gelangte bis an die Desna, er wurde sechsmal verwundet – am Arm, am Bein, an der Lunge – und ging vom Lazarett jedesmal wieder an die Front. Im Herbst 1942 war er in der Ukraine. Westlich vom Dnjepr, an einem Fluß, dessen Namen er vergessen hatte und der in einen anderen Fluß mündete, dessen Namen er auch nicht mehr erinnert.

Die Stadt hieß Dubno.

8.

Die Leute im jüdischen Dubno hatten Spitznamen. Sie wurden öfter benutzt und ließen sich leichter merken als die richtigen Namen: Eier-Ida, Zickelbenjamin, Benjamin der Tischler, Gänse-Henia, der Rotkopf-Zalman, der Schwarzschopf-Zalman, Hancia die Verrückte, der Neureiche Chaim, der Rote Motl, Mechl Bohnenstange, Kuchen-Jankl, Feldscher-Nisl, Scholem Gott behüte, Motl der Wasserfahrer, die Schwarze Basia, Aba der Lehrer, der Gescheite Itzek, Itzele Schnapsglas, Esther die Kellnerin, Zymbal-Ascher, Gamaschen-Iser...

Iser stellte aller Wahrscheinlichkeit nach Stiefelschäfte her, und Itzele guckte ins Glas, aber Scholem? Welchem Ereignis hatte er sein »Gott behüte« zu verdanken?

Und Hancia die Verrückte? Hatte sie verdrehte Einfälle? War sie eine Besessene? War sie wie die wahnsinnige weinende Jüdin von Sochaczew, die sagte: »Warum ich weine, fragt ihr? Wenn ihr wüßtet, was ich weiß, würdet ihr eure Läden schließen und mit mir weinen...«

Die Menschen mit den Spitznamen gibt es nicht mehr.

Die Menschen, die den Erinnerungsband »Sefer Zikaron« verfaßt haben, gibt es nicht mehr.

Man kann keinen mehr fragen.

9.

Axel von dem B. war in Dubno Stabsoffizier. Regimentskommandeur war Ernst Utsch.

Axel von dem B. hatte ein Pferd und unternahm Spazierritte in die Umgebung. (Die Gegend war sehr schön: der Fluß Ikwa, Wälder mit Buchen und Fichten...) Manchmal ritt er auch zum Gelände des alten Flugplatzes.

Dort sah er auf dem Flugfeld eines Tages eine riesige rechteckige Grube. Er dachte, damit solle wohl die Landung feindlicher Maschinen verhindert werden, wunderte sich aber zugleich: Man hätte die Landebahnen ja mit allen möglichen Hindernissen sperren können... Er wendete das Pferd.

Am Tag darauf bekam der Regimentskommandeur Besuch vom Gebietskommissar, dem Chef der Zivilbehörden. Als dieser gegangen war, sagte Utsch, der Gebietskommissar brauche Soldaten für irgendeine Aktion, das

66

Gelände des Flugplatzes solle abgeriegelt werden. Utsch hatte ihn abgewiesen: Er dürfe sich an Dingen der zivilen Verwaltung nicht beteiligen. Mit Axel von dem B. grübelte er eine ganze Weile darüber nach, was das für eine Aktion sein könnte. Sie hörten dieses Wort zum ersten Mal in einem dunklen, rätselhaften Zusammenhang.

Ein paar Tage später hörte Axel von dem B. von sonderbaren Vorgängen auf dem Flugplatz.

Er stieg aufs Pferd.

Die rechteckige Grube kannte er schon.

Vor der Grube standen nackte Menschen. Männer, Frauen, Greise und Kinder.

Sie standen hintereinander, in einer ganz normalen Schlange, in der man nach Milch oder Brot ansteht. Die Schlange war an die sechshundert Meter lang.

Am Rand der Grube saß ein SS-Mann. Er ließ die Beine herabhängen und hielt eine Maschinenpistole in den Händen. Er gab ein Zeichen, und die Schlange rückte vor. Die Menschen stiegen die in die Erde gegrabenen Stufen hinunter und legten sich in der Grube hin, einer neben den anderen, das Gesicht nach unten. Der SS-Mann gab Feuer, winkte gleich darauf, und die Schlange rückte vor ... Die Menschen stiegen in die Grube und legten sich auf die Körper, die schon dort lagen. Ein Feuerstoß, der nächste Wink. Die Schlange rückte vor ...

Es war ein warmer Tag, einer der warmen Herbsttage, wie sie im Oktober vorkommen.

Die Sonne schien.

Nackte Frauen trugen nackte Kleinkinder. Männer führten Kinder bei der Hand oder stützten wankende Greise. Familien hielten sich umschlungen.

Niemand schrie oder weinte, niemand betete oder

flehte um Gnade, keiner versuchte zu fliehen. Zwischen den Schüssen herrschte vollkommene Stille.

Es waren acht SS-Männer. Einer schoß, die anderen schienen abzuwarten, daß er müde wurde.

Axel von dem B. ritt zurück.

Die Aktion auf dem Flugplatz dauerte zwei Tage, dreitausend Menschen wurden erschossen.

Am Abend des dritten Tages hörte Axel von dem B. Schritte auf der Treppe und dann ein Klopfen an der Tür. Ein Bekannter trat ein, ein Beamter aus dem Regimentsstab.

»Ich komme aus der Gastwirtschaft«, sagte er. »Der Gebietskommissar gibt ein Abendessen für die SS-Leute von der Aktion... Neben ihm saß der große Dicke... Ich habe gehört, was er sagte... So würden sie von einer Stadt zur anderen fahren... Die lokalen Behörden bereiten alles vor – die Lastwagen, die Absperrung, die Grube –, und sie fahren herum und töten... Er sagte, daß er allein bis jetzt dreißigtausend Juden umgebracht hat... Dafür ist er befördert worden... Hörst du mir überhaupt zu?«

»Ja«, sagte Axel von dem B. »Geh schlafen.«

Der Beamte ging. Axel von dem B. hörte die alten hölzerne Stiege unter seinen Tritten knarren.

Eine Stunde später knarrte sie wieder, und der Beamte klopfte an die Tür.

»Entschuldige, daß ich dich störe, aber ich habe ein paar Berechnungen angestellt. Wenn sie zu acht sind und jeder dreißigtausend Menschen umbringt, dann schaffen sie in drei oder vier Monaten eine Million! Hörst du mir überhaupt zu?«

»Geh schlafen«, sagte Axel von dem B.

Im November gab der Gebietskommissar wieder ein

68

Abendessen, diesmal zu Allerheiligen. Er lud Ernst Utsch ein, der jedoch eine Ausrede fand und Axel von dem B. hinschickte.

Er saß neben einer Frau, deren Mann in der Ukraine eine Landwirtschaft betrieb. Er fragte sie, ob sie von der Aktion wisse. Ja, sagte sie, und sie wisse auch, daß dabei bald nicht mehr geschossen werde. Es werde Lastwagen geben, in denen alles mit Abgasen erledigt werde. Es gehe darum, die Methoden menschlicher zu machen, setzte die Frau hinzu. Axel von dem B. fragte nicht, für wen die Methoden menschlicher sein sollten – für die SS-Männer oder für die Juden. Er vermutete, für die SS-Männer, die sich mit dem Töten plagten.

Er erzählte alles dem Regimentskommandeur.

»So hat Adolf Hitler uns also auch die Ehre genommen«, sagte Ernst Utsch.

Axel von dem B. fragte nicht, was dem Regimentskommandeur die Ehre genommen hatte. Ihm wurde klar, daß sie nach allem, was sie erfahren hatten, weiterleben würden, ganz normal, wie bisher. Sie würden schlafen und essen, verdauen und atmen. Voreinander würden sie tun, als wüßten sie von nichts. Von nichts würden sie wissen – und wußten doch alles.

Drei Monate später beschloß Axel von dem B., Adolf Hitler zu töten.

10.

Das Ghetto von Dubno war im April 1942 eingerichtet worden, in der Zeit des Passahfestes. Es umfaßte die Scholem-Aljechem-Straße mit ihren Seitengassen am

69

Ufer der Ikwa. Als das Ghetto liquidiert wurde, warfen sich die Menschen in den Fluß, der dort tief und reißend war. Chaja Fajnblit aus der Fischgasse hatte nach vierzehn Jahren Ehe ihr erstes Kind geboren – mitten hinein in diesen Krieg. Sie ertränkte es, sie selbst nahm Gift. Gift nahmen auch die Ärzte Frau Dr. Ortman und Dr. Kagan. Lejser Wajzbaum nahm den Strick. Manche suchten Zuflucht im Ufergebüsch der Ikwa, aber die Deutschen brannten von Zeit zu Zeit das Schilf ab.

Zu Jom Kippur, dem Versöhnungsfest, versammelten sich die Juden, die noch am Leben waren, im Haus des alten Sykuler. Sein Haus stand an der Ikwa. Kantor Pinchas Schoched leitete die Gebete, hinterher kamen die Leute zu ihm und sagten: »Reb Pinchas, mögen wir dich in Gesundheit wiedersehen von heute an in einem Jahr!«

Die letzten Juden von Dubno wurden im Oktober umgebracht, zu Simchat Tora, dem Tag des Torafreudenfestes.

11.

Drei Monate später beschloß er zu töten...

Die Entscheidung, den Führer des Deutschen Reiches zu ermorden, bedarf einiger Zeit. Besonders, wenn man erst dreiundzwanzig ist und zudem ein Offizier, der den Eid auf den Führer geschworen hat.

Er empfand keinen Haß. Sein Gedankengang war schlicht und kühl. Hitler ist die Verkörperung eines Mythos. Der Mythos muß zerstört werden, damit das Verbrechen besiegt werden kann.

Er teilte seine Entscheidung einem Freund mit. Es war

Fritz von der Schulenburg. Als Student hatte er sich für den Marxismus interessiert, später hatte er sich den Nationalsozialisten verbunden und dann der Opposition um Claus Graf von Stauffenberg, dem Organisator des Anschlags vom Juli 1944, angeschlossen. (Nach diesem Attentat, vor Gericht, titulierte ihn der Staatsanwalt mit »Verbrecher« oder »Lump Schulenburg«. Als er ihn einmal mit »Graf Schulenburg« ansprach, unterbrach ihn dieser: »Lump Schulenburg, wenn ich bitten darf!«) Im August 44 wurde er gehängt, anderthalb Jahre nach dem Gespräch mit Axel von dem B., in dem dieser dem Freund erklärt hatte, daß er bereit sei zu töten...

12.

Im Juni 1943 standen sie vor Leningrad, wenige Kilometer von Zarskoje Selo und der vordersten Linie. Es war zur Zeit der weißen Nächte, in denen man bis zum Morgen lesen konnte, ohne Licht machen zu müssen. (»Ich schreibe und lese ohne Lampe«, hatte Alexander Puschkin als Zögling des Gymnasiums von Zarskoje Selo berichtet.) Es war Abend, der Himmel hatte die Farbe von Magermilch.

Sie saßen im Regimentsstab, einem Holzhaus, das dem Kommandeur zugleich als Unterkunft diente, und tranken Kaffee. Der Kaffee war mit heißem sowjetischen Weinbrand aufgebrüht, den sie zusätzlich zur Zigarettenzuteilung bekamen. Er hieß »café diabolique«. Der Kommandeur war zur Inspektion in die vorderste Linie gefahren. Sie saßen da und redeten miteinander. Nichts Ernsthaftes – kein Krieg, keine Politik. Eher Geplauder, abends, unter einem Himmel, der die Farbe von Magermilch hatte.

Da stand plötzlich der kleine Bronsart vom Stuhl auf. Er zog den Revolver, zielte auf das Hitlerbild an der Wand und drückte ab. Er traf genau. Schwer zu sagen, was ihn dazu bewogen hatte – es war, wie gesagt, von nichts Ernstem die Rede gewesen. Der kleine Bronsart konnte den Führer offensichtlich nicht leiden, das war alles.

Natürlich herrschte erst einmal Grabesstille. Alle sahen auf den Führer mit dem Loch in der Stirn und dachten dasselbe: Ob das Loch in der Holzwand hinter dem Bild sehr tief und ob man in diesem Raum ganz unter sich war.

Axel von dem B. war es, der das Schweigen unterbrach und Richard, den Adjutanten des Regiments, fragte, ob es irgendwo noch ein Ersatzbild gäbe. Richard, der jüngere Bruder von Heinrich – dem, der am zweiten Tag des Krieges in der Tucheler Heide gefallen war –, gab zur Antwort, daß es leider nur ein Bild pro Regiment gäbe.

Das Schweigen wurde immer bedrückender. Dann ergriff Richard das Wort. »Gedanken machen können wir uns später«, sagte er. »Ehe wir verstehen, was passiert ist, soll jeder das gleiche tun.«

Er zog den Revolver und richtete ihn auf Hitler.

Nach ihm schoß Axel von dem B.

Dann Klausing oder von Arnim...

Was mit dem durchschossenen Bild geworden und an seine Stelle gekommen ist – daran erinnert sich Axel von dem B. nicht mehr. Das war nicht seine Sorge, das hatte Richard, der Adjutant, mit dem Regimentskommandeur abzumachen. Glücklicherweise besaß er ein ungewöhnliches diplomatisches Geschick und die Eignung, unangenehme Dinge aus dem Weg zu räumen.

Bronsart von Schellendorf fiel einen Monat später an der Newa.

Friedrich Klausing wurde verwundet und nach Berlin geschickt. Dort wurde er dann Adjutant Stauffenbergs und im Juli 1944 gehängt.

Ewald von Kleist überlebte, aber Richard sagt, daß er damals gar nicht dabeigewesen sei.

Demzufolge haben drei überlebt: Axel von dem B., Max von Arnim, der im Ruhestand ist, und Richard von Weizsäcker, der Präsident der Bundesrepublik Deutschland.

13.

Im Herbst 1943 setzte Fritz von der Schulenburg Axel von dem B. in Kenntnis, daß die Verschwörer einen Offizier suchten, der Hitler während einer Vorführung von Uniformen töten sollte. Es ging um Winteruniformen für die Ostfront. Die bisherigen waren, wie sich während der Kämpfe gezeigt hatte, nicht für russische Bedingungen geeignet. Es wurden neue Modelle angefertigt, und Axel von dem B. sollte sie Hitler vorführen. Auch Himmler und Göring sollten zugegen sein. Seit der Niederlage von Stalingrad zeigten sie sich selten zu dritt, die Gelegenheit war also günstig.

Axel von dem B. war hervorragend geeignet, diese Uniformen vorzuführen. Er kannte die Ostfront und konnte Hitler die notwendigen Erläuterungen geben. Er war Träger von Orden und Kampfauszeichnungen. Er war hochgewachsen, gutaussehend und ein nordischer Typ.

Axel von dem B. sagte Fritz von der Schulenburg, daß er einverstanden sei.

Das Einverständnis von Axel von dem B. vermerken alle Bücher über die Hitler-Opposition im Dritten Reich.

Im Jahre 1943 wäre, wie es heißt, »kein anderer deutscher Offizier, auch nicht aus Kreisen der Opposition, imstande gewesen, die Hand gegen den Führer zu erheben«. Die einen beriefen sich auf den Willen des Volkes, das immer noch von Hitler behext war. Andere sprachen von christlichen Grundsätzen. Wieder andere, die für ihre Tapferkeit bekannt waren, »wären nicht imstande gewesen, so etwas zu tun«. (Sie wären nicht imstande gewesen, – um es mit den Worten von Richard von Weizsäcker zu sagen –, den geraden schmalen Pfad der christlichen Orthodoxie zu verlassen und Wege durch ein Labyrinth zu suchen…)

Nach dem Krieg hielt Axel von dem B., Jurastudent an der Universität Göttingen, für seine Kommilitonen einen Vortrag. Es war während der Nürnberger Prozesse, und die Kommilitonen glaubten nicht, was in den Zeitungen stand – sie hielten es für einen Irrtum oder für Propaganda. Axel von dem B. erzählte ihnen von Dubno.

»Und du hast das gesehen?«

»Ja.«

»Und das haben Deutsche getan?«

»Das haben Deutsche getan.«

Der Vortrag erschien in der Universitätszeitung. Er trug den Titel »Eid und Schuld«. Axel von dem B. legte darin die Gründe dar, warum er sich zu dem Attentat entschlossen hatte. Er sprach über den Eid, der Führern geschworen wird. Dieser Treueid sei ein von zwei freien Menschen vor dem Angesicht Gottes geschlossenes Abkommen, an das man nicht mehr gebunden sei, wenn es vom Führer selbst verletzt werde. Die Führer des Dritten Reiches aber hätten den Eid geschändet und verraten…

Axel von dem B. hatte Fritz von der Schulenburg also erklärt, daß er einverstanden sei.

Richard, der Adjutant des Regiments, stellte ihm einen Marschbefehl für die Fahrt nach Berlin aus.

(Fünfzig Jahre später sagte Richard von Weizsäcker, die Entscheidung Axels von dem B. sei auch für ihn getroffen worden. Nach der Aktion auf dem Flugplatz konnte keiner von ihnen, den deutschen Offizieren in dem Städtchen Dubno, mehr sagen, er habe von nichts gewußt. Sie wußten es nun. Und sie gaben die Befehle der Führung nach wie vor an ihre Untergebenen weiter. Sie waren somit selbst an dem Verbrechen beteiligt und zogen ihre Soldaten mit hinein.

Jeden Tag hätten sie sich von neuem die Frage gestellt, wie es weitergehen solle, sagte Richard von Weizsäcker fünfzig Jahre später. Axel habe ihnen die Antwort gegeben. Er sei weder entsetzt noch überrascht gewesen. Schließlich waren sie an der Front, und jeder Tag konnte der letzte sein. Warum sollte man über diesen letzten Tag nicht selbst entscheiden? Wenn Axel starb, um den Führer des Reiches umzubringen, war das viel sinnvoller, als an der Ostfront zu fallen...)

Richard stellte also den Marschbefehl aus, und Axel von dem B. fuhr nach Berlin.

Er traf sich mit Stauffenberg.

Claus von Stauffenberg war in Afrika verwundet worden, er hatte die rechte Hand und an der linken zwei Finger verloren. Eine schwarze Binde verhüllte eine leere Augenhöhle. Er wirkte entschlossen, unpathetisch und heiter. Er fragte Axel von dem B., warum er Adolf Hitler umbringen wolle.

»Wissen Sie, was er mit den Juden macht?« fragte Axel von dem B. zurück und verbesserte sich: »Was *wir* mit den Juden machen?«

Stauffenberg wußte es. Er fragte, ob Axel von dem B. als Protestant keine moralischen Bedenken habe. Den Katholiken war es gestattet, einen Tyrannen zu töten, habe aber nicht auch Luther in einer seiner Schriften... Offensichtlich legte er für Axel von dem B., und vielleicht auch für sich, theologische Argumente zurecht. Er solle sich alles noch einmal überdenken, sagte er abschließend, und ihm nach dem Mittagessen seine Entscheidung mitteilen.«

Nach dem Mittagessen teilte Axel von dem B. Claus von Stauffenberg mit, daß sein Entschluß unverrückbar feststehe. Sie gingen daran, die Einzelheiten zu besprechen. Die Veranstaltung sollte in der Wolfsschanze, Hitlers Hauptquartier in Ostpreußen, stattfinden. Die Uniformen sollten von Soldaten vorgeführt werden, die von nichts wußten. Der Sprengstoff sollte in der Uniform von Axel von dem B. versteckt werden. Die Ladung würde die Führer des Reiches, Axel und alle anderen Anwesenden töten.

Am Ende des Gesprächs nahm Stauffenberg aus einer Mappe einen kleinen Umschlag. Das ist ein Befehl, sagte er. Axel von dem B. solle ihn im Hauptquartier Herrn Oberst L. übergeben. Nach Hitlers Tod werde er den Streitkräften, allen Deutschen und der ganzen Welt bekanntgegeben. »Sie können ihn unterwegs durchlesen...«

Axel von dem B. ging daran, die Aufgabe auszuführen.

Das Material bekam er von Oberst L. Drei Kilo Minen, ein Kilo Dynamit und eine englische Zeitbombe. Alles paßte in ein kleines flaches Köfferchen. Die Zeitbombe war großartig, denn sie machte kein Geräusch. Sie explodierte zehn Minuten nach Auslösung des Zünders, und diese Minuten liefen in absoluter Stille ab. Trotzdem wollte Axel von dem B. die englische Zeitbombe nicht. Erstens kannte er sie nicht, und zweitens waren zehn Minuten eine zu lange Wartezeit auf den Tod. Er gab sie zurück (Stauffenberg verwendete sie später, im Juli 1944, selber) und bat um eine normale Handgranate, wie er sie von der Front kannte. Sie explodierte nach viereinhalb Sekunden. Sie machte zwar Geräusch, aber das konnte man etwa durch Husten leicht übertönen. Oberst L. hatte keine Granate zur Hand, und so fuhr Axel von dem B. nach Potsdam zu einem Kameraden vom Militär. Dieser Kamerad war ein deutscher Patriot und ein deutsch-jüdischer Mischling. Er hatte zuviel jüdisches Blut, um das Vaterland zu schützen (das war eines der ersten nazistischen Gesetze: Mischlinge durften nicht zum Schutz des Vaterlands an der Front kämpfen), von diesem Blut jedoch zu wenig für Auschwitz oder Theresienstadt. Verzweifelt, nicht zum Schutz des deutschen Vaterlands an der Front kämpfen zu dürfen, hatte er sich den Dienst in der Etappe erbettelt. Er tat ihn in Potsdam. Er hatte Granaten, und er stellte keine Fragen. Axel von dem B. machte sich auf die Fahrt in Hitlers Hauptquartier.

Im Zug griff er in den Stiefelschaft und zog den Befehl hervor, der nach dem Attentat den Deutschen und der ganzen Welt bekanntgegeben werden sollte.

»Der Führer ist tot«, lautete der erste Satz.

»Er wurde von einer Clique ehrgeizbesessener SS-Offiziere ermordet...

In dieser Situation hat die Wehrmacht die Macht übernommen...«

Der Zug mit dem Militärschlafwagen fuhr ostwärts, Axel von dem B. lag, in die Lektüre vertieft, auf seinem Bett.

Stauffenberg hatte also nicht die Absicht, den Deutschen die Wahrheit zu sagen. Das Volk war nach wie vor

Adolf Hitler verfallen, und so mußte die Verantwortung für seine Ermordung auf eine »Clique« und auf »ehrgeiz-besessene« SS-Leute abgewälzt werden.

So schwach sind wir also, dachte Axel von dem B. Selbst nach Stalingrad dürfen wir nicht die Wahrheit sa-gen... Selbst wir müssen anfangen zu lügen...

Er kam an und gab den Umschlag mit dem Befehl ab.

Er begab sich zur Gästebaracke, um auf die Meldung zu warten, daß die Vorführung begann. Der Waggon mit den Uniformen war auf dem Weg nach Ostpreußen.

Er weiß nicht, wieviel Tage er in der Gästebaracke ge-wartet hat, aber er weiß, wieviel Nächte es waren. Drei Nächte. Er verbrachte sie ohne Schlaf. Er saß im Sessel und zog Bilanz.

Die Bilanz eines vierundzwanzigjährigen Lebens ist nicht lang, und so schlief er in der dritten Nacht dennoch ein. Am Morgen weckte ihn Oberst L. Flugzeuge der Alli-ierten hatten den Zug bombardiert. Der Waggon mit den Uniformen war ausgebrannt, die Vorführung abgesagt. Axel von dem B. sollte unverzüglich nach Rußland an die Front zurückkehren.

Als er seine Sachen zusammenpackte, überlegte er, was er mit den Minen und mit der Granate machen sollte. In dem Gästezimmer konnte er das Köfferchen nicht stehen-lassen, und er hatte auch keine Zeit, es im Wald zu vergra-ben. Er nahm es mit nach Rußland. Dort packte er alles in einen feldgrauen Wehrmachtssack, den er in seinen Offi-ziersspind schob.

Drei Monate später wurde er verwundet. Erst sah es nicht gefährlich aus, aber dann kam Wundbrand hinzu und der Fuß wurde amputiert. Dann das Bein – erst bis zur Wade, dann bis zum Knie, und am Ende ganz.

Er wurde in Berlin operiert, in einem Lazarett der SS. Als er aus der Narkose erwachte, sah er als erstes einen weißen Lazarettschrank. Oben drauf lag der feldgraue Wehrmachtssack. Es war Usus an der Front, den Verwundeten ihre Sachen ins Lazarett nachzuschicken, so war es auch bei Axel von dem B. geschehen, und niemand hatte in den Sack geschaut.

Am 17. Juli kam Friedrich Klausing, Stauffenbergs Adjutant. Er sagte, in den nächsten Tagen werde ES passieren.

In der Nacht vom 20. auf den 21. Juli 1944 hörte Axel von dem B. im Radio die Stimme Hitlers: »Wenn ich heute zu Ihnen spreche, so geschieht es aus zwei Gründen: erstens, damit Sie meine Stimme hören und wissen, daß ich selbst unverletzt und gesund bin, zweitens damit Sie aber auch das Nähere erfahren über ein Verbrechen, das in der deutschen Geschichte seinesgleichen sucht...«

Axel von dem B. hielt es für angebracht, sein Adreßbuch zu vernichten. Um es in der Toilette fortspülen zu können, fehlte ihm das Bein, und so aß er es auf, die ganze Nacht lang, Blatt für Blatt.

Am Morgen kam die Gestapo. Die Vernehmung dauerte nicht lange. Er hatte ein Alibi: Er lag ohne Bein im Lazarett der SS. Über den Köpfen der Gestapo-Leute lag auf dem Schrank der feldgraue Wehrmachtssack. Den nahm später Karl Groeben mit, ein Kriegskamerad, der wegen seines gelähmten Arms nicht wieder an die Front mußte. Er erzählte von den Verschwörern – wer gehängt oder ins KZ gebracht worden war und wer sich selber umgebracht hatte. Oberst L. war die Flucht gelungen. Er soll sich durch die Front zu den Russen durchgeschlagen und dort Zuflucht gefunden haben. Karl Groeben beendete seinen

Bericht, griff mit seiner gesunden Hand den feldgrauen Sack, vergewisserte sich noch einmal, ob er auch wirklich nicht mehr gebraucht würde, und versprach, ihn ins nächste Wasser zu werfen.

14.

»Am Rande von Dubno standen Häuser mit Gärten, und so war es rings um die Stadt voller Grün. Im Frühjahr verbreitete sich der Geruch von Flieder und Jasmin, von Akazie und Matthiola, die vom zauberhaftesten Duft ist. Der Fluß aber, der Dubno durchfloß, war mit dichtem Schilf bewachsen, reich an Fischen und Wasservögeln.

... An einem sehr kalten Morgen, ich weiß nicht, ob es im Herbst oder im Frühjahr war, hörte ich ungewöhnlichen Lärm. Leute kamen vorbeigerannt, und ich hörte sie sagen, auf der Ikwa schwimme eine Jüdin mit ihrer Tochter herum. Als die beiden sahen, daß die Leute zusammenliefen, versteckten sie sich im Schilf. Die Leute sahen dieser schrecklichen Tragödie zu, und alle waren still... Irgend jemand machte den Deutschen Meldung, die auch sofort kamen und ebenfalls zusahen. Die beiden konnten nicht im Schilf sitzenbleiben, sie brauchten Bewegung, denn das Wasser war eisig, und so schwammen sie wieder heraus, aber dann sahen sie die Deutschen und versteckten sich wieder. Die Deutschen nahmen ein Boot und ruderten hin, um sie mitzunehmen... Beide trugen etwas Weißes, vielleicht waren sie im Hemd...« (Aus einem Brief von Antonina H., einer ehemaligen Einwohnerin von Dubno)

15.

Anfangs benutzte Axel von dem B. eine Prothese, verspürte in dem künstlichen Bein aber einen unerträglichen Schmerz. Dieses Phänomen ist der Medizin bekannt. Es heißt Phantomschmerz. Ein Arzt erklärte Axel von dem B., daß die Quelle des Phantomschmerzes in den vorderen Lappen des Großhirns liege und man dort einen Eingriff vornehmen könne, der Lobotomie genannt werde, aber der Patient lehnte ab.

Er geht an Krücken. Er mißt einen Meter dreiundneunzig, unterm Jackett ragt lang ein Bein zu Boden. Daneben, zwischen dem Boden und dem Jackett, gähnt Leere. Ein Bein, das es nicht mehr gibt, beansprucht viel Raum. Viel mehr als das vorhandene in dem dunklen Hosenbein und dem eleganten blankgeputzten Mokassin.

Es sind ganz einfache Krücken, aus Aluminium, mit einem Fuß aus schwarzem Gummi. Die gleichen Krücken benutzen auch die polnischen Invaliden und die alten Frauen in Warschau, wenn sie auf die Straßenbahn warten.

Er bewegt sich nur langsam vorwärts, sucht den Boden lange und sorgfältig nach einer Stelle ab, die nicht glitschig oder abschüssig ist. Dort setzt er seine Krücke auf, dann zieht er das Bein nach. Dann bleibt er wieder stehen und betrachtet aufmerksam den Boden...

Er hat Jura studiert, war Diplomat, Verleger und Direktor von Eliteschulen.

Er hat sich mit Adorno, Golo Mann und Hannah Arendt zum Lunch getroffen.

Er war in den Ferien bei seinem Kusin Klaus und dessen Frau Beatrix, der holländischen Königin.

Er heiratete eine Engländerin und ließ sich in der Schweiz nieder. Nach Deutschland kam er selten. In den fünfziger Jahren bekam er eine Vorladung von der Staatsanwaltschaft. Die SS-Leute vom Flugplatz in Dubno waren gefunden worden, und der Staatsanwalt wollte wissen, ob Axel von dem B. sie wiedererkenne.

Nein, sagte er, er erkenne sie nicht wieder.

»Wie kann das sein?« fragte verwundert der Staatsanwalt. »Sie waren doch Zeuge des Judenmords in Dubno!«

»Ja.«

»Haben Sie die Gesichter der Männer gesehen, die diese Tat begangen haben?«

»Ja.«

»Und warum erkennen Sie sie nicht wieder?«

»Weil sie alle die gleichen Gesichter hatten – Jagdhundgesichter«, erklärte Axel von dem B. »Haben Sie schon mal eine Meute gesehen, die gerade ein Wild stellt? Könnten Sie den einen Hetzhund vom anderen unterscheiden?«

Letztes Jahr ist die Frau Axels von dem B. verstorben. Nach fünfunddreißig Jahren im Ausland kehrte er nach Deutschland zurück.

Er suchte alte Bekannte auf, den Obersten L. zum Beispiel, der ihm in der Wolfsschanze drei Kilo Minen und ein Kilo Dynamit gegeben hatte. Nach Stauffenbergs Anschlag war er zu den Russen geflohen. Dort hatte er ein Dutzend Jahre in einer Einzelzelle auf der Lubjanka und in sibirischen Lagern zugebracht. Nach seiner Heimkehr lebte er in Niedersachsen auf einem kleinen Bauernhof. Er empfing Axel von dem B. sehr wohlwollend, geriet aber in Zorn, als der Besucher ihn mit »Herr Oberst« ansprach. »Sie stehen vor einem Kronprinzen!« rief er. »Ist Ihnen nicht bekannt, wie man einen Monarchen anzureden

hat?!« Wie sich erwies, war Oberst L. den Lagern der So-
wjets als preußischer Thronfolger entronnen. Darüber
hinaus benahm er sich normal.

Axel von dem B. ist zu seinen Kindern gezogen, in ein
altes Schloß. Die Räume sind düster und kalt. An den
Wänden hängen Spiegel und Bilder in schweren vergolde-
ten Rahmen. Die Gobelins stellen Jagdszenen dar. Die
ganze Nacht knirschen die Dielen. Der Geist eines Ahnen
macht sie knirschen, der mit der Regimentskasse durchge-
brannt, dafür geköpft worden war, und jetzt durch die
Flure streift und sein blutiges Haupt unterm Arm trägt.
Die Treppen sind steil, darum hat Axel von dem B. ein
Zimmer im Erdgeschoß bezogen. Es ist klein, bietet aber
Platz für ein Bett, einen Tisch mit einer Tasse und einer
Kaffeemaschine, einige Bücher und die beiden Krücken.

Zuweilen kommt ein deutscher oder ausländischer Historiker, der das nächste Buch über den Widerstand im
Dritten Reich schreibt.

Manchmal ruft Richard an, der Bruder Heinrich von
Weizsäckers und einstige Adjutant des Regiments. Sie reden über das Leben. Oder über Thomas Mann. Oder über
Ereignisse, die außer ihnen niemand mehr für lustig oder
wichtig hält.

Das Reden fällt Axel von dem B. immer schwerer. Er
leidet an Depressionen. Aus unersichtlichem Grund verliert er an Gewicht. Ihn peinigt ein Schmerz, der nur durch
Betäubungsmittel zu mildern ist. Was immer auch der Be-
fund sein wird, er zöge vor, nicht leiden zu müssen. Ande-
rerseits sei der Gedanke tröstlich, daß das ganze Theater
bald vorbei sei.

16.

Der Schreiber Josl
Der junge Pinchasowitsch
Abram Grincwajg, Arzt
R. Cukier, Photograph
Lejb Silsker, Briefträger
Reb Majer, Scherenschleifer
Ruben Cypring, Klarinettist
Eli Striner, Geiger
Mendel Kaczka, Trompeter
Brandla, Schneiderin
Wolff, ihr Verlobter
Lajzer, Schauspieler und Klempner
Eier-Ida
Zickelbenjamin
Benjamin der Tischler
Gänse-Henia
Zalman Rotkopf
Zalman Schwarzschopf
Hancia die Verrückte
Chaim der Neureiche
Der rote Motl
Mechl Bohnenstange
Kuchen-Jankel
Feldscher-Nisl
Scholem Gott behüte
Motl der Wasserfahrer
Die schwarze Basia
Aba der Lehrer
Itzele Schnapsglas

Der gescheite Itzek
Esther die Kellnerin
Zymbal-Ascher
Gamaschen-Iser
Chaja Fajnblit
Chaja Fajnblits Kind
Frau Dr. Ortmanowa, Ärztin
Lejzer Wajzbaum
Sykuler, Hausbesitzer an der Ikwa
Pinchas Schoched, Kantor
Eine Frau in weißem Hemd
Die Tochter der Frau im weißen Hemd
Gedenke meiner nicht in dieser Stunde,
Da Gott mit großer Gabe dich beglückt...
Solang jedoch die heimatliche Ikwa schwillt
Als Strom von Tränen derer, die dereinst
hier hatten Herz und Seele
(...)
Solange habe ich das Recht, an den Gräbern
zu stehen und zu singen – gestreng, doch ohne
Zorn...

Juliusz Slowacki, »Beniowski«, VIII. Gesang

Axel von dem Bussche starb am 26. Januar 1993. Er wurde in Lehrensteinsfeld beerdigt, am Fuße des Schlosses.

Porträt mit Kinnladensteckschuß

1.

Am frühen Morgen brachen wir auf.

Es ging nach Osten.

Blatt mußte nachsehen, ob Marcin B. an den Tatort zurückgekehrt war.

Marcin B. hat vor langer Zeit drei Menschen umbringen lassen. Einer liegt verscharrt in der Scheune, der andere in einem Waldstück. (Scheune und Waldstück gehören Marcin B. und liegen in dem Dorf Przylesie.) Der dritte, der umgebracht werden sollte, ist Blatt. Die Kugel, die für ihn bestimmt war, steckt seit fünfzig Jahren in seiner Kinnlade.

Blatt kommt aus Kalifornien. Über dreißig Mal war er schon in Polen. Jedesmal ist er nach Osten gefahren, in das Dorf Przylesie, um nachzusehen, ob Marcin B. da ist. Marcin B. war nie da, und Blatt fuhr nach Kalifornien zurück.

2.

Fünfhundert Kilometer waren zurückzulegen, also lieh oder kaufte er jedesmal einen Gebrauchtwagen. Der wurde ihm später gestohlen, mitunter fuhr er ihn zu Schrott oder ließ ihn als Geschenk zurück. Es waren Kleinwagen, allenfalls ein alter Fiat. Blatt mochte kein Aufsehen. (»Sie können Tomek zu mir sagen«, sagte er gleich am ersten Tag. »Oder Tojwele, wie ich als Kind gerufen wurde. Oder Thomas, wie es in meinem amerikanischen Paß steht.« Ich nannte ihn in Gedanken weiterhin Blatt – trotz so vieler Möglichkeiten.)

Wir fuhren nach Osten.

Durch die Frontscheibe fiel die Sonne. In dem grellen Licht waren Blatts Schläfen völlig grau, obwohl sein Haupthaar von einem dunklen Rotbraun war. Ich fragte, ob er sich die Haare färbe. Das sei keine Farbe, erklärte er, sondern eine spezielle Flüssigkeit, die man frühmorgens auf den Kamm träufle. »Aus Amerika«, mutmaßte ich. Er nickte, »ja, die neueste Erfindung«. Blatt war nicht groß, aber von kräftigem, derbem Körperbau. Leicht konnte man ihn sich vor dem Spiegel vorstellen: der kurze Hals, der bullige Oberkörper, das Unterhemd und das Fläschchen mit der neuesten amerikanischen Erfindung gegen graue Haare. Dieses Bild soll aber niemanden veranlassen, ironisch zu grinsen. Blatts heutige Stärke ist dieselbe, die ihn damals überleben ließ. Blatts Stärke ist ernst zu nehmen. Seine Liebesgeschichten nicht minder – alle mit Blondinen. Die Liebe eines Juden nach dem Krieg konnte nur Blondinen gelten. Nur eine arische Frau mit hellen Haaren verkörperte eine erhabene sichere Welt.

Ein Kusin von Blatt, David Klein, hatte vor dem Krieg in Berlin gewohnt. Er überlebte Auschwitz und kam zurück nach Berlin. In der Wohnung fand er neue Mieter vor. Sie brauchen sich nicht aufzuregen, sagten sie, alles ist an seinem Platz. Und tatsächlich fand er jede Kleinigkeit dort, wo er sie vor dem Krieg gelassen hatte. Er heiratete ihre hellhaarige Tochter. Sie war die Witwe eines gefallenen SS-Offiziers, und der Kusin von Blatt zog den Sohn der beiden groß. Als die Frau sich in einen jüngeren Mann verliebte, starb der Kusin von Blatt an Herzversagen. (Ich habe in Berlin die Tochter der beiden angerufen. Ihr Ehemann nahm den Hörer ab. Ich sagte, ich würde gern mehr über David Klein erfahren, der in Auschwitz war. Ich hörte, wie er seiner Frau, der Tochter von David Klein, zurief: »Dein Vater war in Auschwitz?«)

Staszek Szmajzner, der Goldschmied von Sobibór, ist nach Rio ausgewandert. Dort hat er zwar keine Arierin geheiratet, dafür aber eine Miss Brasilia. Sie haben sich getrennt. Staszek ging in den Urwald und schrieb ein Buch über Sobibór. Als er fertig war, starb er an Herzversagen.

Hersz Cukierman, der Sohn eines Kochs aus Sobibór, ging nach Deutschland. Seine arische Frau verließ ihn, und Cukierman nahm den Strick.

Und so weiter.

Blatt schreibt nach wie vor an seinem Buch.

Wir fuhren nach Osten.

Blatt wollte nachsehen, ob Marcin B. in das Dorf Przylesie zurückgekehrt war.

3.

Wir kamen durch ehemals jüdische Kleinstädte: Garwolin, Leopiennik, Krasnystaw, Izbica. Ausgebleichter Putz, schmutzige Nässeflecken. Zusammengefallene ebenerdige Holzhäuser. Wir fragten uns, ob noch jemand in ihnen wohnte. Es schien so, denn in den Fenstern standen, in weißes Kreppapier gehüllt, Töpfe mit Geranien. Manche Fensterbretter waren mit Watte ausgelegt, auf der die Fäden von Lametta glitzerten, das wohl noch von Weihnachten dort lag. Die Türen der Trinkstuben waren weit geöffnet, Männer in grauen Wattejacken standen davor und tranken Bier. Drinnen war offensichtlich kein Platz mehr. Auf den leeren Grundstücken zwischen den Häusern standen Reste von Mauerwerk. Zwischen Ziegelbrocken wuchs Gras. Welk und schlaff war das Gesicht dieser kleinen Städte, entstellt von Erschöpfung oder Furcht.

In Izbica wollte mir Blatt ein paar Dinge zeigen. Wir begannen in der Stokowagasse. Hier haben Generationen der Blatts gewohnt, aber auch Tante Mane Rojtensztajn, die durch die Wand alles mithörte. »Gib es zu, Tojwele«, sagte sie, »dein Vater reicht dir Speisen, die nicht koscher sind! In die Hölle kommst du dafür, Tojwele!« Er hat Fieber bekommen aus Angst vor der Hölle, aber auch Trost von der Tante. »Du bist ja erst acht. Zur Bar-Mizwa wird der Herrgott dir alles erlassen.« Schnell hatte er nachgerechnet, daß er noch fünf Jahre lang sündigen konnte. Leider war dann aber vor der Bar-Mizwa der Krieg ausgebrochen, und der Herrgott erließ ihm nichts.

Wir sahen uns auf dem Marktplatz um. In der Mitte

stand Idele und schlug eine Trommel. Er verlas behördliche Bekanntmachungen. Zum letzten Mal trommelte er im September 39 und verkündete die Anordnung, daß zum Schutz vor Bomben die Fenster zu verdunkeln seien. Er ist im Lager Belzec umgekommen.

Auf dem Markplatz spielten Wandermusikanten und verkauften für fünf Groschen die Texte der neuesten Schlager. Tojwele kaufte »Madagaskar« – Hej Madagaskar, heißes Land, schwarzes Land, Afrika...

Das prächtigste Haus am Platz gehörte Juda Pomp, dem Seidenhändler. Er war in Izbica der erste gewesen, der sich eine Toilette in der Wohnung installieren ließ. Alle waren gekommen, um nachzusehen, wie das zugeht, eine Toilette in der Wohnung und kein Gestank.

Nach dem Marktplatz ging es in die Seitenstraßen. Wir kamen zum Haus der verrückten Ryfka Wie-spät-ist-es. »Ryfka, wie spät ist es?« riefen die Kinder, und Ryfka antwortete genau und irrte sich nie. Dann kam ein Jude aus Amerika, alt und häßlich und reich. Er musterte Ryfka genau und erfuhr, daß sie die Tochter des verstorbenen Rabbiners war. Er befahl ihr, sich die Haare zu kämmen, und heiratete sie. Die Einwohner von Izbica mußten zugeben, daß Ryfka sich nach der Hochzeit als schöne Frau ohne jede Spur von Verrücktheit erwies. Sie brachte ein Kind zur Welt. Sie sind in Sobibór umgekommen.

Nebenan wohnte Hauptmann Doktor Lind. Wie er mit Vornamen hieß? Keine Ahnung, aber ein Auto hatte er, einen Opel – das einzige Auto in der Stadt. Am 1. September 39 hat die Frau des Doktors die Wohnung saubergemacht, die Betten frisch bezogen und – was Fajga Blatt, Tojweles Mutter, am besten gefallen hat – ein sauberes Tischtuch aufgelegt. Dann hat der Doktor die Uniform angezogen, und sie sind in den Opel gestiegen. Der Doktor ist in Katyn umgekommen; wo seine Frau geblieben ist, weiß man nicht.

Die Anzüge für Tojwele und seinen Bruder hat der Schneider Flajszman genäht. Die Flajszmans hatten eine Stube und neun Kinder. Ihr Bett war aus Brettern gezimmert und so groß, daß alle darin Platz fanden. Am Fenster stand die Nähmaschine, mitten in der Stube ein Tisch. Dort aßen sie aber nur am Sabbat, werktags brauchten sie den Tisch zum Bügeln. Die Flajszmans sind mit ihren neun Kindern in Belzec umgekommen.

Szoched Wajnsztajn, der Beschneider. Tag für Tag saß er über dem Talmud, und seine Frau sorgte mit Eis und Sodawasser für den Unterhalt. Das Eis machte sie in einem Holzeimer, der in einem salzgefüllten Zuber stand. Die Hygieneaufsicht hatte den Gebrauch billigen, ungereinigten Salzes für Speisezwecke verboten, aber Frau Wajnsztajn konnte sich teures nicht leisten, und so paßten die Söhne Symcha und Jankiel an der Haustür auf, ob kein Polizist kam. Sie sind in Belzec umgekommen.

Das Haus von Frau Bunszpan – ihr Name ist hier aus bestimmten Gründen geändert. Sie betrieb eine Seidenwarenhandlung. Ihre Tochter hatte helles, ihr Sohn dunkles Haar. Er solle schön zu Hause bleiben, sagte sie und ging mit der Tochter zum Bahnhof. Der kleine Junge kam ihnen nachgerannt. Er wollte mit der Mutter in den Zug steigen, aber Frau Bunszpan schob ihn zurück. »Geh weg hier«, sagte sie, »sei artig!« Er war artig. Er ist in Belzec umgekommen. Frau Bunszpan und ihre Tochter haben den Krieg überlebt. »Da habe ich begriffen«, sagt Blatt, »daß der Mensch sich selbst nicht restlos kennt.«

Die Brauerei von Rojza Nasybirska. Rojza entfloh dem

Transport und betrat das erste Haus, das sie am Wege fand. Dort saßen Leute um den Tisch und lasen in der Heiligen Schrift. Es waren Zeugen Jehovas. Sie sahen in Rojza ein gottgesandtes Zeichen, gaben ihr eine Bibel und schickten sie los, die Menschen zu bekehren. Sie überstand den Krieg in aller Ruhe. Niemand kam auf den Gedanken, es könnte eine Jüdin sein, die da über die Dörfer zog und die Menschen zu bekehren suchte. Nach dem Krieg wollte sie weitermachen, aus Dankbarkeit, aber da kam ein Kusin und nahm sie mit in die USA.

Das Sägewerk von Hersz Goldberg. Ringsum stapelte sich gleichmäßig das geschnittene Holz. Wenn am Sonnabend der erste Stern am Himmel aufleuchtete und der Sabbat zu Ende ging, trank man gemeinsam aus einem Weinkelch und wünschte einander »a gute woch«. Das war das Signal für die Jugend: Die Burschen gingen mit den Mädchen zu Goldbergs Holzstapeln, und die kleinen Geschwister folgten ihnen auf dem Fuße, um zu sehen, was man abends hinter Holzstapeln macht. Hersz Goldberg ist in Belzec umgekommen.

Ein baufälliges Haus nahe beim jüdischen Friedhof. Hier hat Jankiel Blatt gewohnt, der leibliche Bruder von Tojweles Vater. Er hatte zwei Kinder, keine Arbeit und war Kommunist. Als im September 1939 die Russen die Stadt besetzten, wurden sie von Onkel Jankiel begeistert begrüßt. Jetzt werde es Arbeit geben, sagte er immer wieder, jetzt werde Gerechtigkeit einziehen. Die Kommunisten legten rote Armbinden an und zeigten den Russen an, wer ein polnischer oder jüdischer Bourgeois oder ein aus dem Septemberfeldzug heimgekehrter Soldat war. Unter anderem wurde Juda Pomp verhaftet, der Seidenwarenhändler und Besitzer des Hauses mit Toilette. Tojweles

Vater, der einstige Pilsudski-Legionär, verwies Onkel Jankiel des Hauses und schrie, er solle sich nie wieder bei ihm blicken lassen. Nach zwei Wochen zogen die Russen ab, und die Deutschen rückten ein. Der Kommunist Jankiel Blatt kam ebenso um wie Juda Pomp, der Klassenfeind. In Sibirien hätte er unvergleichlich größere Überlebenschancen gehabt als in Sobibór, aber die Russen hatten es leider nicht rechtzeitig geschafft, die Bourgeois von Izbica ins Lager zu schicken.

Blatt redet und redet, in Izbica haben dreitausend Juden gewohnt, und er ist immer noch beim ersten Hundert. Jetzt schickt er sich an, seinen Besuch bei Malka Lerner zu machen, der Schächterstochter, an deren Haus wir gerade vorbeikommen. Malka, die groß und stramm und schwarz den Reigen der wohlhabenden Mädchen anführt, öffnet ihm die Tür in einem himmelblauen Morgenrock. Als sie das Gebäck auf den Tisch stellt, beugt sie sich leicht vor und enthüllt das Dekolleté. Nicht zufällig oder verschämt, sondern mit sichtlichem Stolz. Sie ist zwölf Jahre alt, und schon sprießt ihr Busen. Das Gebäck war mit Mohn bestreut. Zum Purimfest brachte man es so den Nachbarn, auf einem Tellerchen, unter einer Serviette mit Hohlsaumstickerei. Malka führte den Reigen der wohlhabenden, und Esther, die kleiner, zierlich und hellhaarig war, den der armen Mädchen an. »Sie war unscheinbar, aber im Alter hätte sie besser ausgesehen als Malka«, gibt Blatt heute etwas widerstrebend zu. Wahrscheinlich überlegt er sich, ob das Malka gegenüber nicht unfair ist. Esther war schmaler und hatte die bessere Figur, aber sie ist nicht alt geworden. Józek Bressler, der Sohn des Zahnarztes, hat im Lager erzählt, wie er mit Esther und Malka im Viehwagen gefahren ist. »Jetzt bin ich fünfzehn Jahre«, hat Malka gesagt, »habe mich noch mit keinem Jungen geliebt und werde nie erfahren, wie das ist.« Beide Mädchen sind umgekommen. Józek Bressler konnte fliehen, ist aber dann mit den Minen hochgegangen.

Nun wirklich zum letzten Haus, hier wohnte Großmutter Chana Sura. Sie war eine geborene Klein, die Tante des Berliner Kusins. Sie trug eine Perücke und kam nie zu Besuch zu den Blatts, denn Tojweles Vater, Leon Blatt, der zur Belohnung für seinen Dienst in den polnischen Legionen eine Konzession für den Schnaps- und Weinhandel bekommen hatte, aß nicht koscher, hielt nicht den Sabbat ein und war vom Rabbiner verstoßen worden. Kurt Engels, der Chef der Gestapo, setzte ihm eine Krone aus Stacheldraht auf und hängte ihm ein Schild um den Hals: »Ich bin Christus. Izbica ist die neue Hauptstadt der Juden.« Er lachte schallend, als Leon Blatt mit dieser Krone durch die Stadt ging. Großmutter Chana Sura, Leon Blatt, seine Frau Fajga und Herszel, Tojweles jüngerer Bruder, sind in Sobibór umgekommen.

Jetzt aber wirklich zum allerletzten Haus. Zu dem verwilderten Platz mit Mauerresten, wo das Haus gestanden hat. Die Gerberei von Mosze Blank.

Hier hatten die Menschen nach der ersten Aussiedlung Zuflucht gesucht und sich sicher gefühlt. »Wie es auch kommt«, meinten sie, »Leder werden die Deutschen immer brauchen.« Sie sind in Sobibór umgekommen. Die Söhne des Besitzers haben überlebt. Der Ältere, Jankiel, hatte vor dem Krieg an der berühmten Lubliner Talmudhochschule studiert. In einem Versteck bei Kurowo setzte er im Schein einer Petroleumlampe das Studium fort. Er nahm kaum wahr, daß der Krieg ein Ende hatte.

Der Jüngere, Hersz, machte nach dem Krieg ein Geschäft auf. Er wurde von unbekannten Tätern in Lublin, auf der Kowalska-Straße, umgebracht.

Wir bogen nach Südosten.

4.

Der Aufstand von Sobibór, der größte in einem Konzentrationslager, fand am 14. Oktober 1943 statt. Sein Anführer war Alexander Petscherski, ein Kriegsgefangener, Offizier der Roten Armee. Nach dem Aufstand wurde das Lager von den Deutschen liquidiert.

In Sobibór gab es Werkstätten, die für die Deutschen arbeiteten. Um halb vier Uhr nachmittags meldeten die Schneider einem SS-Mann, seine neue Uniform sei zur Anprobe fertig. Der SS-Mann zog sich aus und legte den Gürtel mit dem Revolver ab. Mit einem Beil und ihren Scheren brachten die Schneider ihn um. Sie versteckten die Leiche, legten Lappen über den blutbefleckten Fußboden und gaben dem nächsten SS-Mann Bescheid. Zur selben Zeit meldeten die Schuster, daß die neuen Stiefel fertig, und die Tischler, daß schöne Möbel zu besichtigen seien. Fast alle SS-Männer, die gerade Dienst hatten, kamen um. Es geschah in aller Stille und dauerte anderthalb Stunden. Um fünf Uhr formierten sich ein paar hundert Häftlinge zu einer Kolonne, Petscherski schrie auf russisch: »Für die Heimat, für Stalin, vorwärts!«, und die Leute stürmten auf den Wald zu. Viele gingen sofort mit den Minen hoch. Tojwele war mit der Jacke am Zaun hängengeblieben. Als er loskam, war das Feld schon frei von Minen. Als die Amerikaner den Fernsehfilm »Escaped from Sobibór« drehten, war Blatt als Berater dabei. Seine Rolle spielte ein junger amerikanischer Schauspieler. Genau wie Tojwele blieb er am Zaun hängen und kam, wie das Drehbuch befahl, nicht los. Blatt schien es, als würde es zu lang dauern. Er war entsetzt. Die Zeit verrann, und er würde niemals aus Sobibór fortkommen. Als der Schauspieler über das Feld rannte, rannte Blatt hinter ihm her. Die Einstellung war längst zu Ende, aber Blatt rannte noch. Sie fanden ihn Stunden später, zerschunden, mit zerbrochener Brille, im Wald versteckt.

Der SS-Mann Karl Frenzel war davongekommen. Er war weder auf eine neue Uniform noch auf neue Stiefel oder schöne Möbel scharf gewesen. Nach dem Krieg bekam er sieben Mal lebenslänglich. Im Jahre 1984 erreichte er eine Wiederaufnahme des Verfahrens. Die Verhandlung fand in Hagen statt, Blatt war Zeuge der Anklage. Er erinnerte sich sehr genau an Frenzel. Als er mit den Eltern und dem Bruder in Sobibór aus dem Viehwagen geklettert war, hatte Frenzel die Selektion vorgenommen und die Menschen in die Gaskammer geschickt. Den Tag zuvor, noch zu Hause, hatte Tojwele die ganze Milch ausgetrunken. »Trink nicht so viel«, hatte die Mutter gesagt, »laß noch etwas für morgen.« Am Tag darauf standen sie in Sobibór auf der Rampe, und Tojwele sagte: »Und du wolltest, daß ich für heute Milch aufhebe!« Das waren die letzten Worte, die er zu seiner Mutter sagte. Er hört sie seit fünfzig Jahren. Er wollte mit einem Psychiater darüber reden, aber es gibt Dinge, die sich amerikanischen Ärzten nicht erklären lassen. Frenzel schickte die Frauen und Kinder nach links und trat, die Knute in der Hand, vor die Männer. »Schneider vortreten!« brüllte er. Tojwele war klein und mager, vierzehn Jahre alt und kein Schneider. Er hatte keine Chance. Er starrte auf Frenzels Rücken und sagte: »Ich will leben.« Er wiederholte es mehrere Male. Er flüsterte fast, aber Frenzel drehte sich um und rief: »Komm raus da Kleiner!« und wies Tojwele zu den Männern, die dablieben. Blatt erzählte davon in Hagen vor Gericht.

Frenzel, der sich auf freiem Fuß befand, bat Blatt in einer Verhandlungspause um ein Gespräch. Sie trafen sich in einem Hotelzimmer. »Erinnern Sie sich an mich?« fragte Blatt. »Nein«, sagte Frenzel, »du warst damals noch so klein.« Blatt fragte, warum Frenzel mit ihm sprechen wollte. »Um mich bei Ihnen zu entschuldigen«, sagte Frenzel. Es stellte sich heraus, daß er sich für die zweihundertfünfzigtausend Juden, die in Sobibór vergast worden sind, entschuldigen wollte.

5.

Auch in anderen Fällen war Blatt Zeuge der Anklage. Unter anderem bei Kurt Engels, dem Gestapochef von Izbica, der Tojweles Vater die Dornenkrone aufgesetzt hatte. Tojwele hatte ihm das Motorrad geputzt. Ein herrliches Seitenwagengespann mit blitzenden Schutzblechen. Auf diesen Schutzblechen waren Totenköpfe eingraviert. Engels hielt sehr darauf, daß sie stets auf Hochglanz poliert waren. Tojwele putzte stundenlang und hielt es für eine glänzende Beschäftigung, denn solange er das Motorrad putzte, hatte er Ruhe vor den Deutschen, sogar bei einer Razzia. Engels hatte zur Arbeit noch einen anderen jungen Juden, Mojszele, der aus Wien stammte und den Garten besorgte. Engels unterhielt sich mit ihm über Blumenzucht. Er hatte ihn gern. »Du bist ein feiner Kerl«, pflegte er zu sagen. »Du kommst als allerletzter dran, und damit du nicht leiden mußt, werde ich selbst dich erschießen.« Blatt sagte vor Gericht aus, daß der Gestapochef Wort gehalten hat. Nach dem Krieg hatte Kurt Engels in Hamburg ein Kaffeehaus aufgemacht, das »Café Engels«. Es war ein bevorzugter Treffpunkt der Juden der Stadt. Auch die jüdische Gemeinde von Hamburg hielt dort ihre Tagungen ab. In den sechziger Jahren wurde Engels entlarvt. Blatt sagte während der Ermittlungen aus. Zum Schluß führte man ihm fünfzehn Männer vor, und der Staatsanwalt fragte, wer der Angeklagte sei. Engels grinste. »Er hat immer noch diesen gelben Zahn«, sagte Blatt. »Als er meinem Vater die Dornenkrone aufsetzte, grinste er mit diesem gelben Zahn.«

Nach der Gegenüberstellung suchte Blatt das Café Engels auf. Er sagte der Frau des Besitzers, wer er war. »Hat er eigenhändig gemordet?« fragte sie. »Hat er Kinder umgebracht?«

Am nächsten Tag wurden Engels und Blatt gemeinsam vom Staatsanwalt vernommen. Ein Beamter kam herein, Frau Engels bitte um ein kurzes Gespräch. Sie ging zu ihrem Mann, zog den Ehering vom Finger, reichte ihm wortlos den Ring und verließ den Raum.

Am nächsten Morgen kam ein Anruf vom Staatsanwalt. Kurt Engels hatte sich in seiner Zelle vergiftet. Blatt brauchte nicht zur Vernehmung zu kommen.

<u>6.</u>

Die ganze Nacht zogen sie durch den Wald. Am Morgen nahm Petscherski die Waffen und die neun kräftigsten

Männer. Sie wollten als Spähtrupp losgehen, sagte er und befahl den anderen zu warten. Er ließ ihnen den Karabiner, den Staszek Szmajzner trug. Er war im Ghetto bei einem Goldschmied in der Lehre gewesen, hatte sein Werkzeug mit nach Sobibór gebracht und für die SS-Männer Siegelringe mit wunderschönen Monogrammen gemacht. Den Karabiner hatte er beim Aufstand erbeutet. Er schoß sehr genau und tötete mehrere Wächter. Petscherski bat ihn, bei den Leuten im Wald zu bleiben.

Petscherski kam nicht wieder. Blatt traf ihn vierzig Jahre später in Rostow am Don. »Warum hast du uns sitzenlassen?« fragte er ihn. »Als Offizier hatte ich die Pflicht, an die Front zu gehen und den Kampf fortzusetzen«, antwortete Petscherski. Er hatte sowjetische Partisanen gefunden und bis Kriegsende gekämpft. Nach dem Krieg saß er im Gefängnis. Leute, die mit ihm in Sobibór gewesen waren, schickten ihm Einladungen, aber er bekam nie einen Paß und konnte nie ins Ausland. Er wohnte mit seiner Frau in einer »kommunalnaja kwartira«, einer Gemeinschaftswohnung mit mehreren Familien. Sie hatten ein Zimmer. Über dem Bett hing ein großer Wandteppich, den Petscherski selbst gestickt hatte und der einen Hund darstellte. Eine Ecke war mit einem Bettlaken verhängt, dahinter standen Waschschüsseln und Toilettensachen. »Unser Aufstand war ein historisches Ereignis, und du bist einer der Helden dieses Weltkriegs«, sagte Blatt. »Hast du einen Orden bekommen?« Alexander Petscherski öffnete die Tür zum Korridor etwas, spähte hinaus, schloß die Tür und flüsterte: »Juden kriegen keine Orden.« – »Warum hast du rausgeguckt?« fragte Blatt. »Ihr seid doch mit der Nachbarin befreundet!« – »Besser ist besser«, flüsterte Petscherski.

7.

Als klar wurde, daß Petscherski nicht wiederkam, teilten sie sich in kleine Gruppen. Jede schlug eine andere Richtung ein. Tojwele ging mit Fredek Kostman und Szmul Wajcen durch den Wald in Richtung Izbica. Am folgenden Abend erblickten sie ein Dorf. Im vierten Haus rechter Hand war ein Fenster erleuchtet. Um den Küchentisch saß eine Familie – ein großer, sehr hagerer Mann mit fahlgelbem Haar, eine kleine, kräftig gebaute Frau, ein Mädchen in Tojweles Alter und ein etwas älterer Junge. Über ihnen an der Wand hing ein Heiligenbild. Auch dort saßen Leute bei Tisch, lauter Männer in weißen Gewändern, über jedem strahlte ein Heiligenschein. Über dem, der mit erhobenem Zeigefinger in der Mitte saß, war der Heiligenschein am größten. »Mein Vater Leon Blatt war Legionär bei Pilsudski«, sagte Tojwele. »Alle Männer auf diesem Bild sind Juden gewesen«, sagte Szmul. »Alle, außer einem.« – »Wir haben etwas als Andenken für euch«, sagte Fredek und legte eine Handvoll Schmuckstücke auf den Tisch, die sie aus dem Sortierraum von Sobibór hatten mitgehen lassen.

Marcin B., der Hausherr, machte ihnen in der Scheune ein Versteck zurecht. Abends brachte er einen Topf mit Essen. Sie hörten, wie er mit langsamen schweren Schritten näherkam, in der Scheune stehenblieb, um nachzusehen, daß kein Fremder da war, und schließlich an das Versteck trat. Er schob das Stroh beiseite und bog den Nagel auf, von dem nur er wußte, daß er sich aufbiegen ließ. Er entfernte das Brett, von dem nur er wußte, daß es nicht festgenagelt war. In den Spalt schob er den großen eisernen Topf. Einer der Jungen streckte den Arm aus und zog den Topf ins Innere. Der Bauer stellte das Brett wieder an seinen Ort, bog den Nagel vor und richtete das Stroh. Sie saßen im Finstern. Fredek und Szmul unterhielten sich flüsternd, und Tojwele hörte zu. Tojwele war klein, rothaarig und voller Sommersprossen. Vor dem Krieg hatte er sie mit der Creme »Halina«, die er von der Mutter klaute, zu bekämpfen versucht, aber es hatte nichts geholfen. Die beiden anderen waren zwei Jahre älter, hatten keine Sommersprossen und kamen aus der Großstadt. Am liebsten redeten sie von den Autos, die sie sich nach dem Krieg anschaffen würden. Fredek wollte einen Pakkard, Szmul einen Buick. Tojwele hörte solche Namen zum ersten Mal und sagte, er werde so einen Opel kaufen, wie ihn der Hauptmann Dr. Lind gehabt hatte. Die beiden anderen lachten. »Einen Opel!« sagten sie wegwerfend und fingen an, von Bahnhöfen zu reden, die man nur erreichte, wenn man durch lange Tunnel ging, über denen die Züge dröhnten. »Hast du schon mal einen Tunnel gesehen?« Tojwele mußte zugeben, daß es in Izbica keinen einzigen Tunnel gab.

So verging ein halbes Jahr. Marcin B. sagte ihnen, nun sei schon Frühling und der Apfelbaum blühe. Er wuchs an der Scheune, vor dem Versteck. Er werde dieses Jahr reich tragen, sagte Marcin B. und fragte, woher sie denn die schönen Pullover und die Lederjacke hätten. »Aus Sobibór, aus der Sortierkammer«, sagten sie und liehen ihm die Jacke und einen Pullover. Am Sonntag trug er die Sachen auf dem Kirchgang. Am Montag kamen mehrere Männer auf den Hof. »Wo hast du die Juden stecken?« schrien sie. »Wir wollen auch solche Lederjacken!« Mit Stangen stießen sie ins Stroh, fanden aber nichts. Vielleicht waren die Stangen zu kurz. »Ihr habt es gehört«, sagte Marcin B. am Abend, »haut ab, ich habe Angst...« Sie baten ihn, Waffen zu kaufen, damit sie in den Wald, zu den Partisanen gehen könnten. »Sie werden euch schnappen«, sagte er, »und euch fragen, woher ihr die Waffen habt, und ihr werdet mich verpfeifen.« – »Wir verpfeifen Sie nicht! Bitte kaufen Sie uns Waffen!« – »Ihr verpfeift mich ganz bestimmt! Haut ab, ich habe Angst!«

Einige Tage später bekamen sie eines Abends mit, daß der Bauer die Kinder über Nacht zu den Großeltern schickte und den Hund in die Küche holte. Später kam er in die Scheune. Er bog den Nagel auf und zog das Brett weg, Fredek beugte sich vor, um den Topf entgegenzunehmen. Ein greller Lichtschein flammte auf, und ein Knall war zu hören. Fredek krümmte sich und strampelte mit den Beinen. Jemand packte ihn und zerrte ihn weg. In dem Bretterspalt zeigte sich ein pausbäckiges Jungengesicht, dann flammte es wieder grell auf. Tojwele spürte einen Stich im Unterkiefer. Er faßte sich an die Wange, sie war naß. Auch er wurde weggezerrt. Als er die Augen öffnete, sah er trotz aller Finsternis Onkel Jankiel. Er saß neben ihm auf der Stroh, krumm und gebückt wie eh und je. Ach so, dachte Tojwele, ich sehe Onkel Jankiel. Wenn man stirbt, sieht man die eigene Kindheit, also sterbe ich jetzt. »Weißt du«, sagte Onkel Jankiel, »noch drei Tage nach dem Tod wachsen einem Haare und Nägel. Man hört, kann aber nicht sprechen.« – »Ich weiß«, sagte Tojwele, »du hast mir das doch schon erzählt. Ich lebe nicht mehr, ich höre nur noch, und meine Nägel wachsen.« Er hörte Stimmen, dann knallte es, einmal und noch einmal. »Macht ihn tot, sonst stöhnt er womöglich noch morgen früh.« Das war die Bäuerin, wer weiß, vielleicht sagte sie es über ihn, über Tojwele. »Laßt mich leben, ihr Herren, ich will euer Diener sein bis an das Ende meines Lebens!« Das war Szmul, aber die Herren wollten ihn nicht als Diener, denn es knallte wieder, und Szmul verstummte. »Er wird schon starr.« Das war Marcin B., und er meinte ganz bestimmt Tojwele, denn dessen Arm hatte er prüfend angefaßt. »Hier ist es!« rief eine unbekannte Stimme, vielleicht die des pausbäckigen Jungen. Er hatte wohl etwas gefunden, sicherlich den Beutel mit dem Gold, denn alle sprangen auf und rannten zur Küche. »Lebst du noch?« Das war Szmul. »Nein«, flüsterte Tojwele und wollte von den Haaren und Nägeln erzählen, aber Szmul stemmte sich hoch und schleppte sich zum Tor. Tojwele gab sich einen Ruck und kroch ihm nach. Szmul schlug die Richtung zu den Bäumen ein. Tojwele hatte den Eindruck, ihm zu folgen, aber als er zu sich kam, saß er unter einem Baum am Waldrand. Er stand auf und machte sich auf den Weg.

8.

Durch die Gegend dort floß der Wieprz.

Der Fluß teilte die Welt in zwei Teile – einen guten und einen schlechten. Der schlechte Teil der Welt lag auf dem rechten Ufer, und dort befand sich Przylesie. Auf dem linken Ufer waren die guten Dörfer: Janów, Mchy und Ostrzyca.

In diesen Dörfern wurden viele Menschen gerettet – Staszek Szmajzner, der Schneider David Berend, der Sattler Stefan Akerman, die Fleischhändler Chana und Szmul, der Getreidehändler Gdal, die Windmüllerin Bajla Szarf und die Kinder des Müllers Rab – Esther und Idele.

Die Kinder des Müllers wurden von Stefan Marcyniuk gerettet.

Zwanzig Jahre zuvor war er aus einem bolschewistischen Lager tief in Rußland geflohen, auf dem Dachboden einer jüdischen Mühle hatte er Unterkunft gefunden. Hätte er, so sagte er, nur einen Sack Mehl – er würde Brot backen, es verkaufen und zu ein paar Groschen kommen... Der Müller gab ihm einen Sack Mehl, und Marcyniuk buk Brot. Er kam zu ein paar Groschen, und nach ein paar Jahren gehörte er zu den wohlhabenderen Hofbesitzern der Gegend.

Der Müller und seine Frau kamen im Ghetto um, ihre Tochter Esther kam nach Sobibór. Am Abend vor der geplanten Flucht erschien Esther im Traum die Mutter. Sie kam in die Baracke und neigte sich über die Pritsche. Morgen wollen wir fliehen, flüsterte Esther, weißt du das? Die Mutter nickte. Ich habe solche Angst, klagte Esther. Wo soll ich denn hin? Sicher kommen wir alle um... – Komm mit mir, sagte die Mutter, nahm die Tochter bei der Hand und führte sie zum Ausgang. Sie verließen die Baracke und durchschritten das Lagertor. Niemand schoß. Es ist ja auch nur ein Traum, dachte Esther. Morgen ist alles Wirklichkeit, und alle werden sterben... Sie gingen über Felder und durch einen Wald und blieben vor einem größeren dörflichen Anwesen stehen. Erkennst du es wieder? fragte die Mutter. Esther erkannte es wieder: Sie standen vor dem Haus von Stefan Marcyniuk. Merke es dir, sagte die Mutter. Hierher mußt du gehen...

Am nächsten Tag flohen sie. Nach elf Tagen erreichten Esther und ihr Verlobter das Dorf Janów. Vor dem Haus aus dem Traum blieben sie stehen.

Es war spät am Abend. Sie wollten niemanden wecken,

schlüpften in die Scheune und legten sich ins Stroh. »Wer seid ihr?« fragte eine Männerstimme aus dem Dunkel, und jemand packte Esther bei der Hand. »Ich bin es, deine Schwester«, sagte Esther, denn sie hatte an der Stimme Idele erkannt, ihren älteren Bruder.

»Das war nicht eure Mutter, Gott hat euch hierhergeschickt«, sagte Stefan Marcyniuk, als sie ihm von dem Traum erzählten. »Ihr werdet bei mir bleiben, bis der Krieg vorüber ist...«

Auch Tojwele traf auf gute Menschen in einem guten Dorf, auf dem linken Ufer des Wieprz. Er kam bei Franciszek Petla in Mchy unter. Petlas Onkel war Diener des Staatspräsidenten Moscicki gewesen und nach dem September 39 mit seinem Herrn nach Rumänien geflohen, dann aber nach Warschau zurückgekehrt, um auf dem großen Trödelmarkt im Stadtteil Praga einen Stand mit Porzellan aufzumachen. Im Dorf wurde verbreitet, Tojwele Tomek sei der leibliche Sohn des Präsidentendieners. Den Kindern auf der Viehweide imponierte das gewaltig, vor allem Kasia Turon, die die größte war, weil sie ihrem Vater, einem Reitersoldaten, nachgeriet. Die Kinder hüteten die Kühe und spielten. Ihr Lieblingsspiel war »Judenfangen«. Mit einem Abzählreim wurde der »Jude« bestimmt, der »Jude« riß aus, und die anderen suchten ihn zu fangen. Wenn sie ihn hatten, wurde er gefragt: »Du bist Jude? Du hast Jesus umgebracht? Piff, paff!«

Einmal wurde Tomek auf dem Feld von zwei Deutschen angehalten, zusammen mit Stefan Akerman, dem Sattler, der sich in Ostrzyca versteckt hielt. Einer der Deutschen legte sein Fahrrad hin. »Jude?« In der Nähe saßen die Hütejungen, und auch Kasia Turon war dabei. »Herr Deutscher!« schrie sie. »Der gehört zu uns!« – »Und der?« Kasia kannte Akerman nicht. »Wissen Sie nicht, was man da macht, Herr Deutscher? Die Hosen runter und piff, paff!« Akerman ließ die Hose herunter. Der Deutsche nahm das Gewehr von der Schulter und hielt es den Kindern hin. »Wer will piff-paff machen?« Sie rührten sich nicht. Der Deutsche bot das Gewehr Kasia an. »Willst du piff-paff machen?« Sie schüttelte den Kopf. Der andere Deutsche führte Akerman in den Wald. Ein Schuß krachte, der Deutsche kam zurück, die beiden bestiegen ihre Fahrräder und verschwanden. In der Nacht kam Akerman zu Tomek. Der Deutsche hatte ihm eine Zigarette gegeben, in die Luft geschossen und gesagt: »Hau ab!«

Am Morgen darauf, auf der Weide, sagte Kasia: »Das war meine Schuld, nicht wahr?« Sie war hübsch. Vielleicht nicht so hübsch wie Malka Lerner, aber dafür waren ihre Augen blau. »Tomek, komm zu uns in die Darre! Sobald es dunkel wird! Du sollst mir vorlesen.« Er war verblüfft. »Im Dunkeln kann ich doch nicht lesen!« – »Doch, doch, das kannst du«, sagte Kasia. Aber weil er es dann nicht wirklich konnte, legten sie sich auf einen Stapel Tabakblätter. Es duftete gut. Kasia tat es immer noch leid um Akerman, aber Tomek konnte sie trösten. Dann tat es ihm leid, und nun tröstete ihn Kasia. Und dann rief sie: »Aber Tomek, du bist ja ein Jude!« Er sprang auf und knöpfte die Hose zu. »Hab keine Angst«, flüsterte sie atemlos, »ich werde es niemandem sagen!« Sie sagte es ihrem Bruder Andrzej, und der begann, Tomek Polnischunterricht zu geben: »Man sagt nicht endlos ›Ojojojojoj‹ und zieht die Silben in die Länge, man sagt sie kurz und ohne ›Ojojojojoj‹!« Dieser Andrzej Torun gehörte der AL* an und trat

---

* *Armia Ludowa* (poln.: Volksarmee): Kommunistischer Militärverband im besetzten Polen.

nach dem Krieg in die Miliz ein. Im Dorf waren es im ganzen zwei gewesen, die von der Volksarmee zur Miliz gingen: Andrzej und Tadzio Petla, der Neffe von Tojweles Hausherrn. Zur ersten Nachkriegsweihnacht kamen sie auf Urlaub, beide in Uniform, und jemand gab eine Salve auf sie ab. Tadzio war siebzehn, Andrzej achtzehn. »Niemand hat gesehen, wer geschossen hat, und wenn es einer gesehen hat, ist er tot«, sagt Romek, der Sohn des Hausherrn. (Der pausbäckige Bursche übrigens, den sich Marcin B. zu Hilfe geholt hatte, war auch zur Miliz gegangen, und auch auf ihn hatte jemand eine Salve abgegeben.)

Romek Petla ist Stiefelmacher. Er wohnt in der Warschauer Neustadt, sitzt an einer alten Singer und näht Schäfte für Damenstiefel. Auch diesmal war Blatt bei ihm zu Besuch, sie nahmen ein Schlückchen und ein Häppchen und erinnerten sich: an das Dorf, an Romeks verstorbenen Vater, an die Juden, an Kasia und an die Kleine, die nach dem Krieg aus Tarzymiechowe gekommen war. Was die für Augen hatte! Und natürlich kam die Rede auf die Kugel in der Kinnlade. »Steckt sie noch da?« fragte Romek. »Na klar«, sagte Blatt. »Ich habe dir damals Binden und Salbe besorgt«, sagte Romek, »weißt du das noch? Von einem Deutschen. Für zwei Eier. Es war eine besondere Wundsalbe vom Militär. Für alles nahm er zwei Eier.« Romek Petla richtete den Stoß der gefütterten Stiefelschäfte. Sie waren häßlich, für billige Stiefel, für arme Leute. Romek Petla sagte, die Nachfrage steige, es gebe immer mehr arme Leute. Was tut es, daß diese Schäfte Langeweile verbreiten. Romek schenkte nach, aber gegen solche Langeweile hilft das nicht. Im Gegenteil. Aus irgendwelchen Gründen nistet die Langeweile am liebsten in Schustermaterial – in Sohlen, im Futter, in den Schäften. »Und warum behältst du diese Kugel?« fragte Romek Petla. »Was weiß ich«, sagte Blatt nachdenklich. »Ich verliere immer alles. Wenn ich sie herausnehmen lasse, verliere ich sie, aber so steckt sie in der Kinnlade, und ich weiß, daß sie da ist.«

9.

Der Krieg war zu Ende. Die Juden aus Izbica, die überlebt hatten, fanden sich in Lublin zusammen. Aus nicht näher bestimmbaren Gründen dachten sie nicht daran, nach Izbica zurückzukehren. Auch Tomek dachte nicht daran, aber er konnte ohnehin nicht fort. Seine Stiefel waren in der Scheune von Marcin B. geblieben, er ging barfuß. Der Krieg war zu Ende und er barfuß. Er gab einem Jungen zehn Zloty: »Geh nach Przylesie und frage im vierten Haus rechter Hand nach Marcin B. Sag ihm, daß Tomek am Brunnen in Maliniec auf seine Stiefel wartet. Sag ihm, daß die Stiefel in der Scheune geblieben sind.«

Er wartete am Brunnen. Es war Juli und heiß. Marcin B. erschien, ebenfalls barfuß. In der Hand hielt er ein auf Hochglanz geputztes Stiefelpaar. Es waren die Stiefel von Szmul. Wortlos reichte er es Tomek, wandte sich um und ging. Tomek nahm die Stiefel und ging ebenfalls. Immer noch barfuß, in den Händen die Stiefel von Szmul Wajcen, einen rechts, den anderen links.

Er kam nach Lublin und traf Staszek Szmajzner, dem Petscherski damals im Wald den einzigen Karabiner zurückgelassen hatte.

»Prima Stiefel hast du da«, bemerkte Staszek.

Tomek erzählte von Fredek, Szmul und Marcin B.

Staszek stoppte einen sowjetischen Lastwagen mit einem Hauptmann. Er gab ihm einen halben Liter, und sie fuhren nach Przylesie. Marcin B. war nicht da. »Er ist zum Dreschen gegangen«, sagte die Frau. Staszek winkte der Tochter. »Ihr Herren!« jammerte die Frau, rannte fort und kam mit einem Topf zurück. Es war Gold darin. »Nehmt es, ihr Herren!« Das Mädchen stand schon an der Wand. »Sie ist nicht schuld!« rief Tomek. »Waren meine Schwestern schuld?« fragte Staszek. »War meine Mutter schuld?«. Die Frau von Marcin B. warf sich vor ihm auf die Knie. Er legte den Beutekarabiner an und zielte auf das Mädchen. Tomek hieb ihm gegen den Arm. Die Frau von Marcin B. weinte laut. Die Tochter von Marcin B. stand ganz ruhig an der Wand. Sie blickte zum Himmel, als wollte sie die Flugbahn der Kugel verfolgen.

10.

Sie wohnten auf der Kowalska, bei Hersz Blank, der in Lublin ein eigenes Geschäft aufgemacht hatte. Wie es auch kommt, Leder wird immer gebraucht. Auf der Treppe hielt jemand Tomek zurück: »Geh nicht rauf, es ist noch alles voll Blut.« Ihn wunderte gar nichts. Er wußte, daß Menschen da waren, um eines Tages nicht mehr dazusein. Er ging zum jüdischen Friedhof. In dem kleinen Leichenhaus lag Hersz Blank, in Leinen gehüllt. Szlomo Podchlebnik, ein Kamerad aus Sobibór, hatte ihn hergebracht und eingehüllt. Zum Begräbnis kamen die Juden aus Izbica, Lublin und Sobibór. Nur von zwei Dingen war

auf dem Begräbnis die Rede: Die Täter seien AK-Leute*
gewesen, und man müsse sehen, daß man von hier fort-
komme. Viele gingen nach Palästina. Tomek ging von Palästina in die USA, weil er eine amerikanische Jüdin ken-
nenlernte. Sie lebten in Kalifornien. Anfangs befaßte er
sich mit Autoradios. Dann begann er von Sobibór zu erzählen, schrieb ein Buch über Sobibór und ließ in Sobibór
Gedenktafeln aufstellen. Nachdem das zwanzig Jahre so
gegangen war, teilte seine Frau ihm mit, daß sie nicht die
Absicht habe, den Rest ihres Lebens in Sobibór zu ver-
bringen.

Staszek Szmajzner ging nach Rio. Er heiratete die Miss
Brasilia und wohnte an der Copacabana. Wenn er das Fenster aufmachte, hörte er den Atlantik rauschen. Er verließ
sein Zuhause und ging an den Amazonas. Außer India-
nern wollte er niemanden mehr sehen. Mit dem Karabiner, den er in Sobibór erbeutet und mit dem er auf dem
Hof von Marcin B. zu Ehren seiner Mutter, seiner Schwestern und auch zu Ehren von Fredek und Szmul in den
Himmel geschossen hatte, schoß er nun Vögel im Urwald
des Amazonas. Dreißig Jahre lang schrieb er ein Buch. Als
er fertig war... Das sagten wir schon.

Die AK-Leute, die Hersz Blank umgebracht haben sollen, wurden im April 1945 erschossen. Nicht wegen
Blank, sondern wegen Verschwörung gegen die Staats-
macht und Präsident Bierut. Bierut hatte das Urteil persönlich bestätigt. Auf dem Lubliner Schloß wurde es voll-
streckt. In fünfundfünfzig Minuten wurden elf Menschen

---

* *Armia Krajowa* (Heimatarmee): größte bewaffnete Widerstandsorganisa-
tion unter deutscher Besatzung, die als Untergrundarmee des fortexistieren-
den polnischen Staates konzipiert war und der Befehlsgewalt der Londoner
Exilregierung unterstand.

erschossen. Junge patriotische und tapfere Männer. Vor kurzem sprach der Oberste Gerichtshof sie von allen Vorwürfen frei. Aus diesem Anlaß erschienen in der Presse mehrere Artikel. Alle erwähnten die Ermordung Blanks. Die Journalisten fanden, die AK-Leute werden schon einen Grund gehabt haben, ihn umzubringen. Blank muß wohl ein Agent des Sicherheitsdienstes gewesen sein. Ein Journalist schrieb: »Man kann annehmen, daß der Verdacht bestand, Blank sei ein Spitzel gewesen.« Ein zweiter nahm nicht an, er wußte, daß die AK-Leute Blank jener Zusammenarbeit verdächtigt hatten. Ein dritter besaß die Gewißheit: Hersz Blank war Mitarbeiter des Sicherheitsdienstes.

Die AK-Leute waren indes nicht wegen des Todes von Blank, sondern wegen Beihilfe zum Mord angeklagt worden. Die Mörder standen überhaupt nicht vor Gericht. In der Verhandlung fielen nicht einmal ihre Namen, es wurden nur Pseudonyme genannt: »Rabe« und »Mietek«. Warum wurden die Namen nicht offengelegt? Warum wurden sie nicht unter Anklage gestellt? Warum hüteten die staatlichen Stellen dieses Geheimnis bis zuletzt?

Es ist nicht klar, wer Hersz Blank getötet hat. Die AK? Die Sicherheit? Mörder vielleicht, gedungen vom polnischen oder sowjetischen Geheimdienst...?

Niemand versucht diesen Mord aufzuklären. Der Oberste Gerichtshof, der die AK-Leute freisprach, hat das Verfahren in Sachen Hersz Blank infolge Verjährung eingestellt.

Hersz Blank war 20 Jahre alt. Er war religiös und entstammte einer Familie von Chassidim. Als er getötet wurde, saß sein älterer Bruder seiner Gewohnheit gemäß über dem Talmud und sprach mit Gott über das Wichtigste.

11.

Thomas Blatt ließ das Auto vor dem Dorf stehen.

Wir folgten einem Hohlweg.

Auf der rechten Seite stand alle paar hundert Meter ein Haus. »Wenn man was zu essen braucht, fragt man am besten in solchen Häusern nach«, sagte Blatt.

Auf der linken Seite erstreckte sich Wald. »Wenn man verschwinden will, dann am besten in so einem Wald.«

Er war der Ansicht, die Bäume wiederzuerkennen, von denen aus sie das erleuchtete Fenster von Marcin B. gesehen hatten. Und auch die Bäume, hinter denen später Szmul Wajcen verschwunden war. Das war natürlich absurd. Diese Bäume waren längst Feuerholz geworden.

Er rechnete nach, wie viele Schüsse gefallen waren. Erst der auf Fredek, dann der auf ihn, dann mehrere, drei oder vier. Sagen wir vier, dann waren es insgesamt sechs. Und wenn es fünf waren? Dann insgesamt sieben... Nebenher zählte er die Häuser. Als wir am dritten vorbei waren, geriet er sichtlich in Erregung. »Oho!« sagte er. »Gleich kommt das vierte Haus!«

Mit jedem Jahr waren es weniger Spuren. Erst standen noch die Mauern, dann nur noch eine Ecke (sonderbarer Zufall – ausgerechnet die Ecke, in der das Versteck gewesen war), dann das Fundament, zuletzt nur noch Schutt.

In diesem Jahr war nichts mehr da. Nichts. Außer einem verwilderten Apfelbaum mit rheumatisch verkrümmtem Geäst. Thomas Blatt wußte auf einmal nicht mehr, ob er hier richtig war. Er ging hin und her, sah sich alles an. Gestrüpp und Unkraut reichten ihm bis an die Brust. Nirgends ringsum gab es eine solche Wildnis.

Wir gingen weiter und kamen ans nächste Gehöft. Auf dem Hof stand eine alte Frau. Ich sagte, ich sammle Material für ein Buch. »Über was denn?« fragte sie. »Übers Leben.« Das war keine präzise Antwort, aber sie bat uns in die Küche. Wie sich herausstellte, war sie die Schwester von Zosia, der Ehefrau von Marcin B. Blatt fing wieder an zu rechnen. Falls sie Schüsse gehört habe – wie viele seien es gewesen? Sie wußte sofort, wovon er sprach. Sie selbst hatte nichts gehört, aber Krysia Kochówna, die bei ihnen schlief, hatte gesagt: »In der Nacht ist bei Onkel Marcin geschossen worden.« In der Stille der Nacht ist ein Schuß weit zu hören. Am Morgen wußten sie es in allen Häusern, Juden waren erledigt worden. »Drei lagen da, aber wissen Sie was? Einer ist aus dem Grab gestiegen und verschwunden. Niemand weiß, wo er ist.«

»Hier ist er«, sagte Blatt, der nicht mehr an sich halten konnte, obwohl ich ihn beim Eintreten gebeten hatte, still zu sitzen. »Hier sitzt er in eurer Küche!« Sie schauten ungläubig. »Prüft es nach, wenn ihr wollt! Hier steckt noch die Kugel, seht ihr, hier!« Sie traten heran, eine nach der anderen, die Schwester von Zosia B., die Tochter und die Schwiegertochter. »O je, eine Kugel.« – »Fühlst du sie?« – »Ich fühle sie, tatsächlich, eine Kugel!« Freudig erregt kamen sie in Bewegung und machten belegte Brote zurecht. »Dann sind Sie also am Leben? Bitte, greifen Sie zu! Habt ihr ihnen viel Gold gegeben? Unser Józik hat auf dem Grundstück dort mal einen Ring mit einem Herzen gefunden, so groß, daß er nur an den Mittelfinger paßte. Beim Militär hat er ihn verloren. Ich habe ja gleich gesagt: Józik, vergreif dich nicht an so was! Und die Tochter hat den Ring verloren, den eine Jüdin aus Maliniec als Andenken dagelassen hatte. Sie hatte ein Kind bei sich, wir gaben ih-

113

nen Milch, aber aufnehmen konnten wir sie nicht, weil wir
Angst hatten. Die Kleine konnte schon reden. ›Mama‹,
sagte sie, ›weine doch nicht.‹ Bitte langen Sie doch zu! In
Debre hatten sich zwei Jüdinnen im Wald versteckt. Man
brachte ihnen Wolle, und sie haben gestrickt. Dann wurden sie angezeigt. Auf der Polizeiwache haben sie sich er-
hängt. An der Straße, hinter der Kurve, hat eine Jüdin gelegen, eine schöne Frau. Erst war sie noch ganz angezogen, dann hat ihr jemand das Kleid weggenommen. Die
Leute sind hingegangen, um zu sehen, wie schön sie war.
Marcin aber ist mit Frau und Kindern verschwunden. Es
war an dem Tag, als die Uniformierten aus Lublin hierge-
wesen sind. Die Pferde wieherten, die Kühe brüllten, das
Getreide stand auf dem Halm, aber keiner traute sich hin-
zugehen. So ist alles verkommen. Vielleicht ist er schon
tot? Vielleicht hat er von dem Gold einen Hof gekauft
oder züchtet Champignons? Und Sie? Warum suchen Sie
ihn? Wären Sie imstande, ihn umzubringen?« – »Nein«,
sagte Blatt. »Wollen Sie ihn etwas fragen?« – »Nein.« –
»Warum suchen Sie ihn dann?« – »Ich will ihn nur sehen.
Nur sehen, weiter nichts.« – »Ihn sehen? Und das ist Ihnen
so viel wert?«

12.

»Eine Jüdin mit einem Kind. Eine Jüdin, die schön war.
Zwei Jüdinnen in Debre. Fredek in der Scheune, Szmul im
Wald…« Thomas Blatt war wieder beim Rechnen. »Alle
sind sie hier«, sagte er, und sein Arm schlug einen weiten
Kreis. »Aber Gräber gibt es nicht. Warum gibt es keine jü-
dischen Gräber? Warum verspürt niemand Trauer?«

Wir fuhren über Izbica, Krasnystaw und Lopiennik zurück. Im Licht des schwindenden Tages sah alles noch häßlicher, armseliger und grauer aus. Vielleicht lag es daran, daß dort Geister umgehen. Sie weichen nicht, weil man sie nicht betrauert und nicht beweint. Das Grau kommt von den unbeweinten toten Seelen.

Bornstein-Straße, Obergasse

1.

Pawel Fijalkowski, ein Einwohner von Sochaczew, hat sich von Kindheit an für Archäologie interessiert.

Archäologie ist die Erforschung der in der Erde verborgenen Spuren menschlicher Tätigkeit.

Pawel F. begann mit der Suche dieser Spuren bei der Zeitenwende: der alten Zeit vor Christi Geburt, und der neuen Zeit nach Christi Geburt. Er fand Scherben von Gefäßen, die Kaufleute des Römischen Reiches hinterlassen hatten, als sie vom Mittellauf der Donau zur Ostsee reisten, um Bernstein zu kaufen. Pawel F. umbaute diese Scherben mit ganzen Gefäßen und stellte sie in ein Regal. Die Gefäße waren groß und dunkel, mit den kleinen hellen Flecken der römischen Überreste.

Eines Tages fand Pawel F. in der Erde die Spur einer menschlichen Tätigkeit aus späterer Zeit: ein verbogenes geschwärztes Metallschild mit Löchern in den Ecken und drei eingravierten Wörtern: »Jakub Warman, Rechtsanwalt«. Pawel F. konnte sich denken, daß dieses Schild einmal an einer Tür gehangen hatte. Er konnte es aber nicht mit einer ganzen Tür umbauen, geschweige denn mit einem ganzen Haus, und so legte er es in das Regal neben die Gefäße. Auch dieses Exponat stammte übrigens aus einer Zeitenwende, genauer gesagt, aus dem Ende einer vergangenen Ära. Der Zeit vor Treblinka.

Nach dem Fund der Spur, die die Aufschrift »Jakub Warman, Rechtsanwalt« trug, begab sich Pawel F. auf den jüdischen Friedhof. Er lag auf der hohen Uferböschung der Bzura. Es war Juli. Auf dem Rasen, zwischen umgestürzten Grabsteinen, sonnten sich Leute in Badekleidung. Im Schatten, unter Bäumen, saßen Männer mit Flaschen mit Bier, Wein und Birkenwasser. Pawel F., damals schon Student der Archäologie, ging zum nächstgelegenen Grabstein. Er wollte ihn hochheben, aber der Stein erwies sich als zu schwer. Er entfernte die Erde und sah hebräische Schriftzeichen und Reste einer Zeichnung. Er verstand die Wörter nicht, aber als seine Hand den Stein berührte, war ihm, als berührte er eine ganze versunkene Welt. Er dachte sich, daß das Erkennen durch Betasten einen besonderen, unwiederholbaren Sinn hat. Er versuchte einen kleineren Grabstein aufzurichten. Die Leute wurden auf ihn aufmerksam. Ein Mann, der eine leere Flasche Birkenwasser in der Hand hielt, drängte ihn, loszuziehen und eine Flasche Fusel zu besorgen: Sie würden zusammen trinken, sich zusammen an den Grabstein machen, und die Arbeit wäre rasch getan.

Als eines Tages wieder einmal der städtische Müll auf den jüdischen Friedhof gebracht wurde, kam jemand zur Vernunft; ein Bulldozer räumte den Müll zusammen. Dabei wurde die Grasdecke des Friedhofs abgehoben. Darunter in der Erde steckte ein Grabstein, auf dem eine Schale voller Früchte und eine lange hebräische Inschrift eingraviert waren. Pawel F. fotografierte die Inschrift, im

Jüdischen Historischen Institut sagte man ihm, es sei ein Gebet, das mit den Worten beginne »El male Rachamim« – »Herr, der Du voller Barmherzigkeit bist«. Nach einigen Tagen war der Grabstein verschwunden, an seiner Stelle gähnte eine tiefe Grube: Die Leute hatten nach einem vergrabenen Schatz gesucht. Sie hatten nur deutsche Patronenhülsen gefunden und sie im Gras verstreut. Der Grabstein lag zerbrochen am Fuß der Uferböschung, unten am Fluß. Diesmal kam die Seite zum Vorschein, die in der Erde verborgen gewesen war: eingravierte Bücher, Blumen, Löwen, sogar ein Haus mit offener Tür. Im Jüdischen Institut sagte man Pawel F., diese Steinmetzarbeit rühme den Vorsitzenden des Rabbinatsgerichts, der die Gläubigen auf den Bahnen der Rechtschaffenheit zum Herrn im Himmel führte.

Pawel F. machte seinen Abschluß in Archäologie und widmete sich dem Studium der Geschichte der polnischen Juden.

2.

Die Überlebenden der Vernichtung waren aus Polen emigriert. Kaum hatten sie sich in Jerusalem, Toronto, Johannesburg und Melbourne eingerichtet, begannen sie, die Erinnerung an Polen zu pflegen. Eigentlich nicht an Polen, sondern an die versunkene Welt; die gestorbene Zivilisation, die vor langer, langer Zeit – ist es tausend, ist es zehntausend Jahre her? – dort geblüht hatte: in Biezun, Bedzin, Chorzele, Gostynin, Hrubieszów Jeziorna, Kadzidlo, Kozk, Koprzywnica, Leczyca, Lubraniec, Mlawa, Naliboki, Pinczów, Poczaje, Radomysl, Ryki, Rozprza,

118

Sochaczew; Suchowola, Tluszcz, Wegrów, Zdzieciól und Zdunska Wola. Vierhundert polnische Städte sind in den jüdischen Büchern des Gedenkens verzeichnet.

Es waren alte Städte. Die ersten Juden tauchten im fünfzehnten, im sechzehnten Jahrhundert auf. Wenn zehn Juden beisammen waren, bauten sie eine Synagoge und legten einen Friedhof an. Bald darauf tauchte ein Fürst auf, der sie vertrieb, aber ein anderer Fürst erlaubte ihnen wieder sich anzusiedeln. Ein König verlieh ihnen Privilegien, ein anderer entzog sie ihnen wieder, ein guter Fürst jedoch... und so weiter.

Die Familienerinnerung der Verfasser dieser Bücher setzt im neunzehnten Jahrhundert ein. Könige, ob gut oder böse, gab es längst nicht mehr. Die Leute waren fromm und fleißig, sie trieben Handel, mauerten, schneiderten, buken oder machten Schuhe. Die besten jüdischen Schuhe kamen aus Siedlce, Herrenanzüge aus Tarnów, Mazze aus Dubno, Kattun aus Bialystok. In Wegrów wurden die Thora gebunden, die heiligen Bücher.

Die Leute standen zeitig auf, um vor der Arbeit zu beten. Damit sie das Gebet nicht verschliefen, schlug der »Ludn-klaper« mit einem Klopfer an Türen oder Fensterläden. Er klopfte auch am Freitagabend – zum Zeichen, daß der Sabbat nahte und es Zeit war, die Läden zu schließen. Die Frömmsten, beispielsweise die Mitglieder der Psalmen-Gesellschaft in Sochaczew oder der Mischna-Gesellschaft in Siedlce, standen schon vor Tagesanbruch auf, um eine einzige Seite des heiligen Buches zu lesen. (Nach sieben Jahren – so lange dauerte das Lesen der ganzen Mischna – nahm die Gesellschaft neue Mitglieder auf, und die Lektüre begann von neuem von der ersten Seite an.)

Von morgens an machte der jüdische Wasserträger seine Runden durch die Stadt, ein kräftiger, arbeitsamer und wortkarger Mann. Kalman Jenkl, der Wasserträger von Sochaczew, war so tief in Gedanken versunken und schwieg so beharrlich, daß die Mütter zu ihren Kindern, wenn diese verträumt herumstanden, zu sagen pflegten: »Paß auf, sonst wirst du wie Kalman Jenkl!«

Es gab viele jüdische Geschäfte in der Stadt.

Dawid Nowenstern hatte in Wegrów die besten Striezel und überzuckerte Schrotmehlplätzchen.

Motl Bergman ließ Mandeln und Rosinen nach Wegrów kommen, dazu Kandiszucker, Eibischwurzel, Johannisbrot, geröstete Kastanien, Bonbons, Lutscher und alle möglichen Süßigkeiten.

Sura Koza zog mit einem Korb heißer Brezeln durch Wegrów.

Durch Kutno zogen Mosche Blank – mit Sodawasser – und die Brüder Polotkin – mit grünen Kisten voller Eis.

Chajka Karo verkaufte in Sochaczew Eis. Es wurde von der zugefrorenen Bzura geholt. Chajka transportierte die Schollen auf einem flachen Pferdefuhrwerk, stapelte sie in die Keller und warf Salz mit Sägespänen darüber. Chajka Karo war groß und stark, sie liebte spitzenbesetzte Unterröcke, von denen sie stets mehrere übereinander trug, und machte dem Herrn Starosten schöne Augen.

Sara Ejsman, die Reichste in ganz Sochaczew, handelte mit Holz. Sie war verwitwet und hatte zwei Söhne und eine Tochter. Die Tochter heiratete einen Polen, der sie versteckte, der eine Sohn starb an Schwindsucht, der andere wurde deportiert, Sara stürzte sich im Warschauer Ghetto vom Balkon.

Lojzek hatte ein Lebensmittelgeschäft bei Zakopane,

und Samek, sein Bruder, bewirtschaftete eine Kneipe. Dort kehrten meistens die Goralen ein, die vom Tuchwalken aus dem Roztoka-Tal heimkehrten. Lojzek und Samek hatten zwei Schwestern. Gisela heiratete einen Goralen, ließ sich taufen und nannte sich Staszka, die andere blieb Esther. Staszka versuchte die Schwester zu verstekken, aber die Deutschen fanden sie und brachten sie ins Ghetto. Staszka führten sie an den Schwarzen Dunajec und erschossen sie unter einem Baum, den das Hochwasser im darauffolgenden Frühjahr mit sich riß.

Doba Igelkowa verkaufte in Wegrów Handarbeitswaren: einfache und gedrehte Fäden in verschiedenen Farben, Stick- und Kordonettseide, goldene und silberne Kantillen, Servietten mit fertigem Muster, Wandbehänge, Tücher, Spitzen. In Sochaczew trieb diesen Handel Lipka Kohn. Das Haus der Kohns lag neben dem Haus der polnischen Familie G. Als das Ghetto liquidiert wurde, schickte Lipka Kohn zwei Kinder zu Wanda G., ihren Neffen und ihre Nichte. Wanda G. hatte selber Kinder, und nebenan wohnten deutsche Eisenbahner. Nach einer Woche wusch Wanda G. ihre Gäste – der Junge war acht Jahre, das Mädchen sieben –, führte sie zum Gartentor und sagte: »Seht zu, daß ihr gute Menschen findet.«

Die Kinder traten auf die Straße. Sie standen eine Weile vor der Gartentür, dann gingen sie nach links, in Richtung des jüdischen Friedhofs.

»Am nächsten Tag ist dort jemand umgebracht worden«, erzählt Wanda G. »Ich weiß nicht, wer. Vielleicht die beiden. Ich habe nicht gefragt, ich weiß es nicht. Manchmal träume ich von den Juden aus Sochaczew. Meistens von meiner Nachbarin Lipka Kohn. Über ihren Neffen und ihre Nichte reden wir nie. Wir verkaufen gemeinsam einen Pullover. Lipka setzt den Preis fest, ich kenne diesen Pullover nicht, ich kenne auch die Kundin nicht, es ist so ein komischer Traum.«

Auch einen Zaddik gab es in der Stadt. In Sochaczew war das vor langer Zeit Abraham Bornstein. Schon in jungen Jahren wurde seine Kenntnis der Thora so gerühmt, daß ihn gleich die drei berühmtesten Zaddiks – der von Kozk, der von Nowy Sacz und der von Góra Kalwaria – zum Schwiegersohn haben wollten. Er entschied sich für die Tochter des großen Zürnenden Mendl von Kozk, der sich bald darauf, mit Gott und den Menschen entzweit, für zwanzig Jahre in einem hölzernen Turm einschloß.

Abraham Bornstein lebte in Armut. Der Zaddik von Góra Kalwaria sandte ihm jeden Monat fünfzehn Rubel, aber Abraham war der Ansicht, daß Essen den Verstand stumpf mache, und gab das Geld denen, die noch ärmer waren. Er war sehr penibel: Er ging auf den Markt und prüfte persönlich, ob die Kaufleute ehrlich wogen. Er hatte etwas gegen Technik. Er verbot den Gebrauch von Maschinen bei der Zubereitung von Mazze. Er war mutig: Er weigerte sich, am Krönungstag am Gebet für den russischen Zaren teilzunehmen. Dafür wurde ihm für mehrere Jahre das Amt des Rabbiners entzogen. Er starb im Jahre 1910, wenige Monate nach seiner Frau. Zu seiner Beerdigung kamen Tausende nach Sochaczew. Der Trauerzug mußte an der Statue der Gottesmutter vorbei, die an der Traugutt-Straße steht, und die Juden wären lieber durch die Felder gezogen. Herr Garbolewski aber, dem der Feldweg gehörte, sträubte sich dagegen, und so folgte der Zug der Straße. Als er an die Statue kam, scharten sich die Chassiden von allen Seiten um den Sarg und verhüllten ihn mit ihren Mänteln.

Am Todestag eines berühmten Zaddiks pilgerten seine Anhänger aus aller Welt in Scharen zu seinem Grab. In Lezajsk standen sie eine Nacht und einen Tag Schlange vor dem Grab des Elimelech. Die Gruft bestand aus zwei Kammern, in der ersten ruhten die Söhne und ein Enkel, in der zweiten der Rabbi selbst. Beide Räume waren erfüllt von Kerzenschein, Zettel mit Bitten und Wünschen wurden ans Kopfende des Sarkophags gelegt. Berge solcher Zettel türmten sich, aber – alle Einwohner von Lezajsk wußten es – keiner schied von Elimelech, ohne Gehör zu finden.

Ich suche dich rabbi
hinter dem wievielten firmament
hast du verborgen dein weises ohr
mir tut das herz weh rabbi
ich habe sorgen

vielleicht hätte ich rat gefunden
bei rabbi Nachman
aber wie soll ich ihn finden
unter so viel asche*

Die Juden holten sich den Rat des Zaddiks in jeder wichtigen Angelegenheit: vor einem Wohnungswechsel, einem größeren Handelsgeschäft oder der Verheiratung der Tochter. Wohnte der Zaddik an einem anderen Ort, schickten sie die Frage mit der Post – und warteten. Eine Antwort kam immer: Der Zaddik übermittelte seinen Segen, bat um ein Gebet oder führte ein kurzes Gleichnis an.

---

* Zbigniew Herbert, »Herr Cogito sucht Rat«

Seinen Sinn zu ergründen dauerte manchmal viele Stunden.

Mosche Werdiger – der an der Jeschiwa lehrte, der beste Maimonides-Kenner in ganz Bedzin war und dazu ein so schöner Mann, daß sich die Frauen bei seinem Anblick die Fingernägel bis aufs Blut ins Fleisch gruben, ohne Schmerz zu verspüren –, pflegte Briefe nach Góra Kalwaria zu schreiben. Einst erkundigte er sich, wo sein Ältester studieren solle – in Krakau oder in Bedzin. Wie sich herausstellte, wäre der Zaddik über ein Studium in Krakau nicht erfreut gewesen, und so kam Schmuel auf die Jeschiwa am Ort. Er wurde Chassid. Zusammen mit seinen jüngeren Brüdern, seinen Eltern, Onkels und Kusins geriet er nach Auschwitz. Am Tag des Thorafreudenfests erzählte er den Juden die Geschichte des Symcha Bunam, des Zaddiks von Przysucha.

»Warum erzählst du ausgerechnet von ihm?« fragten die Zuhörer.

»Weil er gelehrt hat, wie wichtig der letzte Tag für den Menschen ist«, erklärte Schmuel. »Der heutige Tag ist mein letzter Tag auf Erden. Morgen wird der Herr mich fragen: ›Schmuel, was hast du gestern getan?‹ – ›Herr‹, werde ich sagen können, ›ich war in Auschwitz. Ich habe mit Juden das Brot geteilt und von Bunam berichtet, dem Zaddik von Przysucha...‹«

Am Tag darauf ging Schmuel Werdiger ins Gas. Seine Schwester Dasia erfuhr von seinem letzten Tag aus einer New Yorker Zeitung. Den Artikel hatte ein Mann verfaßt, der Auschwitz überlebt hatte – Lejb Bornstein aus der Familie des Zaddiks von Sochaczew.

In der Stadt gab es politische Parteien und alle möglichen Vereine – für Bildung, Religion, Wohltätigkeit und

Sport... Alle hatten ihre Vertreter im jüdischen Gemeinderat. In Kutno hatte der Rat seinen Sitz unweit vom Marktplatz, im Haus von Schmuel Asch. Am Dienstag, dem 29. August, wurde der Gemeindehaushalt für das nächste Jahr beraten. Es gab eine stürmische Debatte: Die Orthodoxen beanstandeten, daß zu wenig für religiöse Zwecke vorgesehen sei, die Sozialisten schrien, für die Religion sei ohnehin zu viel, für die werktätigen Massen aber zu wenig da, die Zionisten eiferten gegen die Sozialisten und unterstützten den Vorschlag des Vorsitzenden Szyja Falts, die Aussprache auf die nächste Sitzung zu vertagen. Diese wurde auf Freitag, den 1. September 1939, anberaumt. Die Sitzung hat nie stattgefunden. Die Annahme des Haushalts der jüdischen Gemeinde der Stadt Kutno steht aus bis zum heutigen Tag.

Der ehrenwerteste aller Vereine war in der Regel die Begräbnisbruderschaft. Sie vereinigte ehrwürdige und gottesfürchtige Menschen, die den Platz für eine neue Grabstelle markierten, über die Begräbniszeremonie wachten und die Totenhemden nähten. In Kolno nähte Szejna Rochla die Geschminkte die Leichenhemden für die Verstorbenen. Sie nähte sie seit Jahrzehnten, immer aus einem Stück, aus weißem Linnen, und wenn es nichts für andere zu tun gab, nähte sie eines für sich. Ordentliches Schneidern bedarf der Anprobe. So zog Szejna die Geschminkte ihr Leichenhemd an und posierte vor dem Spiegel, und die ganze Familie, einschließlich der Enkel, prüfte, ob es gut saß. Dann passierte es, daß jemand so knapp vor dem Sabbat starb, daß Szejna es nicht mehr schaffte, ein neues Totenhemd zu nähen. Sie gab das ihre hin, und das Schneidern des »eigenen« und das Anprobieren vor dem Spiegel begann von vorn.

In Zabludowo war Esther Chaja von allen Mitgliedern der Begräbnisbruderschaft die Beliebteste. Die Frauen kamen mit ihren Sorgen zu ihr, und am Abend vor Jom Kippur gingen sie mit ihr auf den Friedhof. Esther Chaja blieb vor einem Grab stehen und sagte: »Guten Tag, Rywka, Tochter des Jankiel, ich bin es, Esther Chaja. Ich habe deine Tochter bei mir. Schau sie an – fünf Jahre ist sie verheiratet, und es sieht immer noch nicht nach einem Kind aus. Kannst du da so ruhig zusehen? Willst du den Herrn der Schöpfung nicht bitten, deine Sura zu segnen?«

Der Zug folgte Esther Chaja zum nächsten Grab, vor dem die Anführerin sich verneigte – »Alles Gute, Mindel, ich bin's... Hast du gehört, daß es deiner Tochter an Nahrung fehlt, ganz zu schweigen von Schuhwerk für das Kind? Was sagst du dazu? Flehe ihn an, den Herrn im Himmel, du stehst viel näher bei ihm als wir Sünder...« –, und der Zug ging weiter, trug eine Klage um die andere von einem Grab zum anderen.

Das Leben in der Stadt ging von Samstag zu Samstag. Genauer gesagt, vom samstäglichen Sonnenuntergang, an dem der Sabbat endet und die Alltagsarbeit beginnt, bis zum Sonnenuntergang des Freitag, an dem der nächste Sabbat beginnt.

Am Freitag kamen die drei Brüder von Dasia Werdiger früher aus ihren Schulen, badeten und legten die maßgeschneiderten seidenen Mäntel an (der erste Festtagsmantel reichte bis zur Hochzeit, der Hochzeitsmantel bis zum Tode), Dasia zog ihr bestes Kleid an, die Mutter nahm die Weißbrotzöpfe aus dem Ofen – die größeren zum Essen, und zwei kleinere, über denen der Vater während des Abendessens den Sabbatsegen sprach –, und Großmutter tauchte ihre Füße in heißes Wasser.

Großmutter schämte sich ihrer Füße, sie meinte, sie seien zu groß, und pflegte sich – speziell für den Sabbat – Schuhe zu kaufen, die ihr zwei Nummern zu klein waren. Dasia half ihr, sie anzuziehen, beide ächzten laut und lange, endlich rief Großmutter: »Sie sitzen!«, und Dasia reichte ihr ein Wasserfläschchen und ein Tuch zum Trocknen der Tränen. Nach Großvaters Tod weinte Großmutter oft und trug das Wasser zum Spülen der Augen und ein hohlsaumverziertes Batisttaschentuch bei sich.

Am Freitagabend wurde in der Stadt der »Eruw« gezogen, eine Schnur, die die Trennung der Juden von der übrigen Welt symbolisierte. Sie wurde an Bäume und Strommasten gehängt, und innerhalb ihrer Grenze durften nur unentbehrliche Gegenstände getragen und einfache samstägliche Verrichtungen vorgenommen werden. Wurde der »Eruw« zerrissen, zum Beispiel vom Wind, machte es der »Ludn-klaper« sogleich in der ganzen Stadt bekannt. Dann durfte niemand etwas in der Hand halten, nicht einmal ein Gebetbuch oder ein Taschentuch. Für die Erwachsenen sprangen die Kinder ein, die noch nicht das zwölfte Lebensjahr vollendet hatten: Und Dasia Werdiger rannte morgens mit den Gebetbüchern und Brillen aller Nachbarn zur Synagoge, holte am Nachmittag die Töpfe mit dem Tscholent aus der Bäckerei, zog nach dem Essen der Großmutter die Schuhe aus und reichte ihr die Feiertagszeitung mit dem Roman »Di chojse fun Lublin«, der vom Zaddik dem Seher handelte – kurz, Dasia war die meistbeschäftigte Person in der ganzen Stadt.

Als der Krieg zu Ende war, kehrte Dasia aus Theresienstadt nach Bedzin zurück. Sie hängte sich ein Schild vor die Brust – »Ich bin Dasia Werdiger« – und stellte sich auf den Bahnhof. So stand sie dort einige Monate. Als klar war, daß keiner von den hundertfünfzig Angehörigen ihrer Familie mehr aus einem Zug steigen würde, schloß sie sich anderen Juden an, die auf dem Bahnhof warteten. Sie fuhr nach Palästina. Sie brachte einen Sohn zur Welt. Jeden Tag erzählte sie ihm statt eines Märchens etwas von Bedzin. Manchmal erwähnte sie auch andere Städte, zum Beispiel Wolbromie, wo ihre hundertjährige Urgroßmutter Hinda Werdiger gewohnt hatte (sie hatte einen wichtigen Polen aus dem Januaraufstand 1863 bei sich versteckt gehabt; Pilsudski selber war gekommen, um sich bei ihr persönlich dafür zu bedanken), aber das tat sie aus Zerstreutheit und kam sofort wieder auf Bedzin zurück.

»Was gibt es heute in Bedzin?« fragte morgens ihr Sohn, und sie erzählte ihm die nächste Geschichte. Der Sohn wurde Architekt. Er bekam ein Doktorandenstudium und fuhr fort. Eines Tages schrieb er, er verzichte auf eine weltliche Laufbahn und wolle Chassid werden. Wie Onkel Schmuel – der, der den Juden in Auschwitz vom Bunam aus Przysucha erzählt hatte.

Das fröhlichste Fest in der Stadt war das Passahfest. Alle buken Mazze, machten Großreine – sogar die Strohsäcke wurden neu gestopft, und das Geschirr wurde koscher gemacht. In Dzialoszyce machte man das Geschirr über einem großen Feuer, das man neben der Synagoge entfacht hatte, in Kesseln koscher, die man dann zum Abkühlen an den Fluß, die Nidzica, trug. (So hat es Abraham Salomon, ein Unternehmer aus New York, berichtet. Er hatte die Angewohnheit, auf den Parties, die er in seinem vornehmen großen Haus gab, plötzlich um Ruhe zu bitten: »Jetzt will ich euch mal erzählen, wie in Dzialoszyce...« Und er erzählte vom Passahfest oder vom Sabbat. Die Gäste hörten ein Weilchen zu, dann stahlen sie sich mit den Gläsern in der Hand davon. »Ihr wollt also nichts von Dzialoszyce hören?« fragte Abraham S. und lächelte betrübt. »Dann vielleicht beim nächsten Mal.«)

Gewöhnlich gab es einen jüdischen Verrückten in der Stadt. In Chelm war es Salcie, der immer geheimnisvoll lächelte, in Sochaczew war es eine weinende Frau, an deren Namen sich niemand erinnern kann (»Ach, wenn ihr wüßtet, was ich weiß, würdet ihr eure Läden schließen und mit mir weinen...«, sagte sie, nach der Ursache ihrer Tränen befragt), in Bedzin war es Sura, die aufdringlich um Almosen für ihre Tochter bettelte, die vor vielen Jahren gestorben war, in Goworów war es Schlojme Akiwe, der mit einem ungewöhnlichen Gedächtnis begabt war, das sich leider auf eine einzige Sache beschränkte: die Gebetsmäntel am Orte. Einmal im Jahr hatte Schlojme Akiwe seinen großen Tag, am Thorafreudenfest. Nach dem Umzug mit der Thora wurden die Gebetsmäntel auf einen großen Haufen abgelegt, und nicht einmal ihre Besitzer erkannten sie wieder. Dann schritt Schlojme Akiwe ein, nahm jeden Tales zur Hand und nannte ohne Zögern den Besitzer. Nie kam es vor, daß er sich irrte.

Der jüdische Narr in Lomza war Nachum Pietruszka. Als ihn SS-Männer zum Tode führen, schrie er: »Ich habe keiner Fliege etwas zuleide getan! Ich bin dagegen gewesen, daß man Geflügel schlachtet, und ihr wollt mich umbringen? Aber das gelingt euch nicht, ich werde leben, wenn ich auch tot bin! Das 33. Regiment kehrt nach Lomza zurück!«

3.

Ein einziger Jude blieb in der Stadt zurück. Überlebt hatten mehrere, manchmal mehr als ein Dutzend, aber sie waren gleich nach dem Krieg aus Polen weggegangen. Einer blieb, meist ein getaufter, mit einer polnischen Frau, die ihn versteckt hatte, mit polnischen getauften Kindern und einem Stammplatz in der Kirche seiner Pfarrei. Der Platz war an der Seite, der einzige Jude saß nachdenklich auf einer Bank, er kniete nicht nieder und betete nicht, er starrte nur schweigend vor sich hin.

Dieser einzige Jude in der Stadt war gewöhnlich auch der einzige seiner Familie, der überlebt hatte.

Kalme Lewkowski, ein Jude aus Lubraniec, hatte in Auschwitz die Frau und vier Kinder verloren. Nach seiner Rückkehr heiratete er Marysia, eine lahme Waise mit einem unehelichen Kind. Er fragte sie, ob er sich nicht taufen lassen solle. »Was hast du davon«, sagte Marysia, »du hast deinen Glauben, dann behalt ihn auch.« Eines Tages sagte Kalme: »Aber wenn ich nicht auf eurem Friedhof begraben werde?« und ließ den Priester kommen. Man gab ihm den Namen Karol. Am nächsten Tag starb er.

Der Jude aus Dunajec Podhalanski hatte sich bei Goralen versteckt, er hatte ein Goralenmädchen geheiratet und war selber Gorale geworden. Er lief in ihrer Tracht herum, mit schmuckem Muschelhut und bestickten Hosen, sprach ihren Dialekt, machte beim Volkstanz die nötigen Luftsprünge, und die Jahre gingen ins Land.

Kürzlich kamen die Nachbarn besorgt zum Arzt. »Es steht schlecht um Jasiek. Er kommt sonntags aus der Kirche und fängt an zu singen. Aber er singt komisch, gar nicht wie ein Gorale. Es kommt uns vor, als würde er jiddisch singen.«

Die letzte Jüdin in Konin war Magdalena Ejzen. Ihr Mann, Majer Juda, hatte im Ersten Weltkrieg den polnischen Legionen angehört, er war Rechtsanwalt gewesen und hatte am Septemberfeldzug 1939 teilgenommen. Ihr Vater Markus, ein Mühlenbesitzer, hatte elf Brüder und eine Mutter, die Großmutter Kalcia. Alle Kinder der Familie liebten den Sabbat bei Großmutter Kalcia, denn sie hatte einen wunderbaren Nachttopf, der Musik machte. »Großmutter, ich muß mal!« riefen sie schon von der Schwelle und setzten sich der Reihe nach auf den Nachttopf, der einem jeden die »Polonaise« von Michal Kleofas Oginski spielte.

Während des Krieges brachte Magdalena E. ihre Tochter auf dem Lande unter, sie selbst versteckte sich mit ihrem Mann und acht anderen Juden in einem vermauerten Versteck. Ein polnischer Bekannter verriet sie, und die Gestapo und die polnische Polizei kamen. Nur Magdalena E. überlebte, die ein Polizeisergeant in einer Müllgrube versteckt hatte. Nach dem Krieg kehrte sie mit ihrer Tochter nach Konin zurück. Die ehemaligen Angestellten von Großvater Markus gaben ihr das Familiensilber zurück, das ihnen zur Aufbewahrung übergeben worden war, dazu den Schmuck und ein aus dem Rahmen geschnittenes Porträt der Großmutter Kalcia. Im Jahre 39 war das Haus von Deutschen bezogen und das Porträt auf den Abfall geworfen worden. Jemand hatte es von dort weggeholt – das Bildnis einer alten, dicken Jüdin mit einem Doppelkinn, mit vorspringenden Augen und Perücke – und brachte es Magdalena E., zusammen mit dem Nachttopf der Großmutter, der die Polonaise spielte.

Der letzte Jude in Rybotycze war Moses Rapp. Er hatte in der Sowjetunion überlebt und war dortgeblieben. Er war Ingenieur, arbeitete in Donezk und kam in jedem Urlaub nach Polen, nach Rybotycze. Er blieb immer lange vor seinem Haus stehen und wartete. Manchmal fragte er die Nachbarn, wie denn die Juden von Rybotycze umgekommen seien, aber er bekam nur ausweichende Antworten.

Vor der Ausreise in die USA kam er ein letztes Mal zu den Nachbarn. – »Was läufst du auch so herum und bringst nie eine Flasche mit!« wunderte sich Tadzio Kwolik, einer der Nachbarn. »Kauf was, dann reden wir miteinander.«

Moses Rapp kaufte zwei Flaschen, und Tadzio Kwolik erzählte. – »Die Deutschen sind gekommen. Sie befahlen allen Juden, zur Synagoge zu kommen – und die Juden kamen. Sie befahlen, die Thorarollen herauszubringen – und sie brachten sie heraus. Sie befahlen, auf dem Marktplatz ein Feuer anzünden – und sie machten ein Feuer. Sie befahlen, die Thorarollen in das Feuer werfen – und kein Jude rührte sich. Da erschossen die Deutschen einhundert Juden und befahlen, die Thorarollen ins Feuer zu werfen. Und kein Jude... Da erschossen die Deutschen die nächsten Juden und befahlen... Und kein Jude... Da erschossen die Deutschen sämtliche Juden und warfen die Thorarollen zuletzt selbst ins Feuer.«

Als die beiden Flaschen leer waren, ging der Nachbar auf den Dachboden und kam mit einem angekohlten Papierfetzen zurück. Siebzig mal fünfzig Zentimeter, registrierte Moses Rapp mit der kühlen Präzision des Ingenieurs. Trotz eines Blutflecks war der Text des Buches Mose lesbar. Tadzio Kwolik wußte nicht mehr, ob der Papierfetzen vom Wind herbeigeweht worden war oder ob ihn jemand aus der Brandstätte entnommen hatte. Moses Rapp nahm ihn mit nach Amerika. In seiner Wohnung in Brooklyn liegt er im Regal neben den Familienfotos mit Mejer, dem Vater, Cecylia, der Mutter, einer geborenen Rubinfeld, und den Brüdern – Ajzyk, Schloma, Boruch, Lazar und dem fünften, dem jüngsten, dessen Name Moses Rapp irgendwie nicht mehr einfallen will.

Die letzte Jüdin von Wegrów ist von ihrer Mutter, als es nach Treblinka ging, in einem Kissen auf die Straße gelegt worden. Eine kinderlose Frau nahm sie zu sich und zog sie groß. Diese letzte Jüdin ist in Wegrów geblieben. Sie ist Schneiderin und Mutter zweier Kinder. Sie hat es mit dem Herzen und leidet an Rheuma, ihr Mann ist Hauswart am Busbahnhof.

Der Jude aus Sochaczew, Tewel Szajnwald, hat seine Familie im September 1939 verloren. Es war in Warschau, auf der Orla, im zweiten Stock. Die Bombardierung dauerte an. Zwei Familien, die Szajnwalds und die Godhelfs (für Godhelfs Onkel, der ein Konfektionsgeschäft hatte, nähte Tewels Vater Herrenanzüge) saßen im Treppenhaus und beteten laut. Vielleicht das »Schema Israel Adonai«, vielleicht irgendein anderes Gebet...

Tewel hörte nichts, denn er saß in der Wohnung mit Freunden beim Kartenspiel. Als sich ein Flugzeug näherte, sahen sie neugierig aus dem Fenster. Sie sahen einen länglichen Gegenstand vom Himmel fallen und hörten ein Dröhnen. Irgendwelche Mauern brachen zusammen.

Als der Staub sich gelegt hatte, saßen sie immer noch am Tisch, die Karten in der Hand, aber ringsum war es sonderbar hell. Sie saßen in einem Raum ohne Wände, über sich nur den Himmel. Sie legten die Karten beiseite und stiegen über die Balken nach unten. Dort förderten sie dreißig Leichen zutage, Eltern, Onkel, Geschwister, alle, die gebetet hatten.

Tewel hatte in Rußland überlebt und war nach Sochaczew zurückgekommen. Dort traf er zehn andere Juden und sogar einen stellvertretenden Bürgermeister an, der Jude war, Pinchas Wajnberg. Vor dem Krieg hatte Wajnberg den Leuten erklärt, man müsse aus Polen emigrieren und Palästina aufbauen. Um das fachgerecht machen zu können, hatte er sogar das Maurerhandwerk gelernt, dann war er emigriert, aber sehr schnell wieder zurückgekommen. Sochaczew war ihm lieber. Er überlebte den Krieg in einem Versteck, kam zurück und wurde stellvertretender Bürgermeister.

Am 1. Mai hielt er auf dem Marktplatz eine kurze Rede. – »Der polnische Staat ist wie ein Schiff, das nach einem großen Sturm in den Hafen einläuft. Es hat sehr gelitten, die Masten sind geknickt, das Steuerruder ist kaputt, die Maschinen bedürfen der Reparatur... Möge jedermann für das Wohl des polnischen Staates das gleiche geben, das er vorher zwangsweise geben mußte, um die Wirtschaft zugrunde zu richten...«

Wenige Tage später wurde er vor seinem Haus erschossen. Er war kein Kommunist. Die Motive des Anschlags wurden nie aufgeklärt, die Täter nie gefaßt...

Nach Wajnbergs Tod verließen die Juden von Sochaczew die Stadt. Tewel Szajnwald blieb. Seine Taufe und seine Hochzeit fanden an einem Tag statt und waren ein gesellschaftliches Ereignis. Die Kirche war brechend voll, Taufpatin war Frau Flisiak, die Gattin eines Gastwirts, Taufpate Herr Galinski, Inhaber eines Wurstladens.

Die Szajnwalds bekamen fünf Kinder. Die mußten versorgt werden und Schulbildung bekommen, und so arbeitete Tadeusz Szajnwald am Tage in einer Ziegelei und abends bei einem Herrenschneider. Im Taufzeugnis hieß er Tadeusz, im Personalausweis war er Tewele geblieben. Er fastete an Karfreitag und an Jom Kippur. Sonntags ging er in die Kirche, samstags, wenn er in Warschau war, in die Synagoge. Auf die Frage, zu wem er denn bete, gab er die Antwort: zu Gott. Es gibt nur einen Gott, spielt es da eine Rolle, auf welche Weise der Mensch sich an ihn wendet?

Der letzte Jude in Plozk ist Benjamin Sztucki, der Sohn von Gitl und Moschek, der Bruder von Regina, Bernard und Chaim, der Ehemann von Basia, der Vater eines Sohnes und zweier Töchter. Alle sind nach Auschwitz deportiert worden. Er allein ist zurückgekehrt. Einige Jahre arbeitete er in einer Schneidergenossenschaft, dann ging er in Rente. Er hatte eine nicht mehr junge Frau geheiratet, deren Verlobter im Warschauer Aufstand umgekommen war. Sie starb an einem Herzanfall, als ihr auf der Straße die Tasche mit dem Tageserlös eines Strickwarengeschäfts entrissen wurde. Das ist zwanzig Jahre her. Um Benjamin S. kümmert sich die Schwester seiner Frau, Jadwiga, die lieb und gut ist. (Um jeden dieser letzten Juden kümmert sich heute eine polnische Frau, die lieb und gut ist.)

Benjamin S. hört schwer und spricht nicht mehr gut. Er ist neunzig Jahre alt. Den ganzen Tag sitzt er im Sessel, Jadwiga wäscht ihn, kleidet ihn an und gibt ihm zu essen. Ihr Neffe Andrzej hilft ihr dabei, er ist Baumechaniker und hat viel Zeit, denn die Firma, für die er gearbeitet hat, ist pleite. Andrzej ist sechzig Jahre jünger als Benjamin S., kann sich aber besser mit ihm verständigen als alle anderen. Er weiß immer, was Benjamin sagt oder sagen will, und Benjamin weiß stets, was Andrzej ihn fragen wird. Kürzlich ist Benjamin S. ein Geschwür aufgegangen. Alle dachten, es sei aus mit ihm. Der Arzt legte ihn auf eine Station mit anderen Sterbenden, die anderen starben auch, aber Benjamin kam durch. Wenn es bei einem der anderen ans Sterben ging, drehte er sich auf die andere Seite – sah nichts, hörte nichts und lebte weiter. Andrzej sagt, dieses Sichabwenden vom Tode habe Benjamin in Auschwitz gelernt. Bei dem Wort Auschwitz wird Benjamin S. plötzlich munter. Er richtet sich im Sessel auf und gibt einzelne Wörter von sich, laut und deutlich.

Auschwitz
Antreten
links
zwo
drei
vier
Waggon
Antreten...

Er verstummt, sinkt auf das Kissen zurück und führt die Hand zum Herzen.

»Tut das Herz weh?« fragt Jadwiga. »Es ist nichts, das liegt nur am Wetter. Das Wetter ist umgeschlagen, das ist alles.«

Nach einer Weile spricht Benjamin S. weiter, immer leiser.

Lager
Antreten
zu viel
Stein
Stein
links
zwo...

»Ist ja schon gut, sei ruhig«, sagt Jadwiga. »Gleich gibt es Mittagessen. Ich habe ein Hühnchen gekocht, und die Kartöffelchen sind auch schon aufgesetzt. Gleich ist alles gut.«

4.

Der jüdische Friedhof blieb in der Stadt zurück. Als die der Vernichtung Entronnenen anfingen, nach Polen zu reisen, zu ihren polnisch-jüdischen Städten, suchten sie zuerst diesen Friedhof auf. Sie betrachteten die zertrümmerten Grabsteine und die leeren Schnapsflaschen. Sie bauten einen Zaun. Sie hängten ein Schloß vor das Friedhofstor, und den Schlüssel vertrauten sie den nächsten Anwohnern an. Sie kündigten an, daß sie zurückkämen, um vor ihrem Tod ein Denkmal zu errichten.

Der jüdische Friedhof von Sochaczew grenzt an eine kleine Gasse, die Sierpniowa heißt und einen rechten Winkel bildet. Nur drei Häuser stehen in dieser Gasse. Als der Rat der Stadt die Straßen umbenannte – die Dsershinski-Straße in die Straße des 15. August, die Straße des 1. Mai in die Marschall-Pilsudski-Straße und die Straße der Oktoberrevolution in die Senatoren-Straße

–, wurde beschlossen, der Sierpniowa den Namen von Abraham Bornstein zu geben. Es bestand auch die Absicht, die Bóznica wiederherzustellen – nicht direkt die Straße, aber den Namen. Die Straße hatte es vierhundert Jahre lang gegeben, sie führte vom Marktplatz zur »bóznica«, der Synagoge, und an ihr hatten alle jüdischen Einrichtungen ihren Sitz: das Gotteshaus, der Cheder, das rituelle Bad, die Gemeinde und die Gebetshäuser. Während des Krieges wurden die Gebäude niedergebrannt, und von der Straße blieben nur einige Bäume. Diesen Bäumen nun wollte der Stadtrat den Namen Bóznica geben, aber ein Mitglied der Stadtverwaltung erhob entschieden Einspruch. Das Wort »bóznica« (Synagoge), sagte er, klinge ihm zu sehr nach »burza« (Unwetter) – im Polnischen werden »ó« und »u« fast gleich und »z« und »rz« recht ähnlich gesprochen –, und warum solle man einer Straße einen deprimierenden Namen geben... Der Stadtrat akzeptierte den Einspruch, das Vorhaben wurde aufgegeben, was aber die Abraham-Bornstein-Straße anging, so schrieben die Anwohner einen Brief an den Stadtrat.

»Geehrte Herren Stadtverordneten! Wir haben Euch unser Vertrauen geschenkt, aber Ihr geht vor wie die Kommunisten, die die Straßen nach Leuten benannt haben, die unsere Eltern in den Lagern ermordet haben. Ihr aber benennt jetzt die Straßen nach Juden, die uns in der Vergangenheit schlecht behandelt haben, und das gerade in Sochaczew. Wir leben im katholischen Polen und nicht in Israel.«

Auch diesem Einspruch wurde stattgegeben, die Sierpniowa blieb die Sierpniowa.

Zum jüdischen Friedhof geht man die Traugutt-Straße und die Farna-Straße entlang.

138

Man kommt an der Statue der Mutter Gottes vorbei – aus Sandstein gehauen, aus dem 18. Jahrhundert, dieselbe, vor der einst die Chassiden den Sarg ihres Zaddiks verhüllten...

Man kommt an dem Haus vorbei, in dem Wanda G. gewohnt hat und in dem eine Woche lang Neffe und Nichte von Lipka Kohn...

(Die Kinder waren auf dem Dachboden untergebracht worden. Dort gab es damals ein kleines Fenster. Später ist es zugemauert worden, an der Wand ist deutlich die Spur zu sehen: eine blinde steinerne Fläche, wie eine unbeschriftete Grabplatte... Es war an einem warmen Sommerabend... Wanda G. wusch die Kinder, kämmte sie und führte sie zum Gartentor. Als sie auf der Straße waren, machte sie die Tür hinter ihnen zu und blieb noch einen Moment stehen. Die Kinder standen auch noch da, auf der anderen Seite. Sie überlegten offenbar, wohin sie gehen sollten. »Seht zu, daß ihr gute Menschen findet«, sagte Wanda G., und sie gingen zum Friedhof. Sie sah ihnen über das Gartentor nach – die Kinder gingen etwas unsicher, das Mädchen nahm den Bruder bei der Hand, es hatte lange dünne Beine mit eckigen Knien. – »Haben Sie das gebeichtet?« habe ich Wanda G. gefragt. »Nein...« Wanda G. sah mich verwundert an. – »War das denn keine Sünde?« – »Eine Sünde?« Sie schaute noch erstaunter drein. – »Es hat mir sehr leid getan, aber in Kategorien der Sünde habe ich es nie betrachtet...«)

Man geht den Weg weiter an Blumengärten und einem Hof vorbei, auf dem die Unordnung des Alltags herrscht: Bretterbuden, Schubkarren, ein verbeulter Eimer, Hühner, eine Hundehütte, verrottete Bretter...

An der Straßenecke steht das Haus von Herrn Fabisiak,

dem Rentner, bei dem die Juden den Schlüssel zum Friedhof hinterlegt haben. Auf beiden Seiten stehen die Häuser der Gebrüder Niedzinski. Der Bruder, der rechter Hand wohnt, bereiste die Wochenmärkte, um die Damenkleider zu verkaufen, die seine Frau nähte. Montags war er in Kiernoz, dienstags in Sochaczew; mittwochs in Bodzanów, donnerstags in Gabin, freitags in Starozlebe...

Später baute er einen eigenen Laden mit Kleidung, die nach wie vor seine Frau nähte. Dann kam die freie Marktwirtschaft nach Polen. Die privaten Großhändler bezogen Konfektion aus dem Ausland. Die war schöner und billiger als die, die Frau Niedzinska jahrzehntelang genäht hatte. Der Laden erwies sich als überflüssig. Die Leute gingen zum Einkaufen auf den Markt, wo es alles gab. (Von polnischen Produkten waren zuletzt Handschellen der Polizei und Blankoformulare für Schulzeugnisse am meisten gefragt.)

Der Niedzinski-Bruder, der linker Hand wohnt, ist Solidarnosc-Vorsitzender in einem ziemlich großen Betrieb. Er hat elektronische Bauelemente für Fernsehgeräte produziert. Die Ware fand Absatz, der Betrieb entwickelte sich, aber dann kam in Polen die freie Marktwirtschaft. Die Privatfirmen bezogen Fernsehgeräte aus dem Ausland, sie waren besser und billiger als die einheimischen, und die Bauelemente, die der Bruder baute, der linker Hand wohnte, wurden nicht mehr benötigt.

Der Betrieb, in dem Irek, der Bruder des Archäologen Pawel F. gearbeitet hat, wird auch nicht mehr benötigt. Dort sind Drucker hergestellt worden. Irek hat auf dem Computer Details modelliert und sie auf Disketten der numerisch gesteuerten Maschine eingegeben. Leider haben die Privatfirmen Drucker aus dem Ausland bezogen, sie

140

sind leichter und besser. Der Betrieb wurde seine Produkte nicht los und hatte nicht einmal das Geld, seine Angestellten zu bezahlen. Man nahm einen Kredit von der Bank und verpfändete die Maschinen. Die Leute von der Bank gingen durch den Betrieb und versiegelten die wertvollsten Geräte, u. a. den Computer von Irek F. und die numerisch gesteuerte Fräsmaschine...

Nicht einmal die Werkstatt von Herrn F., dem Vater von Pawel und Irek, wird noch gebraucht. Viele Jahre lang hatte er dort Fernsehgeräte repariert, aber er kannte sich nur mit den einheimischen aus. Als die freie Marktwirtschaft kam und die Leute sich auf japanische Geräte stürzten... Und so weiter.

Die zugrundegehenden Firmen von Sochaczew fingen an, von ausländischen Partnern zu träumen. Wenn doch einer käme... und bauen würde... dann gäbe es Arbeit...

Bei den Bauelementen soll sich schon einer gefunden haben. Es heißt, er will etwas Elektronisches für die Deutschen bestellen. (Für die Deutschen, sei's drum...) Es soll ein Jude sein. (Sei's drum...)

Der Herr Niedzinski, der linker Hand wohnt, ist der Ansicht, daß man die Juden zu Investitionen ermuntern soll, aber behutsam. Ermuntern – und aufpassen, was die Leute dazu sagen. Herr N. ist der Ansicht, daß sich der Stadtrat die Bornstein-Straße deshalb ausgedacht hat: um sich bei den ausländischen Juden anzubiedern.

»Ich kann die Ratsmitglieder ja sogar verstehen«, sagte Herr N., »aber warum mußte es denn ausgerechnet unsere Straße treffen?«

Frau Niedzinska, die rechter Hand wohnt, erzählte, wie einträchtig man vor dem Krieg mit den Rabbinern im Nachbarhaus zusammengelebt habe. »Aber ›Abraham

141

Bornstein‹? Welches Kind kann denn so etwas aussprechen? Wir sind wir«, sagt Frau N., »um die Erwachsenen geht es nicht so sehr, aber um die Kinder.«

5.

Im Juli 91 kamen die letzten Juden von Sochaczew zum jüdischen Friedhof. Sie kamen aus Kanada, aus Israel und aus den USA. Es waren ungefähr dreißig. Sie enthüllten einen Gedenkstein mit der Aufschrift: »Gedenke! Die Juden von Sochaczew und Umgebung haben über 600 Jahre hier gelebt...«, sie hielten Ansprachen, und David Wisnia sang das »El male Rachamim«. Schon als Neunjähriger hatte David Wisnia in Sochaczew bei Konzerten und im Kino »Möwe« gesungen, und als Sechzehnjähriger in Auschwitz. Die SS-Männer mochten ihn wegen seiner Stimme und seiner Schönheit, sie schützten ihn und brachten ihm die neuesten Schlager bei. (»Man müßte Klavier spielen können, wer Klavier spielt, hat Glück bei den Fraun...« gefiel ihnen am besten.) Nach dem Krieg ist David Wisnia in die USA gegangen. Er ließ sich in New Jersey nieder und wurde Kantor.

Vom Friedhof gingen die letzten Juden von Sochaczew zum Rathaus und tranken in Gesellschaft des Ratsvorsitzenden Pawel Gralak eine Tasse Kaffee. Vor der Feier hatte der Ratsvorsitzende Ausschreitungen, beleidigende Schmierereien und anderes befürchtet und die Polizei gebeten, Tag und Nacht auf den Gedenkstein aufzupassen. Aber es zeigte sich, daß die Befürchtungen unnötig gewesen waren. Niemand beleidigte die Juden. Niemand freute sich über die Juden. Niemand fragte die Juden etwas. Die

Juden von Sochaczew interessierten in Sochaczew absolut niemanden. Sie tranken ihren Kaffee ganz unter sich. Als sie den Autobus des Reisebüros bestiegen, baten sie den Fahrer, noch einmal durch die Straßen der Stadt zu kurven.

»...Ah, die Staszic-Straße!« sagten sie beim Herumfahren. »Hierher kam man am Sabbat immer zum Bummeln. Die Erwachsenen ruhten, und die Jungen gingen spazieren – zum Kino ›Möwe‹ und zurück...«

»...Da, das Kino! Der Besitzer war Wladzio, ein sehr anständiger Pole. Was habe ich denn in der ›Möwe‹ zum letzten Mal gesehen? Ach ja, ›Barbara Radziwill‹, mit der Smosarska!«

»...Und dort in diesem Haus war der Sargtischler Josek Haberman!«

»...Und Wladzio, der Kinobesitzer, hatte Cypora geheiratet, die Tochter des Rabbiners. Das war eine große Liebe und ein großes Drama, denn Cypora ließ sich taufen, und die Juden verfluchten sie. Einige wollten sie steinigen, aber der Rabbiner von Lódz sagte, das sei nicht nötig, es genüge, die Schiwa, die sieben Trauertage, abzusitzen. Die ganze Familie tat Buße und bat Gott sieben Tage lang um Vergebung. Wladzio ist in Auschwitz umgekommen. Cypora hat überlebt. Die Tochter der beiden ist ins Kloster gegangen...«

»...Oh, die Warszawska! Dahin ist mein Vater zum Poker gegangen...«

Und so weiter.

Als sich hinter dem Autobus, der die letzten Juden von Sochaczew fortbrachte, der Staub gelegt hatte, sagte der Ratsvorsitzende der Stadt nachdenklich:

»Vielleicht war das dumm mit diesen Straßen...

143

Wenigstens die Bóznicza hätten wir ihnen lassen können. Dort steht kein Haus, kein Mensch wohnt da, die hätten sie doch haben können...«

6.

An Universitäten – wie denen von Krakau oder Oxford – wird die Geschichte der polnischen Juden gelehrt. Im Sommer kommen ausländische Studenten, die in Polen die »traces«, die Spuren, aufsuchen wollen. Es geht um die Spuren einer Zivilisation, die einst – ist es tausend, ist es zehntausend Jahre her? – hier geblüht hat.

Das Programm sieht Besuche in Lancut, Lezajsk, Przeworsk, Jaroslaw, Rymanów, Sanok, Bobowa, Gorlice und Nowy Sacz vor.

In den Museen dieser Orte sind Kleidungsstücke jener Epoche ausgestellt – Gebetsumhänge, Kaftane und Jarmulken. Dazu gibt es Erklärungen: Tales – weißer Schal mit schwarzen Streifen, von den Juden während des Gebets getragen. Jarmulke – runde Kappe aus Tuch oder Samt, von den Juden zum Zeichen der Frömmigkeit getragen. Kaftan – schwarzes Obergewand, von den Juden getragen...

In verglasten Schaukästen sind Dokumente ausgelegt: der Haushalt der jüdischen Gemeinde der Stadt Czudec – eine vom Rabbiner ausgestellte Bescheinigung, daß David Sonnenberg ledig ist und in den Ehestand treten kann – Zeitungsannoncen... Zalel Vortrefflich, Klempnermeister, im Hause des Abraham Laub an den zwei Pumpen, empfahl der geschätzten Kundschaft sein Lager mit einer großen Auswahl aller für den Klempnerbedarf nötigen

144

Dinge; J. Fessel bot Damenhüte nach Pariser Modellen an, dazu Teppiche, Korsetts, Hosenträger, Bänder, Spitzen, Seidenwaren nebst verschiedenen Neuheiten für die Hochzeitsausstattung; David Tuchwald hatte in dem Lokal »Zum Hirschen« am Hauptmarkt das größte Angebot an ungarischen Weinen...

Einige materielle Spuren finden in Museen keinen Raum, zum Beispiel Synagogen und Grabsteine. Am schönsten ist die aus dem 18. Jahrhundert stammende Synagoge in Lancut. Stanislaw Lubomirski, dem die Stadt gehörte, hatte für ihren Bau das Holz gestiftet und in seinen Ziegeleien die Steine brennen lassen. Ein Nachkomme des Fürsten, Alfred Potocki, rettete sie im Krieg vor der Zerstörung. Er sah, daß sie in Brand geraten war, und bat die Deutschen, das Feuer zu löschen. Seine Mutter stammte von den Hohenzollern ab, und so erfüllten die Deutschen seinen Wunsch. In der Synagoge ist der geräumige Lubliner Saal erhalten geblieben. Hier hat Jakub Icchak, der Zaddik von Lublin, seine Gläubigen empfangen, wenn er in Lancut zu Besuch war. Tausende von Leuten suchten ihn auf. Er beantwortete Fragen, erteilte Ratschläge und heilte Kranke. Von der Stirn las er jedem ab, wer er war und welche Gestalt seine Seele in früheren Leben angenommen hatte. Man nannte ihn den Seher. Auf dem Friedhof von Lancut ist das Grab seines berühmten Schülers Naphtali aus Ropczyce, den Martin Buber den ersten Intellektuellen in der chassidischen Welt genannt hat: Er habe Ironie und Sehnsucht, Zweifel mit Frömmigkeit, Hochmut mit Demut vereint... Über seinem Grabmal wächst ein baumhoher, weit ausladender Busch. Im Mai steht er rosarot in Blüte, aber jede Blüte hat einen anderen Ton. Die Chassiden sind im Frühling hergekommen

145

und haben gesucht und verglichen, aber nie zwei gleiche Blüten gefunden – sagt die Frau, die sich um den Friedhof kümmert. Im September trägt der Busch kleine rote Beeren, ein Eimerchen davon reiche für einen ganzen Weinballon – sagt die Frau. Man brauche nur ein bißchen Zukker und so an die zwanzig Gramm Hefe zuzugeben. Es sei ein schrecklich feiner Wein, so rot und süß und duftend. Nirgends sonst wüchsen solche Büsche, ganz Lancut käme mit Eimerchen hierher, und es reiche für alle. Die ausländischen Besucher hören der alten Frau mit einem skeptischen Lächeln zu, aber es handelt sich einfach um die letzte Gabe, die Naphtali, der Zaddik aus Ropczyce, den Armen gestiftet hat. Buber berichtet, der Rebbe habe die Juden gemahnt, daß Mazze und Wein in jenem Jahr sehr teuer geworden seien und die Reichen daher den Armen helfen müßten. Nun? fragte ihn seine Frau, als er aus der Synagoge kam. Hast du etwas erreicht? – Zur Hälfte, erwiderte der Rebbe. Die Armen sind bereit zu nehmen. Wie es mit der anderen Hälfte steht, ob nämlich die Reichen geben wollen, das weiß man noch nicht.

Die Grabmale der berühmten Zaddiks sind restauriert worden. Die Grabsteine der gewöhnlichen Menschen liegen weiter auf Feldwegen, auf dem Grund von Flüssen, unter Beton. In Przeworsk ist auf dem jüdischen Friedhof ein Busbahnhof gebaut worden. Die Gebeine, die der Bagger zutage förderte, wurden in einem Massengrab beigesetzt, der Rest mit Kubikmetern Beton zugegossen. Der am Orte ansässige Steinmetz Jan Sasak suchte daraufhin den größten und schönsten seiner Steine heraus und meißelte darauf die Inschrift »Im Gedenken an die Juden...« Er karrte ihn eigenhändig zum Busbahnhof, stellte ihn dort auf, sprach ein Gebet und kehrte nach Hause zurück.

Die Friedhöfe liegen unter Beton, aber die »traces«, die Spuren, haben sich auf den Straßen niedergeschlagen. In Lezajsk bemerkte man sie auf der Górna, der Obergasse, die zum Grab mal des Zaddiks Elimelech führt. Sie finden sich an den Häusern, an den hölzernen Türrahmen: kleine helle, sich sehr deutlich vom Untergrund abhebende Rechtecke. Sie bezeugen, daß dort überall einmal eine Mesusa hing. (Mesusa: in ein Futteral gehülltes Pergamentröllchen mit Thoraversen, an den Häusern religiöser Juden auf der rechten Türseite in schräger Position befestigt.)

Die Mesusot sind seit fünfzig Jahren nicht mehr an den Häusern.

Warum sieht man ihre Spur bis heute?

Warum sind sie in der Sonne nicht ausgeblichen? (Soviel Sonne gab es in diesen fünfzig Jahren...)

Warum hat der Regen sie nicht verwaschen? (Soviel Regen gab...)

Warum sind sie nicht mit Farbe überstrichen?

Für wen hat der Zaddik Elimelech die Spur bewahrt?

Für die Anwohner der Obergasse? Warum sollten die sich für jüdische Zeichen interessieren...

Für Leute, die eine alte Zivilisation studieren? Warum sollten die sich für die Obergasse interessieren...

Es gibt viel zu fragen, Rabbi, aber wie bist Du zu finden...

Literatur
Martin Buber, Die Erzählungen der Chassidim;
Bücher des Gedenkens, ins Polnische übersetzt von Adam Bielecki;
Hefte aus Wegrów, herausgegeben von Wanja W. Ronge und Wieslaw Theiss.

Tanz auf fremder Hochzeit

Wir landen in Rio. Ein Beamter, der langsam und dienst-
eifrig zugleich ist, fotografiert unsere Pässe, Seite für
Seite. Es weht ein sanfter warmer Wind. Die Wedel der
Palmen wiegen sich sacht. Der Himmel über den Palmen
ist ganz blau und wolkenlos.

Von einer Bank erhebt sich eine gebeugte Frau. Ihre
Haare sind blond gefärbt, ihre Hände stützen sich auf
Krücken. Ihr Blick ist prüfend, sie will sehen, wen sie da
eingeladen hat. Mich hat sie eingeladen. Um die forschend
blickenden Augen ziehen sich Runzeln, und es zeigen sich
kleine Zähne mit Flecken greller Schminke. Die Frau lächelt. Das könnte eine erste Bewillkommnung sein, aber
sie lächelt den Worten zu, die sie gleich sagen wird. »Na,
wie gefällt Ihnen das?« sagt die Frau auf polnisch. »Daß
Cypa Gorodecka aus Janów bei Pinsk Sie in Rio de Janeiro
erwartet?«

Das Auto fährt ihre Freundin Liliana, das ganze Gegenteil von Cypa, eine große schwungvolle Frau. Sie kleidet
die Gattinnen der hiesigen Präsidenten, Grundbesitzer
und Waffenhändler ein, teilt Cypa mit. Der Sohn sei bei
den Partisanen, bei der Stadtguerilla gewesen...

Ich denke über ihren Satz nach, dieses »Wie gefällt Ihnen, daß...« Ob er in einer anderen Sprache als der polnischen einen Sinn hätte?

»Weil, how do you like that Cypa Gorodecka from Janów near Pinsk is waiting for you...«

Janów near Pinsk... Absurd.

»Alors, comment ça vous plait que Cypa Gorodecka de Janów pràs de Pinsk...«

Absolut lächerlich.

Es läßt sich also nicht sagen. Es gibt also Dinge, die sich nur auf Polnisch sagen lassen.

»Nein, nein«, sagt Cypa. »Nu? Wi gefelt es ajch, as Cypkie Gorodeckie fun Janów baj Pinsk...«

»Nu Cypkie, mir kommen die Tränen vor Rührung.«

»A vontade«, sagt Cypa, diesmal auf portugiesisch.

»Tun Sie sich keinen Zwang an.«

Wir wohnen im Zentrum von Rio, auf dem Largo do Machado.

Die Fenster gehen auf den großen Platz.

Die ersten Geräusche dringen aus dem bläulichen Grau, das noch nicht die Morgendämmerung ist. Die Temperatur liegt bei zwanzig Grad. Die Obdachlosen können unter ihren Plastikhüllen nicht mehr schlafen. Sie kriechen aus der mit Stricken festgebundenen schwarzen Folie und bauen Konservendosen auf. Auf dem Bürgersteig die Dose mit dem Feuer, darüber die Dose mit dem Kaffee. Folie, Stricke, Dosen und Feuerholz haben sie von den Supermärkten oder von der Müllhalde geholt.

Bei Sonnenaufgang setzen sich die Obdachlosen an Tische aus Beton. Zusammen mit Arbeitslosen und mit Rentnern legen sie Brett- und Kartenspiele zurecht. Die Tische und Bänke aus Beton sind dank angestrengter Bemühungen der Sozialhilfe extra für sie hier aufgestellt worden.

Die ersten Straßenhändler erscheinen, meistens bieten sie Taschen an, besondere Taschen, die einem niemand entreißen kann: Man trägt sie unterm Hemd, läßt sie innen am Hosenbein hängen oder schnallt sie an den Gürtel.

Die Glocke von Nossa Senhora de Glória läutet. Ein Fotograf, stets in Krawatte und weißem Hemd, nimmt seine Stellung ein, mitten auf dem Platz baut er seinen Fotoapparat aufs Stativ und wirft ein schwarzes Tuch darüber. Auf unserer Seite nimmt ein Junge die Geige aus dem Kasten, gegenüber stellt ein blinder Sänger den Leierkasten auf. An der Straßenkreuzung bringen Frauen den Geistern die ersten Opfergaben dar: brennende Kerzen und Fleisch von weißen und schwarzen Hühnern.

Gegen elf Uhr ist die Temperatur auf über dreißig Grad gestiegen. Die Leute ziehen vom Platz an den Strand um. Sie baden im Meer, rufen einander mit lautem Lachen, graben sich in den heißen Sand. Sie haben es nicht eilig. Außer einem Tisch aus Beton und einem Sack aus Plastik erwartet sie nichts.

Von Zeit zu Zeit sehen wir vor den Häusern Berge von Abfällen. Dann wird wieder gestreikt. Windböen wirbeln den Müll in die Höhe, große schwarze Vögel kreisen über den Haufen.

An den Wochenenden bevölkert sich der Platz mit Ankömmlingen aus dem von Dürre und Hunger geschlagenen Norden. Auf Kohlen backen sie Maniokfladen. Sie spielen Karten, küssen sich und singen fromme Lieder. Wanderprediger verheißen ihnen mit melodischer und monotoner Stimme das ewige Heil.

Spät am Abend verödet der Platz.

Zurück bleibt ein widerlicher süßlicher Gestank. Eine Mischung aus Urin, ungewaschenen Körpern und faulenden Mangoschalen. Cypa sagt, das sei der Geruch der brasilianischen Armut.

Die Linken versammeln sich und reden über den Kampf gegen die Armut. Man kann nicht in Brasilien leben, ohne über die Armut zu reden. Cypa G. hat eine Einladung zu einem Vortrag erhalten. Der Redner erklärte, Brasilien brauche ein System der Gerechtigkeit. Ob es Fragen gebe? Cypa meldete sich zu Wort. Sie habe die Idee des Sozialismus gut gekannt, begann sie, diese Idee sei mitreißend gewesen. Der Versammlungsleiter wollte sie unterbrechen – man erwarte Fragen. Cypa erklärte dem Auditorium, daß sie den Holocaust überlebt und in Polen den Kommunismus aufgebaut habe. Nach dieser Mitteilung mußte man ihr zuhören. Sie habe Kommunisten gekannt, die tapfer und edel gewesen seien. Nachdem sie an der Macht waren, haben sie Privilegien daraus gezogen und das Land in den Ruin geführt. »Welche Tugenden sollen euch vor einem solchen Sturz bewahren?« fragte Cypa die Versammelten. »Welche Talente werden euch erlauben, das zu schaffen, was weder in China und Kuba noch in Osteuropa gelungen ist?«

Der Versammlungsleiter bezeichnete die Fragen als rhetorisch.

Cypa G. wurde nicht mehr zu linken Versammlungen eingeladen.

Cypa kann nicht Sterben. Jedenfalls nicht vor Fidel.

Als Fidel Castro an die Macht kam, hatte Cypa vor Freude geweint. »Unsere Revolution steht vor den Toren der Vereinigten Staaten«, sagte sie unter Tränen, »unsere Revolution wird jeden Augenblick die ganze Welt erfassen.«

Kürzlich hat Cypa die Hoffnung geäußert, daß jemand Fidel Castro aufhängen wird. Oder, daß dieser vernünftig genug sein werde, es selber zu tun.

Kurz, Fidel Castro muß aufgehängt werden, aus Rache – für seine Verbrechen und für die Naivität von Cypa G. Ich weiß nicht, ob diese Absicht von Edelmut zeugt.

Wenn Cypa stirbt, ob nun vor oder nach Fidel, wird sie im Krematorium verbrannt. Das steht in keinerlei Zusammenhang mit Cypas Vater, dem Holzfabrikanten Zalman Gorodecki aus Janów. Auch nicht mit ihrem Onkel Jankel, der eine Kühlfabrik hatte. Noch mit ihrem Onkel Ruwen, einem Speicherhausbesitzer, oder mit Awrom Szyja, dem Bruder ihrer Mutter, der nichts sein eigen nannte als vier arbeitslose Söhne. Auch nicht mit Rachel, einer Freundin ihrer Mutter, einer schönen Witwe, die einen Amerikaner geheiratet hatte – die amerikanische Regierung gab ihrer Tochter, weil diese einen Buckel hatte, kein Visum, und die Eltern waren mit der Buckligen in Polen geblieben. Wie gesagt, mit dem Tod dieser Personen wird das in keinerlei Zusammenhang stehen. Cypa will einfach nicht in brasilianischer Erde ruhen, weil sie diese nicht mag.

Der Judaismus verbietet die Feuerbestattung. Der einstige Vorsteher der Beerdigungsbruderschaft der jüdischen Gemeinde, Doktor Moszek Nisker, wäre vielleicht auf ein weltliches Begräbnis eingegangen, aber er ist von seinem ehrenvollen Amt zurückgetreten. Er hatte nichts gegen die seit jeher geübten Bräuche, das weiße Totenhemd aus reinem Leinen, die Handvoll heiliger Erde, die man den Toten auf die geschlossenen Lider legt. Doktor Nisker, ein Mann des Fortschritts noch aus Ostrowiec Swietokrzyski, wollte in der Beerdigungsbruderschaft nur Demokratie und Fortschritt einführen. Die Mitglieder reagierten verärgert, der Doktor erklärte seinen Rücktritt. Cypa wird von ihrem Mann nach São Paulo gebracht werden müssen. Er hat sich bei Lilianas Sohn Alfredo, dem ehemaligen Stadtguerillero, erkundigt, ob sich nicht in Rio ein kleines Krematorium bauen ließe. Leider ist Alfredo, derzeit Abgeordneter und Führer der Grünen, dabei, Radwege zu bauen. Das Krematorium für Cypa steht in den Plänen weiter hinten.

Cypa und Adam, ihr Mann, haben Polen im Jahre 68 verlassen.

Neun Jahre nach dem Sieg Fidel Castros, dank dem ihre Revolution vor den Toren der Vereinigten Staaten stand.

Wir wohnten auf dem Largo, aber mitten in Polens schneereichem Winter und goldenem Herbst. Wir nahmen aus den Regalen polnische Bücher. Wir schliefen in polnischem Bettzeug. Jeder Jude hatte Bettwäsche, ein großes und ein kleines Daunenkissen und ein Deckbett ausführen dürfen. Die Deckbetten nähte Frau D., vor dem Krieg eine Spezialistin auf diesem Gebiet, nach dem Krieg die Frau eines Politbüromitglieds. Auf dem Tisch lag das Inlett, und sie ging mit langen, dicken Nadeln um den Tisch und nähte die Daunen ein.

Für das Inlett gab es einen besonderen Stoff, der dicht und dünn zugleich war.

Schneiderwerkstätten nähten die Bettwäsche. Kunstmaler schufen für die Juden nostalgische Landschaften.

Tischlerwerkstätten nagelten große Kisten zusammen. Fachleute erschienen, die sich auf das Packen großer Kisten verstanden.

Gieniusia R. rief an, ob sie genug Geld für die Daunen hätten. Sie kannten sich schon vor dem Krieg. Gieniusia hatte damals auf der Bielanska einen Laden der Süßwarenfirma »Plutos« und außerdem einen Juden zum Mann. Adam verschaffte ihm später Kontakt zu einem Chirurgen, der die Folgen der Beschneidung beseitigte. Dadurch überlebte Gieniusias Mann den Krieg, reiste dann in die USA und kam nie zurück. Gieniusia zog nach Zakopane, in ein kleines Holzhaus. Aus dem Fenster konnte man den Giewont sehen, aber Gieniusia richtete den Blick selten auf den Berg. Sie hob Laufmaschen auf. Eines Sonntagmorgens kam sie mit dem Nachtzug in Warschau an, händigte Cypa die Einnahmen der Woche aus und fuhr abends wieder nach Hause. »Laß es gut sein, quäle dich nicht«, sagte Cypa, aber am nächsten Sonntag war Gieniusia wieder da.

Helena Turczynska meinte, man solle die Bettwäsche waschen, damit sie nicht so neu aussehe. Bei ihr in Brwinów hatten sie nach dem Aufstand gewohnt, in einem Haus, das aus Material von Herrn Wajsblat stammte. Als der Krieg ausgebrochen war, hatte Frau Wajsblat gesagt, sie habe keine Lust, ins Ghetto zu gehen, und so hatte Helena Turczynska drei der Wajsblats versteckt, die Großmutter mit den Enkeln. Vor dem Krieg war sie von einem jüdischen Arzt von einer schweren Krankheit geheilt worden, sie wollte ihn holen, aber er war nicht mehr im Ghetto. Daher nahm sie andere mit ins Versteck, eine ratlos und erschrocken auf der Straße stehende Familie. Das gab zwar Probleme, weil eine Mieterin sie anzeigte, aber

154

dann nahm alles ein gutes Ende. Die Juden gelangten in das Versteck, und die Mieterin verliebte sich in einen der Versteckten, Herrn Cuker, einen Witwer mit einer niedlichen kleinen Tochter. »Wozu wegfahren«, schluchzte Helena Turczynska, während sie die Bettwäsche bügelte, »das muß doch vorübergehen.« – »DAS geht nie vorüber«, bemerkte Cypa. »Das Versteck steht jederzeit zur Verfügung«, erinnerte Helena Turczynska.

Sie brachten die Kisten zum Zollamt. Es befand sich in der Nähe der Bahngleise, die einst den Danziger Bahnhof und den Umschlagplatz verbunden hatten. Die Zollbeamten packten die Sachen aus, Cypa packte sie wieder ein. Ihr Ehemann, Professor Adam D., saß etwas abseits, in die Arbeit eines seiner Doktoranden vertieft. Sie handelte von der Überlebensfähigkeit eines pathogenen Pilzes namens Atrum im Erdboden.

Zahlreiche Bekannte brachten sie zum Bahnhof. Assistenten von Professor Kazimierz Bassalik, bei dem Adam studiert und der ihm eine Kennkarte ins Ghetto geschickt hatte. Helena Turczynska mit ihrer Familie. Gieniusia R. Genossen und Genossinnen der Partei. Diplomanden und Doktoranden. »Unser ganzes bisheriges Leben nimmt Abschied von uns«, sagte Cypa und schloß mit übertriebenem Schwung das Abteilfenster.

In Wien standen sie abermals vor den Toren der Vereinigten Staaten. Mit einem Visaantrag im Amerikanischen Konsulat.

»Waren Sie Mitglied der Partei?« fragte der Konsul.

»Freilich«, fuhr er mit verständnisvollem Lächeln fort, »Sie konnten ja gar nicht anders. Sonst hätten Sie keine Arbeit bekommen…«

»Wir waren in der Partei, weil wir an den Kommunismus geglaubt haben«, erklärte Cypa G. dem amerikanischen Konsul.

Das Konsulat setzte sie davon in Kenntnis, daß sie keine Visa bekämen.

Sie fuhren nach Rio.

Dort fanden sie vierzig Grad Celsius vor. Zwei Tanten, beides gehbehinderte alte Jungfern, die handgestickte Damenwäsche fertigten. Dazu riesige braune Küchenschaben, die fliegen konnten. Sie waren sogar für Professor D. eine Überraschung und brachten ihn ins Grübeln. Ihr lateinischer Name klang unheilverkündend: Periplaneta americana.

»Unser ganzes bisheriges Leben...« hatte Cypa über den Abschied auf dem Bahnhof gesagt. Das stimmte nicht genau. Wie konnte es das ganze Leben sein ohne Janów bei Pinsk, ohne die Bielanska oder ohne das Haus Nummer 8a an der Dluga...

An Jonów kann sich Cypa kaum noch erinnern. Nur an Armut und herumstehende Männer. Arbeitslose. Abgezehrt und niedergeschlagen lehnten sie an Türen, Wänden, Bäumen und Zäunen. Einzeln und in Gruppen standen sie herum, wechselten gleichgültige Worte oder schwiegen. So standen sie stundenlang, jahrelang... Und an noch eine soziale Ungerechtigkeit erinnert sich Cypa: Die Gorodekki-Onkel waren reich gewesen, aber die Söhne von Onkel Awrom Szyja hatten nichts zu essen. (Ungerechtigkeit und Armut mußten bekämpft werden.)

Nun schön, aber da war ein Brunnen auf dem Markt.

Warum konnte sich Cypa nicht an das Klirren der Kette in diesem Brunnen erinnern?

Oder an den Schammes, der die Juden zum Gebet rief?

Oder an die Hochzeit, die von Schlomo Mejsze gerettet wurde? Die Brautleute standen schon unter dem Baldachin, als die Eltern des Bräutigams Geschrei erhoben: Wo ist die Mitgift? Wir haben die Mitgift nicht bekommen! Die Braut brach in Tränen aus. Die Eltern bestanden auf ihrem Recht. Es sah schon aus, als würde die Hochzeit nicht stattfinden, als Schlomo Mejsze unter den Hochzeitsgästen eine Sammlung veranstaltete. Er versprach, ihnen alles zu erstatten, und verkaufte sogar einige Gänse, die seine Frau gemästet hatte, aber der Krieg überraschte ihn, und die Schulden blieben unbezahlt.

Oder an Madame Adler, die Prostituierte? Sie war aus Janów emigriert und hatte in New York ein exquisites Bordell aufgemacht.

Und an Szamek, ihren Bruder, der in Amerika zum Gangster wurde?

Oder an Jojne Krawiec, den Maurergehilfen, der vom Gerüst gefallen war? »Das kommt davon, daß du nicht die Thora studierst«, hatte Schlomo Mejsze vorwurfsvoll gesagt, als er ihn im Krankenhaus besuchte.

Ich weiß von Janów so viel aus einem Buch des Gedenkens, denn, wie gesagt, Cypa kann sich an gar nichts erinnern. Außer an die soziale Ungerechtigkeit. Adam hingegen weiß alles noch, und Cypa ist eifersüchtig auf diese Erinnerung. Mich wundert es nicht. Jeder erinnerte sich gern der Bielanska-Straße und der Dluga-Straße...

Die Bielanska. Auf der rechten Straßenseite befand sich der Süßwarenladen der Firma Plutos, der von Gieniusia R. betrieben wurde. Im Stockwerk darüber wurden »Brücken« ausgeliehen, Losungshefte für die Schulaufgaben, produziert von Herrn Cukerhandel. Im Hof war ein Theater, dessen Inhaber, Herr Celmacher, auch Geschäfte mit Herrenkonfektion hatte. Auf der linken Straßenseite fertigte der Schuster Marek Offiziersstiefel, und gleich dahinter, im sechsten Stock, war die Krawattenschneiderei Gutgisser, betrieben von Adams Großvater, Onkel und Vater. Die Hemdsärmel hochgekrempelt, glatzköpfig, den Zwicker auf der Nase, standen die Drei mit Schneiderkreide und Schere über Stoffballen gebeugt. »Der ganze Zuschnitt hängt davon ab, was sich unter dem Kragen verbirgt«, schärfte Großvater Lejb seinen Söhnen ein. Trotz des Zuschnitts ging die Firma pleite. Der Vater suchte sich eine Anstellung. Der Onkel zog einen dunklen Anzug an, band sich die eleganteste Krawatte der Firma »Gebrüder Gutgisser« um und schluckte Essigessenz. Seine Lebensversicherung zahlte der Witwe eine beträchtliche Entschädigung. Der älteste Sohn verlor sie beim Kartenspiel.

Sie wohnten auf der Dluga 8a. Das Haus gehörte Herrn Zybert, einem eleganten Chassiden, der seine Kaftane bei den besten Schneidern nähen ließ. Ihre Lebensmittel kauften sie bei Rosa Fridman auf der Mostowa, das Brot bei Cylka Goldman am Krzywe Kolo, den Sabbatzopf bei Kahan auf der Nalewki-Straße, die Mazze gleich gegenüber bei Krypel. Das Zeugnis der Bedürftigkeit, das zur Erlangung eines Stipendiums für die Schule erforderlich war, beschafften sie über den Lastträger Schmul, die vom Dachboden gestohlene Wäsche bekamen sie durch einen bärtigen Juden von der Walowa zurück. Zuerst war die Mutter zur Polizeiwache gelaufen, aber der Reviervorsteher hatte gesagt: »Es kommt darauf an, ob Ihnen an einer Anzeige oder an der Wäsche gelegen ist. Wenn es Ihnen um die Wäsche geht, so sitzt im Hinterzimmer der Kneipe

158

auf der Walowa ein Jude mit Vollbart…«– »Dluga Nummer 8?« vergewisserte sich in der Kneipe auf der Walowa der Jude mit dem Vollbart. »Ja, das ist bei mir…« Und am nächsten Morgen fanden sie die gestohlene Wäsche vor ihrer Tür. Als sie aber auf der Polizeiwache um ein Bedürftigkeitszeugnis für Adam nachsuchten, kam der Reviervorsteher zu ihnen, sah sich in der Wohnung um, hielt den Blick sinnend auf die Wanduhr gerichtet und sagte: »Ihr wollt ein Stipendium? Mit den Dollars, die in der Uhr versteckt sind?« Die Mutter eilte zu dem Laden auf der Mostowa, um sich bei Rosa Fridman Rat zu holen, und Rosa sagte nur drei Wörter: »Der Lastträger Schmul«. Dreißig Zloty werde das kosten, sagte der Lastträger Schmul. Sie gaben ihm das Geld, und der Reviervorsteher brachte das Zeugnis. »Hättet ihr das nicht gleich mit mir abmachen können?« fragte er vorwurfsvoll. »Durch diesen Schmul ist mir ein ganzer Zehner entgangen…«

Mit einem Wort, Adam erinnert sich an alles.

Jeder erinnert sich gern – an die mit gestärkten weißen Tüchern bedeckten Körbe, in denen Krypels Lehrjunge die Mazze brachte, an die runden Brotlaibe von Cylka Goldman… Wenn bei ihr gebacken wurde, zog der Duft vom Krzywe Kolo bis auf die Dluga.

Jeder erinnerte sich gern an das warme duftende Roggenbrot von Cylka Goldman.

Adams Traum war die Medizin. Er wurde aber nicht zum Studium zugelassen, da das Limit für Juden schon ausgeschöpft war. (Dies brachte ihn dazu, über nationale Ungleichheit nachzudenken.) Er machte seinen Universitätsabschluß in Biologie. Im Legia-Stadion absolvierte er seinen Wehrersatzdienst. Vormittags transportierte er mit der Schubkarre Sand an eine neue Stelle, nachmittags transportierte er ihn zurück an die alte. Er beförderte diesen Sand gemeinsam mit jüdischen Kommilitonen, die polnischen Kommilitonen besuchten die Fähnrich-Schule. (Dies brachte ihn erneut dazu, über usw.) Kurz vor dem Krieg machte er seinen Doktor bei Professor Bassalik und heiratete Raja Minc. Sie war groß und schlank, grämte sich aber, zu breit in den Hüften zu sein. Sie hatte große Augen und Probleme mit dem Teint, was sie ebenfalls grämte. Im September 42, zu Rosch Haschana, dem jüdischen Neujahrsfest, wurde sie zum Umschlagplatz getrieben. Die Liquidierungsaktion ging schon zu Ende. Während der ganzen Aktion hatten sich Adam und Raja einander bei der Hand gehalten und sich nie weiter als zwei Schritt voneinander getrennt. Ein einziges Mal ging er ohne sie auf die Fahrbahn, fragte etwas und machte einen dritten Schritt. Gerade in diesem Moment wurden die Menschen von der Fahrbahn ins Ghetto, die Menschen vom Gehsteig zum Umschlagplatz getrieben. Zusammen mit Raja wurden sein Vater, seine Onkel väterlicher- und mütterlicherseits mitsamt ihren Familien verschleppt. Er hat ihre Vor- und Familiennamen aufgeschrieben, kann sich aber nicht mehr genau erinnern, wer wie viele Kinder hatte. Alles in allem fünfzig Personen, am Passahfest kamen sie gar nicht in einer Wohnung unter, bei Onkel Josef Gutgisser mußte am nächsten Tag ein zweites Abendmahl veranstaltet werden. Er rief Professor Bassalik an und sagte: »Sie sind alle verschleppt worden.« Der Professor ließ ihm eine Kennkarte zukommen. Sie lautete auf den Namen Edward Drozdowicz. Er trägt diesen Namen bis heute.

Auf der arischen Seite traf er Cypa, eine ehemalige

Kommilitonin Rajas. Er sagte ihr, daß Raja verschleppt worden sei, weil er einen Schritt zu viel gemacht habe. Wenn er diesen Schritt nicht gemacht hätte. Wenn er nicht etwas hätte fragen wollen. Wenn er nicht auf die Fahrbahn gegangen wäre. Oder, wenn er es schon getan hätte, er nur mit Raja gegangen wäre. Cypa schnitt ihm das Wort ab. Sie suchte eine Unterkunft für ihre Angehörigen, die noch am Leben waren. Es waren drei, und sie hatten jüdische Gesichter. Sie selbst war die einzige der Familie, die nicht jüdisch aussah. Während ihre Schwester wirklich schön war und in den schwarzen Locken eine bunte Schleife trug, gab es in ihrem glatten blonden Haar nichts zu befestigen. Nun aber hing von ihr, die keine Schleife wert gewesen war, das Schicksal der schönen Schwester, der Mutter und des Bruders ab... Er sagte, auch sein Gesicht sei ganz tauglich, nur brauche es niemand mehr. Sie sah ihn prüfend an. Er hatte blaue Augen und eine kurze Nase. Er hatte ein einwandfreies Gesicht, nicht schlechter als das ihre...

Cypas Erster war Zygmunt gewesen, ein Student der Veterinärmedizin. In ihrem Studienbuch ist ihr Foto aus jener Zeit erhalten: ein hübsches blondes Mädchen mit leuchtenden Augen. Über dem Foto ein kleiner quadratischer Stempel: »Platz in Bänken mit ungerader Numerierung.« Das bedeutete, daß Cypas Platz im Hörsaalghetto war, unter den jüdischen Studenten.

Anfangs meinte sie, der Zionismus werde es sein, der alle jüdischen Bedrängnisse aus der Welt schaffe. Dann kam sie zu dem Schluß, daß dies nur eine Teillösung sein werde, eine Lösung im kleinen Maßstab eines Volkes. Die Angelegenheit müsse global entschieden werden, am besten durch eine Weltrevolution. Als Cypa das erkannt hatte, ging sie zu einer kommunistischen Versammlung. An der Tür fiel ihr ein großer dunkelblonder Bursche auf, der sehr schöne Augen hatte. Die Diskussion über die Methoden des revolutionären Kampfes war noch im Gang, als Cypa lässig fragte: »Bleibst du noch? Ich würde lieber spazierengehen.«

Zygmunt ist im Warschauer Ghetto umgekommen. Sie hatte ihn schon vorher verlassen, denn durch seinen Leichtsinn war ihre Mutter ins Pawiak-Gefängnis gebracht worden.

Der Zweite war Józek. Den verließ sie, weil er nur davon reden konnte, wie man mit Dollars handelte. Er war verzweifelt und schluckte sogar Schlafmittel, wurde aber leider gerettet. Leider, denn der Tod aus Liebe wäre besser gewesen als der in Treblinka.

Adam war der Dritte. (Sie seien Weggefährten, pflegte sie zu sagen. Ein Weggefährte ist ein Mensch, mit dem man einen gemeinsamen Weg geht. Sie ist sich nicht sicher, ob es dazu der Liebe bedarf. Fünfzig Jahre lang hat sie wiederholt: »Ein Weggefährte, mehr nicht.« In letzter Zeit weckt sie morgens ein quälender Gedanke. Er könnte sterben. Mit wem legt sie dann das letzte, das allerschwerste Wegstück zurück?)

Sie zogen zusammen. Sie waren hübsch, jung und arisch. Ohne Mühe fanden sie eine Wohnung für Cypas Angehörige, unweit vom Ghetto, auf der Sapieha-Straße. Anlaß zur Besorgnis war allein ein winziges anatomisches Detail: Adam war beschnitten. Es war eine bedrückende Vorstellung, daß jeder beliebige Erpresser Adam ins nächstbeste Haustor zerren und ihm befehlen konnte, die

Hose herunterzulassen. Zum Glück bekamen sie den Hinweis auf einen Arzt, der bereit war, die geeignete Operation vorzunehmen. Nicht aus Liebe zu den Juden, wie er sagte, sondern rein aus beruflichem Interesse. Er war auf eine Idee gekommen und wollte sie ausprobieren. Er hatte vor, einen Rhombus in die Vorhaut zu schneiden, die Ränder zu vernähen und so die Haut zu spannen. Derartige Operationen waren schon unternommen worden, aber von unten – um die Nähte zu verbergen. So war es üblich, und die Agenten der Gestapo, die Erpresser und die Polizisten wußten, wo sie nachzusehen hatten. Der Rhombus von Doktor Grotowski – so hieß der Arzt – sollte hinterlistigerweise von vorn geschnitten werden.

Das Angebot war verlockend. Adam verabredete sich mit dem Chirurgen, die Operation sollte ohne Narkose erfolgen, denn Adam war Patient und Assistent zugleich. Während des Eingriffs reichte er Instrumente und Wattebäusche. Das Ergebnis war einwandfrei, die Wunde verheilte spurlos. Adam brachte zehn weitere Männer, einen nach dem anderen. Der Doktor operierte sie und verabredete sich mit ihnen zum Fädenziehen. Zum festgesetzten Termin erschien er nicht. Adam suchte ihn bis zum Abend, am Tag darauf fand er ihn, auf einem Anschlag an der Wand auf der Liste der Erschossenen. Die Nachbarin sagte, er sei nur mal nach unten in den Laden gegangen und in eine Razzia geraten. Die zufällig aufgegriffenen Leute wurden exekutiert, als Vergeltung für ein Attentat, das im Stadtzentrum verübt worden war. Die zehn jüdischen Patienten warteten weiter aufs Verbinden. Adam erinnerte sich eines Medizinstudenten, der während antisemitischer Ausschreitungen vor dem Kriege eine Rede zur Verteidigung der Juden gehalten hatte. Er fand ihn in

163

einem Kinderkrankenhaus. »Ich brauche Ihre Hilfe«, sagte Adam von der Tür. »Haben Sie ein krankes Kind?« fragte der Arzt. »Nein, aber zehn Juden, denen nach einer Operation die Fäden gezogen werden müssen.« – »Sehen Sie zu, daß Sie rauskommen!« rief der Arzt. »Herr Doktor«, sagte Adam, »es sind Menschen, die auf Ihre Hilfe warten...« Noch am selben Tag stattete Doktor Kanabus allen einen Besuch ab. Später operierte er mit der Methode von Doktor Grotowski noch einige Dutzend andere Männer. Er empfahl ihnen eine Art Heilgymnastik. Der Mann von Gieniusia R. baute sich zu diesem Zweck eine besondere Vorrichtung: eine Schnur, die über die Tür gehängt, drüben mit einem Gewicht beschwert und hüben mit Pflaster an der Vorhaut befestigt war. Gieniusias Mann stand stundenlang an dieser Tür und erzielte ein so vorzügliches Ergebnis, daß er sich nach dem Kriege aus hygienischen Gründen einer erneuten Beschneidung unterziehen mußte.

Die Wohnung, in der sich Cypas Familie versteckt hielt, war erstklassig, das Versteck befand sich hinter einer Wand. Marian Ronga, der Hauswart, hatte es gemacht. Er hatte blitzende kleine Augen, Pockennarben, einen Schmiß auf der Wange und eine bunte Mütze mit einer Bommel. Er beruhigte seine Untermieter, so gut er konnte. Vor allem auf Chana, Cypas Mutter, wirkte er besänftigend. Einmal versteckte er Waffen unterm Bett. »Wissen Sie«, sagte er, »jetzt ist schon alles egal. Wenn Juden da sind, können auch Waffen da sein.« Als dann noch Landkarten für die Partisanen hinzukamen, war er noch gelassener. »Nun ist schon alles ganz egal: Juden sind da, Waffen sind da, da können auch Landkarten da sein...«

»Ach, wie meine Mutter es verstand, Angst zu haben«, hatte Cypa mir in einem ihrer ersten Briefe aus Rio de Janeiro geschrieben.

Angst als Begabung...

Die Perfektion der Angst...

Während des Warschauer Aufstands war Chana Gorodecka allein zurückgeblieben, und da sie nur sehr schlecht polnisch sprach, spielte sie die Taubstumme. Sie saß im Keller, beim Krachen der Bomben, unter verängstigten Menschen, und bewahrte steinerne Ruhe. Als Taube konnte sie ja nichts hören. Mit einem unbeschwerten, verwunderten Gesicht sah sie sich um, als wollte sie fragen: »Was ist denn eigentlich hier los?« – »Hören Sie es denn nicht?!« schrien die Leute, aber ihre Augen blickten weiter ruhig und verständnislos. Darin kann die Perfektion der Angst bestehen. Darin, daß sie gezähmt wird von einer anderen, noch größeren Angst.

Chana Gorodecka begann verschiedene Vorfälle zu notieren. Sie schrieb jiddisch, die Tochter übersetzte es ins Polnische. Eine Zeitlang saß sie im Pawiak-Gefängnis mit getauften Jüdinnen zusammen. »Eine kleine, aber sehr hübsche Frau ist zu uns gekommen«, schrieb Chana G. »Sie hatte einen Polen zum Mann und sieben Söhne. Sie las uns aus einem Brief vor, den sie ihr geschrieben hatten: ›Sei unbesorgt, über Dich wachen Deine sieben polnischen Söhne.‹ Sie brach in Tränen aus. Mir kam es vor, als sei ich zu Rosch Haschana unter den Frauen in der Synagoge und der Kantor singe das Neujahrsgebet.«

Die sieben polnischen Söhne haben ihrer jüdischen Mutter nicht helfen können. Chana wurde von ihrer Tochter Cypa herausgebracht, die einem Arzt dafür Geld gegeben hatte.

165

Sie kamen ins Ghetto.

»Zwischen den Kohlen und der Wand wurde aus Brettern eine zweite Wand errichtet«, schrieb Chana. »Man konnte dahinter gerade stehen. Als eine Aktion begann, entstand eine Panik, und fünfundzwanzig Personen zwängten sich hinter diese Wand. Unter ihnen war eine Frau mit einem kleinen Kind, das weinte. Alle waren darüber sehr erregt. Manche riefen, wegen eines Kindes würden wir alle umkommen. Die Frau bat unter Tränen um Ruhe, dann würde sich auch das Kind beruhigen. Es half nicht, und man schrie, die Zeit dränge, die Deutschen kämen und das Kind müsse erstickt werden. Ich erstarrte. Ein Kind mit eigenen Händen ersticken? Gott gab mir den richtigen Gedanken ein. Ich hatte etwas Würfelzucker bei mir und gab der Frau einen Würfel, das Kind fing an zu lutschen und beruhigte sich. Es herrschte tiefe Stille. Wir hörten das Gebrüll der Deutschen. Wie die Wölfe stürmten sie in die Gebäude. Einer riß unseren Schuppen auf, sah nur die Kohlen und schlug die Tür wieder zu...«

Ein andermal versteckte sie sich auf einem Dachboden. »Neben mir stand eine große Schüssel, ich setzte sie mir auf den Kopf, um nicht zu sehen, wenn auf mich geschossen wird. Ich wartete lange, aber es kam niemand auf den Dachboden... Dann hörte ich das Wehklagen, das ich noch aus Zambrów kannte, mit dem Mütter ihre Kinder beweinen. Ich stand auf, nahm die Schüssel vom Kopf und kletterte mühsam die Leiter hinunter. Ich wollte teilnehmen an dieser schmerzerfüllten Klage meines Volkes. Da sah ich meinen Sohn. Er kam auf mich zugelaufen und rief: ›Mama, bist du es? Und Cypa dachte, sie haben dich geschnappt, und ist losgelaufen, um dich vom Umschlagplatz zu holen.‹ Ich stand da und dachte laut: Herr der

Welt, was hast Du eigentlich gegen Dein auserwähltes Volk?«

Sie wohnten also auf der Sapiezynska, unter der Obhut des Hauswarts Marian Ronga. In dem Versteck waren Juden, Landkarten und Waffen. Die Waffen lieferte der Hauswart an, die Landkarten Cypa G. Sie bekam sie von Leuten der AL, ihren Freunden aus der Vorkriegszeit, und gab sie dann an Krystyna Arciuch weiter, die ebenfalls der AL angehörte. Sie waren für Partisanenabteilungen bestimmt.

Cypa und Krystyna hatten ihren Treffpunkt in einer Grünanlage am Krakowskie Przedmiescie. Dort hing ein Lautsprecher, durch den die Deutschen am Nachmittag Bekanntmachungen gaben. Dann sammelte sich dort eine Menschenmenge, und man konnte solche Angelegenheiten erledigen.

Krystyna Arciuch kam mit ihrem kleinen Sohn, nahm Cypa das Päckchen ab und ging wortlos weiter.

Was die Landkarten angeht, gibt es zwei Versionen. Cypa sagt, sie habe sie gebracht, und Krystyna Arciuch sagt, sie habe sie von Kartographen bekommen und Cypa gegeben.

Das ist nicht so wichtig. Wichtig ist, daß sie einander häufig trafen, immer am selben Ort, in der Anlage am Krakowskie Przedmiescie.

Nach dem Krieg wurde Krystyna Arciuch verhaftet. Sie habe mit den Deutschen kollaboriert, sagte jemand, und Cypa war empört. »Da kannst du mal sehen«, sagte sie zu ihrem Mann, »sie hat so getan, als wäre sie bei der AL, und dabei hat sie für die Gestapo gearbeitet. Sogar ihr Sohn hat sich von ihr losgesagt, als er das erfahren hat. Eigentlich habe ich ja noch Glück gehabt. Sie hätte mich mit Leichtigkeit anzeigen können. Ich möchte wissen, warum sie mich trotzdem verschont hat...«

Weder Cypa noch Adam kam es in den Sinn, daß die Anklage eine Verleumdung sein könnte. Im Gegenteil. Sie freuten sich, daß die Sicherheitsorgane so aufmerksam waren und unbeirrbar die Feinde erwischten. Sogar Krystyna Arciuch hatten sie entlarvt. Die Arciuch, wer hätte das gedacht. Was ich doch für ein Glück hatte...

Krystyna Arciuch war von einer ehemaligen Kommilitonin in die AL gebracht worden. Sie fertigten für die Partisanen Fotokopien von Landkarten an, die sie wegen des Maßstabs 1:100000 »Hunderter« nannten. Im Jahre 48 wurde sie verhaftet. Es ging damals gegen »Rechtsabweichler« in der Partei. Ein halbes Jahr zuvor hatte ihr Wanda Zanussi, die Mutter des späteren Regisseurs, die Karten gelegt und gesagt: »Auf Sie wartet das Gefängnis.« Sie hatte noch einmal alles überprüft und wiederholt: »Das Gefängnis, ganz ohne Zweifel.« Krystyna Arciuch hatte pikiert gelacht und die Karten durcheinandergeworfen. Als sie in das Kellergeschoß des Sicherheitsministeriums geführt wurde, dachte sie: Die Karten sprechen die Wahrheit. Schade, daß ich sie durcheinandergebracht habe, vielleicht hätte Frau Zanussi sagen können, wie lange es dauert.

Es dauerte fünf Jahre.

Die Frauen in der Zelle waren alle in der Partei, unter ihnen einige Jüdinnen. Nebenan lag eine Zelle mit Deutschen. Deutsche Kriegsgefangene und Kriegsverbrecher halfen den polnischen Aufsehern. Sie trugen Suppe und warmes Wasser aus und brachten einmal in der Woche eine Nähnadel. Zur Zelle von Krystyna Arciuch kam ein Deutscher namens Arnold. Er war jung und hilfsbereit. Er trug ein Kreuzchen um den Hals und lächelte. Man sagte von ihm, er sei fromm. Eine der Frauen wollte sich bei ihm einschmeicheln und machte eine abfällige Bemerkung über die Jüdinnen. Am nächsten Tag brachte Arnold den Jüdinnen Suppe, die dicker, und Wasser, das wärmer war als bei den anderen. Er fragte sie auch, ob er noch mehr Wasser bringen solle. Sogar die Nähnadel brachte er den Jüdinnen etwas früher und holte sie etwas später wieder ab. Das war nicht von praktischer Bedeutung, die Nadel hatte sowieso keinen Faden, aber es ging um die Tatsache.

Zurück zu Cypa. Als sie einmal nicht da war, kamen auf den Hof in der Sapiezynska zwei Juden gerannt. Das Haus stand unweit der Mauer. Es war zur Zeit des Aufstands im Ghetto. Die Juden waren abgehetzt und schmutzig. Die Mutter von Marian Ronga zeigte ihnen den Keller und gab ihnen Wasser zu trinken. Eine Volksdeutsche, die im Parterre wohnte und gern draußen auf der Bank saß, stand schnell auf und ging zum Haustor. Marian folgte ihr. Die Volksdeutsche ging die Bonifraterska entlang zum Krasinski-Platz und bog in die Dluga ein. Marian begriff, daß sie zur Polizeiwache wollte. Sie war aufgeregt und ging immer schneller. Marian konnte kaum mit ihr Schritt halten. Es begann ein Wettlauf, Marian war erster. Keuchend stürzte er in die Polizeiwache: »Auf der Sapiezynska 7 sitzen im Keller zwei Juden!« meldete er dem Diensthabenden.

»Ich habe gemeldet, daß in der Sapiezynska 7...«, erzählte er am Abend Cypa und Adam.

»Wenn sie es angezeigt hätte, wäre das ganze Haus

durchsucht worden und alle wären gefunden worden. So habe ich es getan, und es gab keine Durchsuchung.«

Man mußte ihn trösten.

»Sie haben richtig gehandelt, Marian. Es gab keinen anderen Ausweg.«

»Nicht wahr? Denn wenn sie es angezeigt hätte, wäre das Haus durchsucht worden. Dann wären alle umgekommen, die beiden und die anderen auch.«

»Sie mußten so handeln«, versicherte ihm Cypa.

»Die waren so und so verloren. Es gab keine Rettung für sie.«

»Sie mußten so handeln...«

Einige Tage darauf kamen zwei Männer in die Wohnung des Hauswarts. Einer blieb an der Tür stehen, der andere wandte sich mit feierlicher Stimme an Marian Ronga. »Für die Auslieferung von Juden... ergeht das Urteil...« Die Kugel blieb zwischen der Wirbelsäule und den Nieren stecken. »Da haben Sie ja noch mal Glück gehabt«, sagte der Arzt. Sie dachten darüber nach, wer den Untergrund verständigt haben könnte. Die Volksdeutsche nicht. Marian nicht. Cypa nicht. Blieb nur die Polizeiwache.

Marian bekam es mit der Angst. Sie würden wiederkommen, sagte er immer wieder, sie würden wiederkommen und ihn umbringen. Er fragte, ob er sich bei Cypas Familie verstecken könne. Natürlich, sagte Chana Gorodecka. Juden seien da, Landkarten und Waffen seien da, da könne auch Marian da sein. Er versteckte sich mit den vier Juden, die er selber versteckt hielt. Einen einzigen Gegenstand trug er bei sich, ein Glas. Chana Gorodecka fragte, wozu das gut sei. 0,1 Liter, erklärte er. Er habe es seit Ausbruch des Krieges bei sich. Wenn ihm jemand ein-

170

schenken wolle, könne er es gleich richtig tun. Warum sollte er ein kleineres Glas vollschenken?

Während des Warschauer Aufstands war Cypa Melderin der AL. Der Stab befand sich auf der Freta. Als sie das Gebäude verließ, ging Marian Ronga, der Hauswart von der Sapiezynska, an ihr vorbei. Er war auch in der AL. Sie ging zweihundert Meter weiter und hörte eine Explosion. Sie machte kehrt.

Zusammen mit anderen Passanten grub sie in den Trümmern des eingestürzten Hauses nach Opfern, zog die Toten hervor und legte sie auf den Gehsteig.

Unter diesen Toten war auch Marian Ronga.

Zurück zu Adam. Während dieses Aufstands kämpfte Adam im Stadtzentrum. Die AL-Abteilung, der er angehörte, stand unter dem Kommando von Szczesny Dobrowolski. Adam kannte ihn von kommunistischen Studentenorganisationen vor dem Kriege. Er war groß, hager, prinzipientreu und schlampig. Sie waren einer Kompanie der AK zugeteilt worden und standen an der Wiejska. Der Teil der Straße in Richtung Drei-Kreuze-Platz war in der Hand der Aufständischen, die Gebäude des YMCA und des Parlaments in der Hand der Deutschen. In den Kampfpausen kam Besuch von Leuten der AL-Zeitungen, um Gespräche zu führen, vor allem über die Situation an der Front. Adam döste oder blätterte in den deutschen Büchern, an denen sein Gewehr lehnte. Sie handelten von den Feldbordellen verschiedener Armeen der Welt und waren reich mit Fotos illustriert. Er unterbrach seine Lektüre, sobald die Redner auf Polen zu sprechen kamen. Wie dieses Polen sein werde, wenn wir den Sieg errungen haben: Gerecht werde es sein, für alle. Aus irgendwelchen strategischen Gründen mußte das YMCA-Gebäude erobert werden. Sie kämpften gemeinsam mit den Leuten von der AK. Die erste Granate warf Szczesny und vertrieb die Deutschen damit aus dem Erdgeschoß. Ganz allein stürmte er los und warf die Granate in das Fenster rechts neben der Tür. General Bór-Komorowski belobigte sie persönlich, als sie sich mit ihm in den Garagen auf der Wiejska trafen. Er wisse von ihnen, sie würden sich gut schlagen, und er gebrauchte sogar das Wort Tapferkeit.

Szczesny Dobrowolski wurde ein Jahr nach Krystyna Arciuch verhaftet. Auch er hatte sich als Agent der Gestapo erwiesen. Cypa meinte, er habe viel getrunken und sich vielleicht in der Trunkenheit in etwas verwickelt. Trotzdem sprach Adam mit Wanda Górska, der Sekretärin und Freundin von Boleslaw Bierut. Konnte ein Mensch, der damals so gekämpft hat, ein Agent sein? Sie werde es in Erfahrung bringen, versprach die Górska. Am nächsten Tag sagte sie: »Der Genosse Präsident hat die Aussagen persönlich gelesen. Ihr Held hat alles gestanden. Er war nicht nur Agent der Gestapo, er hat schon vor dem Krieg für die Polizei gearbeitet. Seien Sie nicht naiv, Genosse Adam.«

Kehren wir zu Szczesny zurück. Eine der ersten, die zur Vernehmung bestellt wurden, war Teresa Z., bis vor kurzem Leiterin der zentralen Parteibibliothek. Ein hochgewachsener, rothaariger impertinenter Major nahm die Vernehmung vor. Er wollte wissen, wann sie Szczesny Dobrowolski kennengelernt habe.

Vor dem Krieg. Beim Studium.

(Sie hatte schon vorher von ihm gehört, in der fünften Klasse des Gymnasiums. Ihre Banknachbarin vertraute ihr an, daß sie sich in den Ferien auf dem Gutshof ihrer Tante mit einem Jungen geküßt hatte. Er studierte Jura und hieß mit Vornamen Szczesny. »Er ist Kommunist«, setzte die Schulfreundin verschämt hinzu, »aber das Küssen war sehr schön…«)

Dann waren sie einander in linken Studentenorganisationen begegnet. Szczesny kam aus guter Familie, aus einem eleganten Viertel, aus einer schönen Wohnung. Er hatte Schuldgefühle, weil andere Menschen arm waren. Er war der Überzeugung, daß die Welt verbessert werden müsse, und zwar radikal.

(Sie waren zusammen auf einem Tanzabend der Linken im Theater »Athenäum«. Es mochte sein, daß er gut küssen konnte, aber er tanzte sehr schlecht. Teresa Z. trug damals ein Kleid aus himmelblauem Taft.)

Teresa Z. dachte darüber nach, ob der rothaarige Major sie festnahm oder sie wieder nach Hause ließ. Sie war Witwe und hatte zwei Kinder zu erziehen. Mitglied der Polnischen Arbeiterpartei war sie schon während des Krieges geworden, und über die Weltmeere fuhr ein Schiff, das den Namen ihres Mannes, Wincenty Z., trug, eines linken Bauernfunktionärs, der in Palmiry erschossen worden war, aber Krystyna Arciuch war im Gefängnis, Szczesny war im Gefängnis… Das waren während der Okkupation ihre engsten Freunde gewesen.

Der Major ließ sie gehen, sie sollte sich am nächsten Morgen wieder melden. Sie hatte Szczesny in dem von den Russen besetzten Lomza getroffen. Was er vorhabe, hatte sie ihn gefragt. Sein Platz sei dort, wo sich das Schicksal der Polen entscheide, hatte er geantwortet. Teresa Z. hatte ihm daraufhin ein Fuhrwerk und einen Führer bis zur Grenze besorgt.

Nach ihrer Rückkehr nach Warschau machte sie mit Szczesny einen langen Spaziergang. Er erzählte ihr von verschiedenen kommunistischen Gruppierungen. Die einen wollten sich zu einer Partei zusammenschließen, die anderen waren dagegen, weil die Komintern es verboten habe. Die einen wollten ein unabhängiges Polen, die anderen eine Sowjetrepublik. Und so weiter.

Szczesny schrieb für die Zeitungen der Polnischen Arbeiterpartei. Meist waren es Leitartikel. (Wie es sein wird, wenn wir den Sieg errungen haben.) Als die Gestapo den Raum versiegelt hatte, in dem sich die Zeitungen und Flugblätter befanden, stieg er durchs Fenster ein und brachte alles weg. Die Gestapo fahndete bis zum Aufstand nach ihm.

Szczesny glaubte der Partei. Nach der Verhaftung von Krystyna Arciuch erklärte er Teresa Z., es habe während der Okkupation viele Dinge gegeben, die ungeklärt im Dunkeln lägen. Die Partei, betonte er, habe das Recht, nach der Wahrheit zu forschen.

Teresa Z. dachte darüber nach, welche Dinge, die ungeklärt im Dunkeln lagen, nun Szczesny passiert sein konnten.

Teresa Z. glaubte sowohl Szczesny als auch der Partei.

Es war ein schrecklicher Zwiespalt.

Aus der Literatur wußte sie, daß dieser Zustand als kognitive Dissonanz bezeichnet wird.

Drei Tage lang wurde sie vernommen, jeden Tag mehr als zwölf Stunden lang. Am vierten Tag weigerte sie sich, weiterhin mit dem rothaarigen Major zu reden. Da kam Rózanski, der Chef der Untersuchungsabteilung. »Wir betrachten dich nicht als Feind«, sagte er, »Wir bitten dich nur um Hilfe.« Sie kannten sich vom Weltfriedenskongreß, Teresa Z. war Dolmetscherin der Russen und der Italiener gewesen.

Sie verspürte große Erleichterung, als sie hörte, daß sie nicht als Feind angesehen wurde. Sie wollte Rózanski in der Gewißheit bestärken, daß sie kein Feind war und man sich dieser Hilfe wegen zu Recht gerade an sie gewandt hatte.

»Wir haben einmal über Katyn gesprochen...«, begann sie.

(Es war in den Aleje Ujazdowskie auf der Höhe des Schlosses Lazienki gewesen. »Die Russen haben wohl angefangen«, hatte Szczesny gesagt, »und die Deutschen haben den Rest besorgt.« Teresa hatte ihm zugestimmt. Die Russen hatten angefangen, das war ihnen beiden klar gewesen.)

»...Und Szczesny äußerte die Ansicht, daß die Russen...«

»Das ist alles?« fragte Rózanski.

Sie war sich nicht sicher, ob ihn diese Mitteilung beeindruckt hatte. Ihm war wohl an viel bedeutsameren Informationen gelegen.

Nach der Entlassung aus der Haft bemühte sich Szczesny um die Aufnahme in die Partei. »Sie lehnen es ab und berufen sich auf meine Ansichten über Katyn«, beklagte er sich bei Teresa K. »Woher kennen sie die?«

»Von mir«, sagte sie.

»Du hast ihnen gesagt, daß wir der Ansicht sind...«, wunderte sich Szczesny.

»Daß du der Ansicht bist. Als ich anfing zu reden, dachte ich, ich sage das auch von mir, aber dann hatte ich Angst.«

175

Kehren wir zu Chana Gorodecka zurück. Nach der Befreiung kam sie in ein Altenheim in dem Städtchen Góra Kalwaria. Sie war einsam und krank. Für alle Fälle gab sie sich als Arierin aus, nicht mehr als taubstumme, aber als eine mit einem Sprachfehler.

»Am Park lag ein Stein, auf den ich mich hinsetzte«, schrieb sie später in ihren Erinnerungen. »Auf einmal hörte ich Gesang. Jemand sang auf jiddisch.

Wu nemt men a Mejdele mit a jidischn chejn...

Wo findet man ein Mädchen mit jüdischem Reiz...

Die Stimme kam aus einem kleinen Haus auf der anderen Straßenseite. Sie brach über mich herein wie vom Himmel. Schnell ging ich hinüber. Durchs Fenster sah ich einen jungen Mann an einer Nähmaschine. Ich wollte ihn umarmen wie den eigenen Sohn, ich wollte normal sprechen, alles erzählen, aber ich brachte kein Wort heraus...«

Der Schneider machte Chana G. mit anderen Juden bekannt. Sie versprachen, nach ihren Kindern zu forschen.

Wenige Tage darauf starb der Schneider. Man sagte Chana G., es sei ganz plötzlich gekommen: Herzschlag.

»Ich stützte mich auf den Stein und sah hinüber zu dem kleinen Haus. Mir schien, als säße der Schneider an seiner Maschine und sähe aus dem Fenster zu mir herüber...«

Das Altenheim von Góra Kalwaria steht noch am selben Ort, in dem Park an der Pijarska. Das ebenerdige Häuschen gegenüber hat noch bis zum Vorjahr gestanden. Dann war es abgerissen worden, jemand hatte das Grundstück vom Magistrat gekauft und ein stattliches Gebäude mit Geschäftsräumen hingesetzt.

Jener Hausbewohner und Bekannte von Chana Gorodecka hatte zwei Vornamen – Icie Mejer. So wie ein Zad-

dik im 19. Jahrhundert, der eine ruhmreiche Zaddikdyna-
stie in Góra Kalwaria begründet hatte. Vor dem Krieg
hatte es im Ort mehrere Namensvettern gegeben. Icie Mejer Kelmanowicz nähte Kleidung für die Chassiden. Icie
Mejer Bogman holte Wasser aus der Weichsel. Der Lastträger Icie Mejer brachte Kohlen und Mehl zu den Bäk-
kern. Und Icie Mejer Smolarz, eben der von der Pijarska,
nähte Konfektion. Am Markttag wurde sie angeboten, auf
einem Tisch, unter einer Plane. Auch Binem Smolarz, der
Vater von Icie Mejer, nähte, und die Mutter, Sara oder
Syma, bediente den Stand auf dem Markt. Nur Icie Mejers
Frau nähte und verkaufte nicht, denn sie hatte zwei oder
drei kleine Kinder. Icie Mejer kam aus Auschwitz zurück
und stellte die Nähmaschine an ihren alten Platz vors Fenster. Woher hatte er sie? Gekauft? Von jemandem zu-
rückbekommen? »Was hat er in diesen zwei Monaten vom
Nähen schon haben können«, meint ein alter Nachbar von
Icie Mejer Smolarz, ein hochgewachsener, trauriger alter
Mann. Er haust zwischen zerfetzten Zeitungen, leeren
Flaschen, schmutzigen Einweckgläsern, altbackenem
Brot, Lumpen und leeren Konservenbüchsen. Auf dem
Tisch steht eine große verrostete Mühle. Im vorigen Krieg
hat die Mutter damit Korn gemahlen, jetzt mahlt er Fisch-
köder. Ohne Fische kann er von der Rente nicht leben. Icie
Mejer ist ganz allein aus Auschwitz zurückgekehrt. Ohne
Eltern, ohne seinen Bruder Nussen und seine Schwägerin
Rywka, ohne seine vier Neffen, ohne seine Frau und ohne
seine Kinder... Er lebte so dahin, was hat er in diesen zwei
Monaten vom Leben schon haben können.

Hinter der Stelle, an der das Smolarz-Haus gestanden
hat, hinter dem neuen ansehnlichen Gebäude, ist ein junger Mann im Garten beim Harken. »Hier war einmal das

Haus eines Schneiders…«, sage ich durch den Maschenzaun. »Weiß ich nicht«, sagt der Mann, ohne in seiner Arbeit innezuhalten. »Ich kann mich nicht erinnern.« Vielleicht glaubt er, ich hätte irgendwelche Ansprüche oder – Gott behüte – etwas mit der Privatisierung zu tun. »Das Grundstück ist vom Magistrat verkauft worden«, sagt er, ohne von der Harke aufzublicken. »Ich weiß. Ich wollte nur sagen, daß hier einmal der Schneider Icie Mejer Smolarz wohnte, der bei der Arbeit jüdische Lieder gesungen hat.«

(Romain Gary hat alle Welt davon in Kenntnis gesetzt, daß in Wilna, in der Wielka Pohulanka 16, der Schneider Piekielny seine Wohnung hatte.)

»Aber was hat er vom Nähen schon haben können, frage ich Sie.

Was hat er vom Leben haben können.«

Der Mann ist mit dem Garten beschäftigt, hört mir nicht zu und schaut nicht auf.

In Góra Kalwaria gab es viertausend Juden. Vier sind geblieben. Sie haben sich in der Umgebung bei Bauern versteckt und deren Töchter geheiratet.

Der Sohn der Schneiderin Gitli hatte sich in dem Dorf Podwierzbie versteckt. Von der Mutter hatte er das Schneidern gelernt, und so ging er von Haus zu Haus und nähte. Das ganze Dorf wußte von ihm, sogar die Nationalen brachten ihm ihre Zivilanzüge und ließen sie zu Uniformen umarbeiten. Das war nicht schwer: der Kragen bis unter den Hals, zwei Epauletten, vier Taschen und sieben Knöpfe. Die Nationalen verloren trotzdem die Geduld und befahlen dem Hauswirtssohn, mit Gitlis Sohn aufzuräumen. Vielleicht waren es auch gar nicht die Nationalen, sondern Antek selbst, der Gitlis Sohn nicht leiden konnte und mit ihm aufräumen wollte. Er kam betrunken an, mit einem Revolver. »Komm«, sagte er, »wir gehen!« – »Wohin denn?« – »Das wirst du sehen.« Gitlis Sohn ergriff die Flucht und rannte auf die Weiden zu. Antek holte ihn ein, sie rangen miteinander, der Revolver ging los.

»Antek ist tot«, sagte Gitlis Sohn zu seinen Wirtsleuten. Sie machten ihm keine Vorwürfe und hielten ihn weiter versteckt. Nach dem Krieg kam er mit seiner Frau zusammen wieder, und sie bestellten eine Messe. Das ganze Dorf kam in die Kirche. Es war eine Messe der Danksagung für die Errettung seines Lebens durch die Bewohner von Podwierzbie, und es war eine Messe der Vergebung für die Nationalen und für ihn, weil der Revolver losgegangen war.

Mit seiner Frau lebte er vierzig Jahre in Liebe und Eintracht.

Sie ließen ihre Kinder taufen.

Der Priester kam zum Weihnachtsbesuch.

Eines Samstags kam er aus Warschau aus der Synagoge zurück, seine Frau lag auf dem Fußboden, das Gesicht in den Händen, zuerst dachte er, sie schlafe.

Das ist drei Jahre her... Es ist traurig allein. Er möchte gern eine nette Frau kennenlernen. Sie müßte etwas Jüdisches haben, wenigstens das Gefühl und einigermaßen Busen. Was ist das für eine Frau, wenn sie keinen Busen hat. Sechzig Jahre alt, Busen und ein Herz für die Juden. Treibe mir so eine auf, Hanna. Wu nemt men a Mejdele mit a jidischn chejn? Wo findet man ein Mädchen für Gitlis Sohn...

Kehren wir zu Szczesny zurück. Während des Krieges hatte er sich mit Anna und Jarek, einem Architektenpaar, angefreundet. Jarek war begabt und Anna schön. Die traditionellen Bezeichnungen – Goldhaar, gertenschlank, Schwanenhals – waren in ihrem Falle keine Schmeichelei, sondern Information. Sie selbst hielt ihre Augen für zu klein und half mit einem blauen Stift nach, aber das wäre nicht nötig gewesen. Sie hatte leuchtende, ausdrucksvolle Augen.

Jareks Frau lebte in den USA. Kurz nach dem Kriege fuhr er hin, um sich scheiden zu lassen. Szczesny war ihm behilflich, den Paß zu beschaffen, und versprach, sich um Anna und das Kind zu kümmern. Nach Jareks Rückkehr wurde von einer baldigen Heirat gesprochen, Szczesny sollte der Brautführer sein. (Er selbst war gleich nach dem Krieg verwitwet, seine Frau im Sanatorium in Otwock an Tuberkulose gestorben.) Zur Hochzeit kam es nicht. Jarek wurde verhaftet. Szczesny sprach mit seinen Freunden in der Partei. Zusammenarbeit mit dem Feind, sagten sie. Er erklärte Anna, daß noch viele ungeklärte Dinge im Dunkeln lägen und die Partei recht habe. Anna aber war nicht in der Partei, sondern in der AK, und sie sagte: »Bei ihm liegt nichts im Dunkeln, er ist unschuldig.« – »Unschuldig?« fragte Szczesny erstaunt. »Wo ihm doch die Beweise vorgelegt worden sind? Es ist bedauerlich«, sagte er traurig. »Wir wissen noch nicht alles.« »Wir«, sagte er, weil er bereit war, diese ganze schreckliche Geschichte mit ihr zu teilen.

Ein Jahr lang versicherte Szczesny Anna, ihr Verlobter habe sich schuldig gemacht. Dann zog er mit ihr zusammen, in ein hölzernes Sommerhaus bei Warschau. Anna brachte ein Kind zur Welt. Szczesny holte die Kohlen aus dem Keller, wusch Windeln und setzte den Kindern Schröpfköpfe an, wenn sie Husten hatten.

Eines frühen Morgens kam eine Parteigenossin von Szczesny vorgefahren. Sie hieß Bristigier und leitete eine Abteilung im Sicherheitsministerium. Der Fahrer wartete im Wagen. »Komm mit«, sagte sie, »du brauchst nichts mitzunehmen, du kommst gleich zurück, es ist nur eine Kleinigkeit zu klären.«

Anna wartete drei Jahre. Die Bemühungen, wenigstens gelegentlich eine Arbeit zu bekommen, und die Pflichten einer alleinstehenden Mutter nahmen sie mehr in Anspruch als der Gedanke, auf welchen der beiden sie eigentlich wartete.

Als erster kam Jarek wieder.

Sie ließen sich trauen.

Die Bestimmungen des Strafvollzugs wurden gemildert, und Szczesny begann Briefe zu schreiben.

Anna antwortete nicht.

Er schrieb Teresa Z. und flehte sie an, sie möge zu Anna gehen und sie wenigstens um ein Wort bitten.

Es war am Silvesterabend. Als Teresa mit dem Brief kam, machte sich Anna gerade zum Ausgehen fertig und überlegte, welches Kleid sie anziehen sollte. »Schreibe ihm«, bat Teresa Z. »Was soll ich schreiben?« fragte Anna. »Daß ich geheiratet habe? Daß ich ihm ein gutes neues Jahr wünsche?«

Ein Jahr später klingelte bei Teresa Z. das Telefon. »Erkennst du mich?« fragte eine Männerstimme. »Nein«, sagte sie. »Hier ist Szczesny. Wenn du Anna Bescheid geben könntest...«

Er rief vom Hotel aus an. Er war aus dem Gefängnis entlassen worden und hatte keine Wohnung. Darum hatte man ihn ins Hotel »Warszawa« am Platz der Aufständischen gebracht. »Wann bist du gekommen?« fragte Teresa Z. »Jetzt eben«, sagte er. »Bitte rufe sie gleich an. Sage ihr, daß ich auf sie warte.«

Teresa Z. wählte die Nummer.

»Szczesny wartet auf dich im Hotel Warszawa, Zimmer 201«, sagte sie.

Am Tag darauf rief er sie wieder an. Er war glücklich.

Kehren wir zu Cypa zurück. Sie war trunken vor Glück. So redet sie in Rio de Janeiro über die Zeiten von damals. »Ich hatte den Krieg überlebt. Wir bauten Polen auf. Die Welt sollte gerecht werden.« Cypa lächelt zu ihren Worten. Sie denkt nicht mehr daran, daß sie die Linken gewarnt hat und Fidel Castro aufhängen will. Cypa baute an der Gerechtigkeit und war trunken vor Glück.

Sie kam in eine Fabrik und ging ins Zimmer des Direktors, der schon wußte, daß sie kam, das Ministerium hatte ihn bereits angerufen. In kurzen dürren Worten informierte sie ihn über die Lage im Land. »Das Land ist zerstört und braucht Maschinen. Wollen Sie diese Maschinen herstellen?« fragte sie. »Falls Sie Sabotage treiben wollen«, fügte sie unverzüglich hinzu, »wird das kein gutes Ende für Sie nehmen.«

»Sie lieben doch Ihre Kohlengrube?« fragte sie anderntags »Sie können gern dableiben, Polen braucht Kohle. Sofern Sie nicht gedenken, uns zu schaden. Andernfalls...«

Wenn sie den Eindruck hatte, daß der Direktor zu schaden gedachte, ging sie zur Betriebsparteiorganisation und fragte nach vertrauenswürdigen Arbeitern. Ohne zu zögern teilte sie ihnen mit, daß sie befördert seien. Sie reiste ab mit dem Gefühl, Polen die richtigen Leute, Maschinen und Kohle gesichert zu haben.

Cypa wiederholt die Gespräche von damals mit der harten Stimme von damals. Sie lächelt ein unangenehmes Lächeln. Ich hätte nicht der Direktor sein wollen, zu dem Cypa Gorodecka, klein und dürr, im abgeschabten Schafspelz, in zu großen Militärstiefeln, reinkam und sagte: »Na, was ist, werden Sie für das neue Polen arbeiten?«

Die Leute hatten voller Neugier und Furcht ihren Schafspelz und ihr Gesicht gemustert, und sie hatte gedacht: Gott sei Dank habe ich ein arisches Gesicht.

Beide, sie und Adam, hatten ihre Namen aus der Zeit der Okkupation behalten, die Reihen der polnischen Kommunisten waren leider spärlich, und so mußten sie Polen bleiben.

Im ZK traf sie einmal einen Genossen aus der Vorkriegszeit. Er war aus Rußland zurückgekommen und hieß Finkelsztajn. Er hatte eine lange Nase und große dunkle Augen. Cypa stand wie angewurzelt. Mit so einer Nase kam der nach Polen zurück? Mit so einem Namen wollte er den Sozialismus errichten? Sie war voller Zorn und Galle.

Sie und Adam waren es, die die polnischen Reihen stärkten.

Sie waren es, die aus Vater Zalman Zenon, aus Mutter Brucha Bronislawa und aus Chana Anna machten, und da kam so ein Finkelsztajn mit seiner Nase daher und verdarb ihnen alles?

Anna – Chana – sah dem Treiben der Tochter mit tiefer Besorgnis zu. »Kinder, ir tanzt ojf a fremder Chassyne.«

Sie sagte es jiddisch und mit einem tiefen Seufzer: Kinder, ihr tanzt auf einer fremden Hochzeit.

183

»Es ist unsere Hochzeit«, widersprach ihr Cypa oder vielmehr Krystyna D. »Und da haben wir das Recht zu tanzen.«

Kehren wir zu Szczesny zurück. Er wurde mit außerordentlicher Brutalität gefoltert. Er war einer der am meisten gefolterten Häftlinge auf der Rakowiecka. Er wurde getreten und geschlagen, ins Gesicht, auf den Rücken, in die Fersen. Stundenlang stand er im Winter am offenen Fenster und wurde mit Wasser übergossen. Nackt lag er auf Betonfußboden, mit Knüppeln traktiert. Von einem Schlag auf das Ohr platzte ihm das Trommelfell. Irena S., eine Bekannte, zu der er kurz nach seiner Entlassung zum Abendessen kam, erzählte, beim Anblick des gedeckten Tisches sei er hysterisch geworden. »Ihr sitzt hier an weißgedeckten Tischen, und mich hat Fejgin mit Riemen geschlagen!«

Irena S. ist sich nicht sicher über den genauen Wortlaut. Hat Fejgin geschlagen, oder hat er schlagen lassen? Adam D., Cypas Mann, erinnert sich anderer Worte, die Szczesny immer wieder gesagt habe: »Ich selbst schlage nicht, aber ich kann dich schlagen lassen.« So habe ihm Fejgin gedroht, der im Sicherheitsministerium die Abteilung leitete, die sich mit Parteiangelegenheiten befaßte, und somit die Untersuchung gegen Szczesny beaufsichtigte.

Szczesny sollte ein wichtiger Zeuge im Prozeß gegen Gomulka sein. Ihm war die Rolle eines Agenten der Gestapo zugeteilt worden. Daher setzte man ihn in eine Zelle mit Heynemeier, der bei der Gestapo in Krakau gewesen war. In der Hoffnung, daß dieser von seiner Arbeit erzähle und Szczesny werde aussagen können. Drei Jahre saßen sie zusammen. Das erste Jahr sagte Szczesny gar nichts, und so hielt der Deutsche Monologe. »Warum bist du beleidigt«, meinte er, »wir sind in der gleichen Lage. Du hast deiner Partei geglaubt, und ich der meinen. Du bist von deiner Partei enttäuscht worden, ich von der meinen...«

Szczesny wußte nicht, was man ihm zur Last legte. Er wußte, daß es etwas Schreckliches sein mußte, aber auf die Gestapo kam er nicht. Man gab ihm Bleistift und Papier und befahl ihm zu schreiben. Er fragte, was er schreiben solle. Die volle Wahrheit, hieß es. Schrieb er, dann hieß es, er verberge etwas Wichtiges, man verprügelte ihn und gab ihm neues Papier. Dann hieß es wieder, er verberge etwas. Was denn, fragte er. Seine Verbrechen. Welche Verbrechen? Das wisse er selbst am besten, sagte man, prügelte ihn und gab ihm neues Papier.

Nach Monaten des Schreibens und der Prügel verfiel Szczesny dem Wahnsinn. Er legte ein Geständnis ab. Er hatte ein Verbrechen begangen.

Er wählte das aus, das am schrecklichsten war.

Anatol Fejgin ist über achtzig Jahre alt. Unter dem weißen Haar wirken die Augen noch dunkler. Cypa bekäme beim Anblick dieser Augen einen Wutanfall. Nicht genug damit, daß er so frech gewesen war, aus Rußland wiederzukommen, nicht genug damit, daß er – alles mit diesen Augen – das Gewerbe der Staatssicherheit betrieben hatte, nein, nun sitzt er auch noch auf der Couch, als wäre nichts gewesen. Ein normaler polnischer Rentner. Er sitzt vor dem Fernseher, brüht sich einen Kaffee und klagt über die Preise... Er besitzt die Frechheit, am Leben zu sein. Mit diesen großen braunen Augen. Als wäre nichts gewesen.

185

In seiner Zuständigkeit hatte der Fall Szczesny gelegen... Eines Tages kam ein Anruf des Untersuchungsoffiziers. Der Angeklagte hatte ein sensationelles Geständnis abgelegt: Er habe in Warschau, im November des Jahres 1942, Marceli Nowotko ermordet.

»Nikolaschkin, mein sowjetischer Berater, war gerade bei mir«, erzählt Fejgin (auf der Couch, vor dem Fernseher, wie ein normaler polnischer Rentner). »Wir fuhren sofort zum Gefängnis. Der Offizier sagte: ›Ich habe ihn gar nicht danach gefragt, er sagte von sich aus: Ich habe Nowotko ermordet.‹

Wir saßen zu dritt im Zimmer, der Untersuchungsoffizier, ich und Nikolaschkin. Man brachte Szczesny herein. Ich kannte ihn schon vor dem Krieg, ich hatte mich in der Partei mit den Studenten zu befassen. Nach dem Krieg war ich nach Otwock gefahren, um seine Frau zu besuchen. Das gehörte sich so, es war die kranke Frau eines Parteigenossen... Er hatte sich kaum verändert, sah nur ein wenig mager und abgezehrt aus.

›Bitte Platz zu nehmen‹, sagte ich. ›Der Offizier hat mir gemeldet, daß Sie ein bedeutsames Geständnis in der Sache des Todes des Genossen Nowotko abgelegt haben.‹

Ich redete ihn per Sie an, per Du wollte ich nicht, und Genosse war er nicht mehr.

Er gab keine Antwort.

Ich sagte noch einmal: ›Sie haben da eine lebenswichtige Frage berührt...‹

Er schlug die Beine übereinander und sah mich an.

›Entspricht Ihre Aussage der Wahrheit?‹

Er begann zu lächeln.

Er saß vor mir am Tisch, sah mir in die Augen und lächelte.

Da können Sie mal sehen.

Ich bin ein einziges Mal im Leben ohnmächtig geworden. Das war 1938, als die Partei aufgelöst wurde. Die Partei war für mich alles gewesen. Und dann dieser entsetzliche unaufgeklärte Tod des Sekretärs meiner Partei. Und Szczesny sagt, er habe ihn umgebracht, guckt mich an und lächelt.

›Nun ja‹, sagte ich, ›wenn Sie nicht reden wollen, werden Sie alle Konsequenzen zu tragen haben.‹

Nikolaschkin stand auf und führte Szczesny aus dem Zimmer.

Ich blieb allein mit dem Untersuchungsoffizier. Er erzählte mir, Szczesny habe präzise und detailliert ausgesagt. Er habe das Kaliber von Munition und Revolver angegeben, er habe Nowotko in den Rücken geschossen...

Nach etwa einer halben Stunde kam Nikolaschkin zurück. Wir stiegen ins Auto, unterwegs sagte er: ›Ich habe ihn verprügeln lassen, mit dem Leder hat er es gekriegt...‹

In den Tagen darauf haben wir Szczesnys Geständnis überprüft. Wir fanden einen Angehörigen der damaligen polnischen Polizei, der während des Krieges mit dem Mordfall Nowotko zu tun gehabt hatte. Wir fanden das Obduktionsprotokoll. Nichts stimmte überein, weder der Schuß noch die Waffe noch die Munition.

Da können Sie mal sehen.

Bei meinem Prozeß habe ich ausgesagt, ich sei es gewesen, der Szczesny habe verprügeln lassen. Das war nicht die Wahrheit, aber Nikolaschkin lebte nicht mehr, ich wollte Jurij Michajlowitsch nicht nach seinem Tode noch belasten, er war ein anständiger Kerl, er hatte hohen Blutdruck. Er hatte in der Tscheka angefangen, bei Dserschinski. Sooft ich zu ihm kam, saß er mit Blutegeln da, der arme Kerl. Wir besprachen unsere Angelegenheiten, und die Blutegel schwollen an und fielen ab. Er warf sie in ein Einmachglas, aus einem anderen Einmachglas nahm er frische und setzte sie an, einen Blutegel hinter jedes Ohr. Zwei Gläser standen vor ihm, eines mit frischen kleinen Blutegeln, das andere mit großen, von Blut geschwollenen.

Ich weiß nicht, was für ein Riemen das gewesen ist, vielleicht von Nikolaschkin oder von einem der Offiziere. Vielleicht von der Hose. Nein, der Hosenriemen sicher nicht, die Hose wäre ihm heruntergerutscht. Vielleicht das Koppel von der Feldbluse. Vielleicht hing es gerade an einem Nagel, weil das Rasiermesser daran geschärft worden war. Hören Sie mal, woher kann ich wissen, was für ein Riemen das war.«

Im Jahre 56 wurde Anatol Fejgin wegen unzulässiger Verhörmethoden verurteilt. Nach zehn Jahren wurde er entlassen. Da war Szczesny schon tot.

Die Geständnisse der verhafteten Parteimitglieder, auch das von Szczesny, wurden auf der Maschine geschrieben und Bierut zugestellt. Er erhielt auch die Akten der Fälle, in denen um Begnadigung nachgesucht wurde. Die Akten der allgemeinen Gerichte steckten in grünen Umschlägen, die der Militärgerichte in weißen, penibel zugeklebten Kuverts im Format A 5.

Die Mappen lagen in Bieruts Arbeitszimmer im Belvedere in einem Regal. Adam D. sah sie jedesmal, wenn er mit Zeitungsausschnitten oder Redeentwürfen den Raum betrat. Seit dem Jahre 46 war er Pressesekretär des Vorsitzenden des Landesnationalrats, dann des Präsidenten. Er forderte bei den Fachleuten die entsprechenden Teile der

Reden an, setzte sie zusammen und verlieh ihnen den Tonfall.

Um welchen Tonfall es Bierut ging, hatte er schnell begriffen. »Es ist die Freude des verdienten Triumphs angesichts der großzügigen Früchte unserer Arbeit, angesichts der Mühseligkeit des Wiederaufbaus. Es ist die in den Herzen pulsierende Überzeugung, daß das Gebäude des neuen Polens schön sein wird, mächtig und dauerhaft.« (An die Teilnehmer eines Jugendtreffens im Juli 1948)

»Voller Stolz und Ruhm werden die Mütter den Kindern und die Generationen den Generationen davon künden, daß Wahrheit und Gerechtigkeit gesiegt haben.

Aus einem Meer von Blut und Tränen, aus den finsteren Abgründen des Verbrechens, aus dem unbeugsamen Kampf des arbeitenden Volkes ist Polen zum Leben erstanden.« (An die Polnische Nation, Juli 1949)

Und so weiter.

Bierut saß täglich über den Akten, bis spät in die Nacht. Über den grünen Mappen im Belvedere, über den weißen zu Hause. Er war fleißig, unterstrich, machte Randbemerkungen, tadelte und rief zur Ordnung. Am Schluß formulierte er seine Entscheidung.

Maria Turlejska, eine Professorin für Geschichte, las Jahre später im Archiv für Neue Akten die Gesuche von Menschen, die von Militärgerichten zum Tode verurteilt worden waren. Mühelos erkannte sie die kleine akkurate Schrift. »Von meinem Recht der Begnadigung mache ich keinen Gebrauch«, stand meistens da. Er hatte Tausende von Verurteilten in den Tod geschickt. Ansonsten war er ein freundlicher und aufmerksamer Mann. Er erkundigte sich bei den Mitarbeitern nach der Gesundheit ihrer Kinder, und er liebte Chopin.

Kehren wir zurück zu Krystyna Arciuch. Sie arbeitet im Königsschloß. Sie verdient sich ein Zubrot zur Rente, indem sie Führungen macht. Heute hat sie acht Stunden dagesessen und eine einzige Gruppe geführt. Vielleicht kommen morgen mehr, denn da wird der Thronsaal für Besichtigungen geöffnet. Ob ihr die Haftzeit auf die Rente und das Arbeitsalter angerechnet wird? Den Leuten von der AK wird sie angerechnet. Denen von der Partei kann gesagt werden, das wären ihre internen Angelegenheiten gewesen, und es würde sogar stimmen. Auch mit der Widerstandsbewegung ist es unklar. Den Leuten von der AK wird sie angerechnet, und was ist mit denen von der AL?

Am nächsten Tag ruft sie an. Trotz des Thronsaals des letzten polnischen Königs gab es keine einzige Führung.

»Ich möchte mal wissen, was Arnold macht«, sagt sie plötzlich »Er war ein Deutscher, mit blauen Augen und einem Kreuzchen an der Halskette. Er war gut zu den polnischen Jüdinnen in Stalins Haftanstalt. Ob er noch lebt?«

Das Gerücht, ihr Sohn habe sich von ihr losgesagt, als sie im Gefängnis saß, ist eine infame Lüge. Er war zehn, als sie eingesperrt wurde.

Sie weiß nicht, wie Arnold mit Nachnamen heißt, möchte ihm aber Grüße zukommen lassen. Sie bittet mich, ihn in Deutschland ausfindig zu machen. Was mochte er gewesen sein – ein einfacher Kriegsgefangener oder ein Kriegsverbrecher? Das ist ihr gleichgültig. Sie bittet mich, ihm Grüße von Krystyna aus dem zehnten Pavillon, aus der Parteizelle, zu sagen.

Die Suche nach Arnold ist mühsam. Die Häftlingsverzeichnisse der Nachkriegszeit liegen im Archiv des Instituts des Gedenkens. Es gibt kein spezielles Register für

Deutsche. Wir kennen den Nachnamen nicht, und es gab Tausende von Häftlingen.

Am leichtesten ist Krystyna Arciuch selbst zu finden, weil sie mit A anfängt. Sie hatte die Nummer 1610. Vorname des Vaters: Jan. Jurist. Wohnhaft... Eingeliefert vom Ministerium für Staatssicherheit.

Auch Szczesny ist da, Nummer 1817. Vorname des Vaters: Konstanty. Wohnhaft auf der Pulawska. Eingeliefert vom Ministerium für Staatssicherheit.

Die Pulawska... Szczesny hatte in dieser Straße eine schöne Zwei-Zimmer-Wohnung. Adam und Cypa hatten ein Apartment im selben Haus. »Meine Frau ist gestorben«, sagte Szczesny, »ich bin allein und habe zwei Zimmer. Ihr habt nur eines und müßt euch mit einem Kind hineinquetschen. Das ist ungerecht...« Er überließ ihnen seine Wohnung und zog in das Apartment. Dort wohnte er bis zu seiner Verhaftung.

Den Vornamen Arnold trugen viele deutsche Häftlinge: Fallmann, Oppermann, Rasin... Alle waren zu alt, 1948 waren sie an die Fünfzig.

Arnold S. Vorname des Vaters: Martin. Geboren 1921. Die Personenbeschreibung ist erhalten: Größe 171, schlanke Figur, Haarfarbe dunkelblond, Augenfarbe blau, Gesicht frisch, Gebiß gesund und vollständig... Das sei er ganz gewiß, meint Krystyna Arciuch. Und was für Finger hat er gehabt? Ganz normale. Arnold S. nämlich hatte ein besonderes Kennzeichen: Ihm fehlte der kleine Finger der linken Hand.

Im Archiv des Instituts des Gedenkens sitzt am Nebentisch ein junger Deutscher: Bart, Lederjacke, um den Hals ein Palästinensertuch, im Ohr einen Ring. In einer Jazzband spielt er Saxophon, in neuester Geschichte macht er seinen Doktor. Ich erkundige mich nach dem Ohrring. Die deutschen Bergleute haben im vorigen Jahrhundert die gleichen getragen. Es gab auch große aus Gold, die aber von den Seeleuten getragen wurden. Wenn ein Matrose umgekommen war und das Meer die Leiche an Land warf, konnte von dem Ring ein christliches Begräbnis ausgerichtet werden. Die kleinen Bergmannsringe hingegen waren aus Silber und gut für die Augen. Ich frage nach Arnold. Hätte er im Alter von Mitte zwanzig als Kriegsverbrecher verurteilt werden können? Jawohl, sagt der Historiker. Die Anthropologen für Rassenprobleme oder die Geographen für die Stärkung des Deutschtums seien noch jünger gewesen. Mag sein. »Grüße von Krystyna aus dem zehnten Pavillon« soll ich ausrichten.

Kehren wir zurück zu Adam und Cypa. Die Wohnung, die ihnen Szczesny überlassen hatte, wurde zu eng, sie zogen in eine größere im Stadtteil Powisle. Dort war es sehr laut, und daher zogen sie auf die Agrykola. Dort war es ruhig, aber wieder eng, denn inzwischen hatten sie zwei Hausmädchen, für die Küche und für die Kinder. Sie zogen in den Lazienki-Park, in die Orangerie. Es war geräumig und nicht weit zur Arbeit, aber unangenehm still, vor allem abends. Sie zogen in eine Wohnung auf der Polna.

Den Urlaub verbrachten sie in den Heimen der Regierung. Im Regierungskrankenhaus ließen sie sich behandeln. Kleidung und Lebensmittel kauften sie in Spezialgeschäften. Das gab es halt. Es war natürlich. Übernatürlich war das Wunder, das sich vollzog: der Aufbau eines gerechten Polens.

Adam D. kannte nicht den Inhalt der Aktenmappen. Die Staatssicherheit sah er nur einmal im Leben aus der

Nähe: In Bieruts Badezimmer war der Boiler explodiert, und es kam einer, um zu untersuchen, ob es sich nicht um Sabotage handelte. Adam D. bekam auf Schloß Belvedere, dem Sitz des Präsidenten, alle zu Gesicht, die Polen regierten, aber sein Wissen über sie endete an der Schwelle des Kabinetts. Alle, die sich an Adam D. erinnern können, sagen, er sei neutral und freundlich gewesen.

Ein einziges Mal intervenierte er. Das war nach der Verhaftung von Szczesny, und Wanda Górska sagte: »Seien Sie nicht naiv...« Er machte keinen weiteren Vorstoß und setzte sich nie wieder für jemanden ein. Er war sich keiner Furcht bewußt, aber sein Organismus zeigte sonderbare Reaktionen: Herzrhythmusstörungen, hohen Blutdruck und Magenschmerzen. Er sagte Bierut, daß er in die Mikrobiologie zurückkehren möchte. »Ihnen geht es nicht um die Biologie«, erwiderte Bierut, »Ihnen paßt meine politische Linie nicht!« Adam D. versicherte dem Präsidenten, daß er dessen Linie vorbehaltlos befürworte.

Unter den ersten, die aus den Gefängnissen entlassen wurden, war eine Verwandte Dserschinskis. Bierut hatte Adam angewiesen, sich um ihre Rente zu kümmern, und bekam den Eindruck, Adam tue das nur träge, und begann zu brüllen. Zum ersten Mal schlug er mit der Faust auf den Tisch. Ein halbes Jahr lang wechselte er kein Wort mehr mit Adam, erst am Tag vor der Abreise nach Moskau, zum 20. Parteitag der KPdSU, bat er Adam, sich um Wanda Górska zu kümmern. Adam kümmerte sich um die Górska und kurz darauf auch um die Gebeine Bieruts, der in einem mit roten Falbeln besteckten sowjetischen Sarg nach Warschau zurückkehrte.

Noch einige Male warf er einen kurzen Blick in sein Dienstzimmer.

Eines Tages ließ er es sein.

Er kehrte in die Mikrobiologie zurück.

Er setzte die Medikamente ab, von einem Tag auf den anderen ließen die Beschwerden nach.

Er befaßte sich mit Zellulosebakterien, bei denen er ein außerordentlich interessantes Phänomen bemerkte. Ein Teil der Bakterien verliert trotz vorzüglicher Bedingungen die Lust am Leben. Diesen Hang zum Selbstmord, der später als Fähigkeit zur Selbsthemmung bezeichnet wurde, hatte er schon vor dem Krieg im Labor von Professor Bassalik beobachtet. Jetzt konnte er sich ihm mit aller Kraft widmen.

Zurück zu Szczesny. Nach seiner Haftentlassung arbeitete er in der Redaktion der Tageszeitung »Zycie Warszawy«. Er war umgeben von einer Aureole des Edelmuts und des Martyriums. Er war wortkarg, immer etwas abwesend, sein Lächeln oft ohne Sinn. Er hatte Probleme mit dem Teint, eine Folge der Haft, wie es hieß. Über sein Gesicht zogen sich rote Flecken, vor allem um die Brauen herum schälte sich die Haut. Er hatte Schwierigkeiten mit dem Gehen, auch eine Folge der Haft. Nach vorn gebeugt, auf leicht gewinkelten Knien, setzte er die Füße einwärts. Einmal hat er jemandem gesagt, das Unangenehmste seien Schläge in die Hacken. Er hat es nicht mir gesagt, ich war eine junge Journalistin, eine Anfängerin, mit der man über so etwas nicht sprach. Szczesny mochte die jungen Journalisten, vor allem Jerzy Jaruzelski und mich. Mit mir ging er ins Theater, mit Jerzy J. trank er Wodka und spielte er Bridge. Zwei- oder dreimal waren wir zu Kafkas »Prozeß« ins »Athenäum« gegangen. In dasselbe »Athenäum«, in dem vor dem Kriege ein Ball der Linken stattgefunden hatte. Damals war Szczesny mit Teresa Z. hier gewesen, und sie hatte ein himmelblaues Kleid getragen. Jetzt sagte Josef K. auf der Bühne, er sei unschuldig, aber da man ihn anklage, müsse es höhere, ihm unbekannte Gründe geben. Szczesny wurde ganz aufgekratzt. »Genau so war es!« kicherte er. »Genau so, genau so!« Seine Heiterkeit nahm zu, je mehr auch der Glaube von Josef K. zunahm, und als der letztere zur Vernehmung ging, ohne daß ihn jemand vorgeladen hatte, brach Szczesny in ein Gelächter aus, das durch das ganze Theater hallte.

Er sagte beim Prozeß von Fejgin und Rozanski aus.

Der Prozeß war nur halb öffentlich. Gomulka wollte weder eine große Anklage noch eine Abrechnung mit der Staatssicherheit. Vor jeder Vernehmung unterhielt er sich mit Szczesny, rief ihm die höheren Vernunftgründe ins Gedächtnis und gab ihm die Grenze seiner Aussage an.

Szczesny betrachtete die angeklagten Staatssicherheitsleute als Bande. Die Bande war verbrecherisch, der Sozialismus aber in Ordnung. Jerzy J. und ich waren jung und redlich, wir sollten nach Szczesnys Absicht fortfahren, die edle Idee zu verwirklichen.

Die Absicht traf ins Leere. Jerzy J. erzählte Szczesny, was seinem Taufpaten widerfahren war: Der war gerade aus dem Knast gekommen – nach zwei nicht vollstreckten Todesurteilen und der Todeszelle. Ich erzählte von Posen. Dort war ich am 28. Juni 1956 während des Arbeiteraufstands gewesen. Ich erzählte es Szczesny immer wieder und in allen Einzelheiten. Er hörte aufmerksam zu und fragte dann: »Und du bist ganz sicher, daß niemand den Sozialismus verteidigt hat?« Er sah mich mit wirklicher Verzweiflung an, und er tat mir leid. Auch Jerzy J. tat er leid. Einmal, als die Versammlung begann, auf der uns

195

Szczesny in die Partei aufnehmen wollte, hatten wir es
nicht geschafft, rechtzeitig aus der Redaktion zu kommen.
»Wo seid ihr denn?« hörten wir ihn rufen und krochen pa-
nikartig unter den Schreibtisch. Das war durchaus nicht
zum Lachen. Wir saßen unterm Schreibtisch und hörten,
wie Szczesny uns suchte, wie er über den Flur hastete –
mit den einwärts gerichteten Füßen, den krummen
Knien...

Heimlich ergriffen wir die Flucht. Vor Szczesny und vor
der Idee.

Er machte uns keine Vorwürfe, er war sanftmütig. Mit
mir ging er weiterhin ins Theater, mit Jerzy J. zu Bridge
und Schnaps.

Als er erkrankte, bat er, Anna zu benachrichtigen. Sie
kam vom Persischen Golf. Ihr Mann hatte dort irgendwo
einen Lehrstuhl für Architektur.

Tag und Nacht saß sie bei Szczesny. Sie war bei ihm bis
zuletzt.

Die Beerdigung fand auf dem militärischen Teil des
Friedhofs Powazki statt. Ehrenkompanie, Ehrensalven,
Soldaten, die Kränze und die roten Samtkissen mit den
Orden trugen. Auf einem lag das Kreuz Virtuti Militari,
das Szczesny von General Bor für die Eroberung des YM-
CA-Gebäudes verliehen worden war.

Das letzte Geleit gaben Szczesny die Kameraden aus
der Abteilung der Aufständischen, das Mädchen, mit dem
er sich in den Ferien auf dem Gutshof geküßt hatte, die
Freundin vom Ball der Linken, um die Zukunft der Idee
besorgte Genossen, aber auch, wie Jan Kott schrieb,
Staatsanwälte und Ermittlungsrichter und deren rehabili-
tierte Opfer, die ihre fünf oder sechs Jahre abgesessen hatten.

Die Pulawska, nahe bei der Malczewski-Straße. Einst die Adresse von Cypa, Adam und Szczesny. Ein Haus aus der Vorkriegszeit. Hohe, geräumige Wohnungen, dazu Einzelzimmer, Apartments für Alleinstehende oder für Herren, die es gern hatten, in der Stadt über einen verschwiegenen Unterschlupf zu verfügen. Szczesnys Apartment war im zweiten Stock. Nach seiner Verhaftung fanden sich dort Stöße von Zeitungen, eine Couch mit Löchern, die von Zigaretten hineingebrannt waren, Trauerschleifen vom Begräbnis der Ehefrau und ein aus der Vorkriegszeit stammendes Radio. Das Apartment wurde aufgeräumt, und die Witwe eines Lagerhäftlings zog ein.

Die Witwen kamen aus Rußland in zwei Wellen zurück – die erste in den vierziger Jahren, die zweite nach dem 20. Parteitag der KPdSU.

Die Ehemänner dieser Frauen waren Kommunisten gewesen und hatten bei sowjetischen Freunden Zuflucht vor polnischen Zuchthäusern gesucht. Sie waren erschossen worden oder in Lagern verschollen. Die Witwen hatten ihre Zeit abgesessen und kehrten nach Polen zurück. Sie wurden in dem Haus an der Pulawska untergebracht. Arbeit bekamen sie in untergeordneten Stellungen in den Institutionen der Partei. Eine arbeitete mit Teresa Z. in der Bibliothek. »Hat es dort auch Unschuldige gegeben?« fragte Teresa Z. »Die Politischen dort waren ALLE unschuldig«, gab die Lagerwitwe zur Antwort. Halblaut, obgleich niemand sonst im Zimmer war, aber bestimmt und ohne Zögern. Teresa Z. nahm es voller Verblüffung zur Kenntnis, um gleich darauf der anderen und sich selbst die Rechtfertigung zu geben: »Bei denen war das möglich, aber nicht in Polen!«

Trotz all ihrer Heimsuchungen betrachteten die Witwen den Verfall des Kommunismus mit Melancholie. Sie waren alt geworden. Sie wurden ängstlich und tauschten untereinander die Wohnungsschlüssel aus. Die Frau aus dem Apartment Szczesnys bekam den Schlüssel zur Wohnung der Witwe gegenüber. Die Frau aus dem Apartment Szczesnys hatte Mann und Bruder verloren, beide sind erschossen worden; ihr Neffe ist in Rußland geblieben, er hat ein kleines Kind; sie schickt ihm Pakete mit Mehl, Zucker und Milchpulver. Der Mann der Witwe von gegenüber ist in Moskau gestorben, seine erste Frau im Lager umgekommen. Die Witwe hatte den Sohn dieser ersten Frau in einem sowjetischen Waisenhaus gefunden, nach Polen gebracht und großgezogen. Sie hat den Wohnungsschlüssel einer Witwe, die Jiddisch kann. Sie übersetzt Israel Singers »Familie Karnowski« und ist dadurch weniger einsam als die anderen Witwen: Sie ist umgeben von der Menge der Romangestalten. Diese Übersetzerin wiederum hat den Schlüssel zur Wohnung Szczesnys, und so weiter.

Die Männer der Witwen – ohne Trauschein übrigens, denn solch bürgerliche Überbleibsel hatten sie abgelehnt – lagen über Jahre im Streit. Es gab immer einen Grund zur Spaltung. In Linke und Rechte, Mehrheit und Minderheit, in Polen und Juden.

Im Bewußtsein der Bewohnerinnen des Hauses in der Pulawska unterscheiden sie sich nur durch Datum und Ort – Workuta, Karaganda, Magadan. Erst kam die Rechte um, dann gleich danach die Linke. Die Leute von der Mehrheit wurden im Frühjahr geholt, die von der Minderheit im Herbst. Davongekommen ist nur, wer es nicht geschafft hatte, zu Freunden auszureisen und in Polen ins Gefängnis kam.

Die Übersetzerin-Witwe ist von Leuten aus dem Anfang unseres Jahrhunderts umgeben. Israel Joshua Singer, der ältere Bruder des Nobelpreisträgers, hat sie erdacht. Einst wohnte er mit Eltern und Geschwistern auf der Krochmalna in Warschau. Allen Mahnungen des Vaters zum Trotz hat er sich die wollüstigen Frauen in den kurzärmeligen Blusen angesehen. Er erzählt von eine Welt, in der es weder Gott noch Teufel gibt, und von Philosophen, die die Rätsel des Himmels und der Erde ergründen wollen. Er pflegte zu sagen, daß die Geschichten, die ein Schriftsteller erzählt, nicht ganz der Wahrheit zu entsprechen brauchten. Erfundene Ereignisse seien interessanter als wirkliche.

Die Gestalten der »Familie Karnowski« hat Israel Singer sicherlich erfunden, aber der Ort der Handlung ist authentisch. Dieser Ort war Berlin. Aus Polen und Rußland kamen die Juden hierher und bauten auf den hiesigen Straßen sogleich die polnischen Städtchen nach. Sie schickten ihre Kinder in den Cheder und trugen Peies und Jarmulken. Sie aßen gefüllten Gänsehals und Zwiebelplinsen. Sie sprachen jiddisch, gestikulierend und entschieden zu laut. Die Berliner Juden hingegen waren würdig und gemessen. Sie trugen Gehröcke von modischem Schnitt, hatten moderne Ansichten und äußerten diese in untadeligem Deutsch. Sie sahen sich durch die Ankömmlinge aus Osteuropa in den Augen ihrer deutschen Nachbarn kompromittiert und bauten ein besonderes Stadtviertel: Häuser, Synagogen, Bäder und Schulen. Es befand sich an der Großen Hamburger, der Oranienburger, der Dragoner- und der Linienstraße – weit ab von den eleganten Straßen, in denen die Berliner Juden wohnten, weit ab von deren empfindsamen, kultivierten deutschen Freunden.

Manchmal kam es vor, daß polnische Juden reich wurden, die ihnen zugewiesenen Straßen verließen und ihre Firmenschilder in einer vornehmen Allee anbrachten. »Salomon Burak« stand dann plötzlich in der Landsberger Allee. Ob das denn sein müsse, wurde der Singersche Held, ein Kaufmann aus Mielnica, daraufhin von den besorgten Berlinern gefragt. Und ob er nicht endlich einen normalen Hut aufsetzen könne.

Die Welt, von der Israel Joshua Singer zu sagen pflegte, es gebe in ihr weder Gott noch den Teufel, wurde mit allem fertig. Mit den Juden in Hüten ebenso wie mit den Juden in Jarmulken...

Geblieben sind die Straßen. Sie hatten zu Ostberlin gehört, und sofort nach der Vereinigung Deutschlands erschienen dort Männer in Overalls, stellten Gerüste auf, strichen die Fassaden und bauten die Geschäfte aus. Sie hängten Schilder auf, die in nichts an Salomon Burak, den Kaufmann aus Mielnica, erinnerten. »Perfekt – wie alles von Bosch«, stand auf einem der ersten Schilder in der Linienstraße.

Die Spuren der alten Welten verschwanden, die des Kommunismus und die der einstigen jüdischen Welt. In der Luft lag der Geruch von frischem Putz und deutscher Energie.

Zurück zu Krystyna Arciuch. Sie sucht mich auf, sie hat mir Wichtiges mitzuteilen. Sie hat vom Gefängnis geträumt, Arnold ist in die Zelle gekommen und hat ihr eine Kelle mit Suppe gereicht. An dieser alltäglichen Geste machte sie etwas stutzig. Arnold hielt die Kelle unbeschwert in der Rechten, am ausgestreckten Arm, die Linke aber ließ er hängen, als wolle er sie verbergen. Krystyna Arciuch wurde bewußt, daß er die Linke immer so gehalten hatte. Er schämte sich ihrer. »Stimmt ja«, hatte Krystyna Arciuch laut gesagt, »ihm fehlt ja ein Finger.« Alles im Traum, obwohl sie in der Wirklichkeit nie darauf geachtet hatte. Sie erzählt mir diesen Traum, weil das Fehlen eines Fingers ein wertvoller Hinweis bei der Suche sein kann.

Weiter mit Krystyna Arciuch. Oder besser mit Arnold S. Ich versuche ihn zu finden.

Im westdeutschen Archiv gab es mehrere S. aus polnischen Gefängnissen, aber alle älter und mit anderen Vornamen.

Ich wurde an das Archiv der ehemaligen DDR verwiesen. Es befand sich in Ostberlin, in einer Seitenstraße der Landsberger Allee, vorher Leninallee und davor schon einmal Landsberger Allee. (Was für ein Zufall. Hier irgendwo hatte ein reichgewordener Kaufmann aus Mielnica einen Laden aufgemacht und das kompromittierende Schild »Salomon Burak« herausgehängt.)

Das Archiv war dabei umzuziehen. Der rechtmäßige Eigentümer hatte sich gemeldet und sein Haus zurückbekommen. Überall standen Pappkartons, von den Fenstern hingen leere Gardinenstangen herunter, die schmutzigen Gardinen lagen auf dem Fußboden. Unter einer der verbogenen Gardinenstangen saß der Chef, ein bärtiger Mann. Er war mißgelaunt. Zum einen wegen des wiedergefundenen Eigentümers, zum zweiten wegen der Politik der Offenlegung der Stasi-Akten. Ich bat ihn, nach Arnold zu suchen, denn dieser sei anständig gewesen zu... Aber der Chef war mit den Gedanken woanders. Ob nicht der Eifer stutzig mache, mit dem die Westdeutschen sich der östlichen Agenten annähmen, fragte er, ohne eine Antwort zu erwarten. Der Nazis – so fuhr er fort – habe man sich dort nicht mit diesem Feuer angenommen und müsse es auch nicht mehr. Nun sei man fremder Schuld und fremder Vergangenheit auf der Spur...

»Apropos Vergangenheit«, unterbrach ich ihn. »Arnold S., der Vater hieß mit Vornamen Martin...«

Der Mann wies ratlos auf die Pappkartons.

Zum Glück rief der Sekretär des Präsidenten an. Ob er mir irgendwie behilflich sein könne. Aber ja, es galt, Arnold zu finden, der anständig gewesen war zu...

Eine Woche später hatte ich die Adresse. Arnold S. wohnte in Baden-Württemberg, in der Nähe von Heilbronn.

Eine Kleinstadt voller Blumen.

Arnold S. glich in keiner Weise der Personenbeschreibung, die ich in den Gefängnisakten gefunden hatte (»schlanker Figur, Gebiß vollständig«). Er war klein, glatzköpfig und rundlich. Er erinnerte an Nikita Chrustschow in vorgerücktem Alter. Er hörte mich an. Dann sagte er, er sei nie gut zu polnischen Häftlingen gewesen, denn er habe nie mit ihnen gesessen. Schnell klärte sich alles auf: Er war der Arnold, den ich in den Warschauer Akten gefunden, aber nicht der, den Krystyna A. suchte. Da war nichts zu machen, wir aßen die belegten Brote und den Kirschkuchen, den seine Frau gebacken hatte. Die Tomaten waren frei von Chemie, der Kuchen noch warm. Arnold hatte in Finnland gekämpft, das heißt, er hatte nicht gekämpft, sondern Erdbefestigungen gebaut. Einer der zahlreichen Deutschen, die im Krieg gewesen waren, aber nicht geschossen hatten. Es war ganz einfach nicht dazu gekommen, daß er schießen mußte. Nein, nein,

202

schüttelte er den Kopf, er habe nie geschossen. Auf ihn aber sei geschossen worden, und zwar von den Polen, noch dazu, als er sich zurückzog. Er war in einen Keller gesperrt und vor Gericht gestellt worden. Die Deutschen hatten in drei Reihen auf der Anklagebank gesessen. Die in der ersten Reihe hatten drei, die in der zweiten sechs und die in der dritten neun Jahre bekommen.

Arnold S. weiß bis heute nicht, was man ihm zur Last gelegt hat, aber er hatte das Glück, in der ersten Reihe zu sitzen. Nach drei Jahren im Breslauer Gefängnis wurde er nach Warschau verfrachtet und in einem Barackenlager untergebracht. Spät am Abend fuhren sie mit einem Lkw in die Stadt. Scheinwerfer wurden eingeschaltet, das Licht fiel auf Häuserruinen und Mauerstümpfe. Der Polier sagte, hier sei das Judenghetto gewesen.

Arnold S. beseitigte die Ruinen des Ghettos. Er schlug den Ziegelbruch klein und mischte ihn mit Zement und Sand. Daraus entstanden neue Ziegel. Er baute Häuser. Nachts, bei Scheinwerferlicht, arbeiteten die Deutschen, am Tag die Polen. Für gute Arbeit gab es Punkte. Maximal waren dreißig Punkte zu holen, und dafür standen einem zusätzlich drei Kilo Brot, ein Pfund Speck, ein Pfund Zwiebeln und ein paar Süßigkeiten zu. Arnold S. hatte immer seine dreißig Punkte, Woche für Woche, und er hatte sein Brot und seinen Speck. Bei der Arbeit gab er sein Bestes, der Polier nannte ihn einen prima Kerl. Er hatte bei der Arbeit immer sein Bestes gegeben, schon vor dem Krieg auf dem Dorf, dann im Krieg, dann im Ghetto. Und nachher, nach der Heimkehr nach Deutschland, im Salzbergwerk. Heimgekehrt ist er im Jahr 51. Er lernte einen Mann aus Breslau kennen, man kam ins Gespräch, auch Arnold kannte Breslau, denn er war dort im Gefängnis ge-

203

wesen. Was, freute sich der Breslauer, das Gefängnis steht also noch! Und der Dom? Auch. Und das Rathaus? Auch.

Der Breslauer war so gerührt, daß er Arnold halb umsonst ein schönes Grundstück verkaufte. Arnold hatte im ehemaligen Ghetto Bauen gelernt und baute ohne jedwede Hilfe ein Haus. Mit seiner Frau zusammen zeigte er mir die Zimmer. Die Frau schloß jedes Zimmer auf und wieder zu. Überall standen Souvenirs. Arabische Rosen aus der Wüste, Teller aus Österreich, deutsche Porzellantiere. Und natürlich die Erinnerungsstücke aus dem Salzbergwerk: Zum fünfjährigen Jubiläum – ein Pokal. Zum zehnjährigen Jubiläum – ein Pokal. Zum fünfzehnjährigen Jubiläum – ein Pokal. Zum zwanzigjährigen Jubiläum...

All die Jahre lang hatte Arnold S. einen Traum. Daß eines Tages das Telefon klingelt und sich eine Männerstimme meldet. »Herr Arnold S.? Hier ist das Büro des Bundespräsidenten, ich verbinde Sie!« Der Bundespräsident nimmt den Hörer ab und ruft: »Hallo, Herr S.! Mir ist mitgeteilt worden, daß Sie im Lotto eine Million Mark gewonnen haben! Ich gratuliere! Was haben Sie denn vor mit diesem Geld?«

»Vor allem, Herr Bundespräsident«, würde Arnold S. sagen, »möchte ich Ihnen für den Anruf danken. Und die Million? Nun ja, zuerst werde ich meiner Tochter ein Haus bauen. Ich kann selber ganz gut bauen, aber ich bin alt, und so werde ich Arbeiter anstellen müssen.«

Und eines Tages, vor kurzem, klingelte das Telefon.

Eine Männerstimme sagte: »Hier ist das Büro des Bundespräsidenten.«

»Mein Gott«, flüsterte Arnold S., aber der Sekretär hatte keineswegs die Absicht, ihn mit dem Präsidenten zu verbinden.

Der Sekretär teilte Arnold S. mit, er werde von einer polnischen Autorin gesucht, weil er in Warschau im Gefängnis gut zu Polen gewesen sei.

Arnold sagte darauf gar nichts.

Er brachte kein Wort heraus.

Er hatte nicht die Kraft, zu sagen, daß er in Warschau nie im Gefängnis gesessen hatte.

Ich entschuldigte mich bei Arnold S. für die schreckliche Enttäuschung.

Wir verabschiedeten uns voneinander. Ich bekam ein großes Stück Kirschkuchen mit auf den Weg.

Der linke Arm von Arnold S. hing hilflos herab. An der Hand fehlte der kleine Finger.

Genau so war er Krystyna A. im Traum erschienen: die verstümmelte Hand verbergend, mit der gesunden Hand Essen reichend.

Sie hatte von einem anderen Arnold geträumt.

Wie kam der andere Arnold in einen fremden Traum?

Zurück zu Adam und Cypa. Sie waren nach Rio gegangen, kurz nachdem ihr Sohn auf dem Hof von einem Spielkameraden als Jude beschimpft worden war.

»Kennt ihr persönlich irgendeinen Juden?« fragte der Sohn, als er vom Hof gekommen war.

Sie hatten den Kindern nie gesagt, was sie waren. Das Problem der Juden war vom Kommunismus ja ein für allemal gelöst worden, wozu sollte man den Kindern mit solchem Zeug den Kopf verwirren.

Seit Adam D. zu den Bakterien und Cypa zu der vom Krieg unterbrochenen Psychologie zurückgekehrt waren, dachten sie immer seltener und gleichgültiger an die große Verbesserung, die der Kommunismus vollbringen sollte.

205

Sie wunderten sich nicht, und sie ärgerten sich nicht. Im Jahre 1968 erlitten sie einen Schock. Der Kommunismus war nicht einmal mit dem Problem der Juden fertig geworden, also war er mit gar nichts fertig geworden.

»Wir sind Juden«, antwortete Adam auf die Frage des Sohnes, der vom Hof gekommen war. Und Cypa setzte sofort hinzu: »Merke dir, heirate nur eine Jüdin!« – »Warum denn?« fragte der Sohn erstaunt. »Weil ein Jude jederzeit bereit zum Aufbruch sein muß. Mit einer arischen Frau fangen erst Verhandlungen an – wer fährt mit, wer bleibt da. Die jüdische Frau packt sofort die Sachen.«

Sie packten ihre Sachen.

Sie kamen nach Rio.

Sie wurden von den Tanten, den Stickerinnen, begrüßt.

Die Küchenschaben der Art Periplaneta americana vertrieben sie mit Gift.

Adam zog ein weißes Hemd an und ging zur Universität. Auf dem Schreibtisch des Dekans der Biologischen Fakultät lag die letzte Nummer des Bulletins des Pasteur-Instituts. Es enthielt eine umfangreiche Arbeit von Adam D. über die selbsthemmende Fähigkeit mancher Bakterien. Der Dekan sagte, Adam könne vorerst Vorlesungen auf Englisch halten. Ein Jahr später hielt Professor Adam D. seine Vorlesungen auf Portugiesisch und machte sich an bahnbrechende Untersuchungen des Cerrado, eines Bodens, der nie bebaut worden war und ein Viertel der Böden Brasiliens ausmacht. (Nach zehn Jahren begannen die brasilianischen Bauern, den Cerrado zu bestellen. Das war das Resultat der Arbeit vor allem von Adam D. Heute wachsen dort Weizen und Soja.)

Cypa warf sich ins Geschäftsleben. Sie kaufte Aktien von Stahlwerken und Eisenerzgruben. Leider kam es an der Börse zum Krach, und die Aktien verloren ihren Wert. Sie ging von Haus zu Haus, um die Encyclopaedia Britannica zu verkaufen, wurde aber in einem halben Jahr nur zwei Exemplare los. Sie wurde Hebräischlehrerin, aber die jüdischen Kinder erklärten, sie hätten nicht die Absicht, nach Israel zu gehen, und würden daher lieber Englisch lernen. Sie schloß in England eine Ausbildung für Lehrer ab, aber ihr wurde gesagt, sie sei zu alt, um eine Arbeit aufnehmen zu können. Zum Glück fing ihr Sohn an zu trinken. Für alle Fälle trat sie dem Klub der Alkoholikerfamilien bei. Es waren arme, einfache Leute. Sie kamen zusammen und sprachen ein Gebet, stets das gleiche. Sie baten um Frieden der Seele (»Möge ich mich abfinden mit dem, was ich nicht ändern kann«), um Tapferkeit (»Möge ich ändern, was ich zu ändern vermag«) und um Verstand (»Möge ich das Reale unterscheiden können vom Unmöglichen«). Cypa betete gemeinsam mit ihnen und sagte sich: Also wende ich mich an eine Höhere Macht, was immer das sein mag. Sie bat um Frieden der Seele, um Tapferkeit und Verstand... Hunderte Male sprach sie täglich diese Worte.

Sie war zu der Einsicht gekommen, daß eine Sache, die sie nicht zu ändern vermochte, die Welt war. In dieser Welt gab es morgens die Arbeitslosen, Menschen, die unter schwarzer Folie schliefen, und obdachlose verwilderte Kinder. Sie sprach immer wieder das Gebet und konnte weiterleben, in dieser grausamen Welt, die sich niemals änderte. Sie war erhört worden. Von einer Höheren Macht, was immer diese sein mochte.

Eines Abends erschien bei ihnen der Sohn von Liliana, der Freundin noch aus Pinsk. Es war zur Zeit der Militärdiktatur in Brasilien. Für jede Regung des Widerstands kamen Menschen ins Gefängnis, wurden gefoltert und umgebracht.

Lilianas Sohn war so alt, wie Cypa gewesen war, als sie die Armut ihres Onkels Awrom Szyja beklagt hatte. Er fragte, ob er über Nacht bleiben könne. »Ich bin in den Untergrund gegangen, um zu kämpfen«, erklärte er seinen Gastgebern. »Man darf dem Elend und den Tausenden Gefangenen nicht ruhig zusehen.« – »Wir haben das Unsere abgekämpft«, sagte Cypa, »Möchtest du Tee?« – »Die Gerechtigkeit interessiert euch also nicht mehr«, stellte der Sohn Lilianas verwundert fest.

Sie interessierte mehr, wie lange der steckbrieflich gesuchte Kämpfer für die gerechte Sache sich bei ihnen aufzuhalten gedachte.

Alfredo, der Sohn Lilianas, trägt seinen Namen nach seinem Großvater, Alfred Binensztok, Arzt und Oberleutnant der Reserve. Die erste Nachricht, die Liliana nach dem Krieg über ihren Vater erhielt, war ein Ausschnitt aus einer französischen Zeitung. Jemand berichtete dort, er sei mit Doktor Binensztok im Lager von Starobielsk gewesen. Dem Lagerkoch hatten die Offiziersstiefel des Doktors gefallen, er gab dafür Zigaretten und Brot und obendrein ein Messer zum Durchschneiden des Drahtes. »Haut ab«, sagte er, »morgen wollen sie euch fertigmachen.« Drei ergriffen die Flucht, nur der Autor des Berichts kam lebend davon. »Mein Leben verdanke ich Doktor B.«, lautete der erste Satz, obwohl er hätte lauten müssen: »Ich verdanke mein Leben Stiefeln, an denen ein Koch Gefallen gefunden hatte...«

Die Bestätigung der Information über das Lager fand Liliana etwas später in einem Buch, das in Washington erschienen war. Herausgeber war ein »Komitee zur Untersuchung der Tatsachen und Umstände des Massakers im Wald von Katyn«. Der Name des Vaters stand auf Seite 242, im Verzeichnis der Ermordeten.

Aus Sibirien war sie nach Polen zurückgekehrt, nach dem Pogrom von Kielce nach Rio ausgewandert. Nach einiger Zeit gründete sie das »Maison Liliana«, ein elegantes Modeatelier. Ihr Sohn Alfredo besuchte das beste Gymnasium. Dort lehrten fortschrittliche Professoren. Im Jahre 1968 erklärte er: »Man darf nicht ruhig zusehen...« und ging von zu Hause weg. Mit Freunden zusammen machte er Schießübungen. Sie kauften einen gebrauchten Renault und nannten ihn zu Ehren von Lenins Frau »Nadeshda Krupskaja«. Sie entführten den deutschen Botschafter, transportierten ihn mit »Nadeshda Krupskaja« aus der Stadt und verlangten von den staatlichen Stellen die Freilassung einiger Dutzend politischer Häftlinge.

Betreuer und Dolmetscher des entführten Botschafters war Alfredo. Sanftmütig erklärte er seinem Schützling, warum diese Entführung sein mußte. Der Botschafter versicherte seine Entrüstung über die Folterung von Häftlingen. Dann diskutierten sie über das Wesen des Kapitalismus. Unter dem Einfluß von Alfredos Argumenten äußerte der Botschafter sein Bedauern darüber, daß deutsches Kapital um des Profits willen in Brasilien investiert werde, nicht aber zur Linderung der Not der brasilianischen Arbeiterklasse. Am fünften Tag meldete der Rundfunk, das Flugzeug mit den freigelassenen Häftlingen sei in Algier gelandet. Mit einem Volkswagen, den die Revolutionäre zu Ehren von Leo Trotzkis Ehefrau auf den Namen »Natalja Sedowa« getauft hatten, wurde der Botschafter zu einem Taxistand gefahren.

209

Die Polizei fahndete immer intensiver nach Alfredo.

Liliana bat ihre einflußreichen Kundinnen um Hilfe, ging zu Wahrsagerinnen und steckte einen Bittbrief in die Klagemauer in Jerusalem. Sie erwirkte für ihren Sohn einen Reisepaß, aber der Sohn weigerte sich kategorisch, das Land zu verlassen. Das wäre Verrat an der Idee und an den Freunden, erklärte er. Liliana bekam Mut zugesprochen von ihrer Haushälterin, die im Privatleben den Titel einer »mae de santa«, einer Mutter der Heiligen, führte. Sie vermittelte zwischen Geistern und Menschen. Ein Geist namens Xango sprach aus ihr. Eine Freundin Lilianas war mit einer Opfergabe zu ihr gegangen, um ihren Mann zurückzugewinnen, aber die Mutter der Heiligen hatte das Gebet verweigert. Der Geist, so sagte sie, habe in dieser Sache bereits eine Bitte entgegengenommen und erhört. Und in der Tat, jener Mann verheiratete sich kurz darauf mit einer anderen Frau. In Alfredos Fall waren glücklicherweise noch keine anderen Bittgesuche eingegangen, und Xango sagte zur Mutter der Heiligen: »Der junge Mann wird anderen Sinnes werden.« Kurz danach wurden Juares, der Anführer in Alfredos Guerilla, auf offener Straße ermordet, und Alex Polari, der letzte der Freunde, verhaftet. Alfredo wurde anderen Sinnes. Liliana wartete am Flughafen, bis die Maschine Kurs auf Lima genommen hatte. Zu Hause erwarteten sie vier Herren in dunklen Anzügen und Sonnenbrillen. Sie sagten, sie hätten eine dringende Mitteilung an ihren Sohn. »Tut mir leid«, sagte sie, »mein Sohn studiert in Paris.« Sie machte hinter den Herren die Tür zu und brach in ein langes hysterisches Weinen aus.

Sie besuchte Alex Polan im Gefängnis. Er gab ihr eine Holzschnitzerei, die er selbst angefertigt hatte und die ein

Liebespaar darstellte. Im Innern des verliebten Jungen steckte ein Kassiber, ein Bericht über Verbrechen. Liliana ließ ihn ihrem Sohn zukommen, und er erschien in der gesamten Weltpresse. Zehn Jahre war Alfredo in der Emigration. Nach dem Sturz der Diktatur kehrte er zurück. Er wurde Vorsitzender der Partei der Grünen. Bei den Wahlen erhielt er viele Stimmen. Er sagt, daß siebzig Prozent der Einwohner Brasiliens in äußerster Not lebten. Die Not werde immer größer, und die Verzweiflung ebenfalls. Vorher sei Hoffnung gewesen – auf die Demokratie und die Freiheit. Nun sei die Demokratie da, aber zu hoffen sei auf nichts. Der Sozialismus habe sich nicht bewährt, ebensowenig wie der Kapitalismus... Alfredo kämpft um die Einrichtung von Radwegen. Alex Polan ist an den Amazonas gegangen. Er lebt unter Leuten, die ein Gebräu aus einer Liane namens Daime trinken. Er schnitzt und schreibt Gedichte. Nach dem Genuß des Gebräus aus der Liane fällt er in einen religiösen Trancezustand. Sie haben eine Sekte gegründet – Die Heilige Daime. Alex Polan ist ihr Anführer.

Tagsüber in Rio. Alfredos Frau wartete, weil die Ampel rot zeigte. Durch das herabgelassene Autofenster schob sich eine Hand mit einer Glasscherbe. Alfredos Frau griff rasch zu ihrem Portemonnaie.

Edson Queiroz ist beerdigt worden. Er war ein bekannter Arzt. Er operierte ohne Narkose, schmerzlos, in einem besonderen Raum, dem »Zelt des Geistes«. Er erzielte großartige Resultate. Während der Operation sprach er deutsch, außerhalb des Zeltes des Geistes konnte er kein Wort in dieser Sprache. Er war der Meinung, daß durch seine Vermittlung der seit langem verstorbene deutsche

Arzt Adolf Fritz operiere. Doktor Queiroz ist von dem Hauswart Ricardo da Silva getötet worden. Dieser ist vierundsechzig Jahre alt und arbeitslos, er hat sieben erwachsene arbeitslose Söhne. Er war entlassen worden und hatte Lohn verlangt, der Arzt hatte ihn verweigert, der Hauswart hatte ihm das Messer ins Herz gestoßen. Auf dem Weg ins Gefängnis wurde er vor Hunger ohnmächtig. Die Polizisten legten zusammen und kauften ihm ein paar belegte Brote.

Professor Adam D. ist mit Vertretern der brasilianischen Erdölindustrie zusammengetroffen. Sie wollen seine Forschungen anwenden. Gleich nach dem Cerrado hat sich der Professor mit dem Erdöl befaßt. Er war neugierig, ob im Innern von erdölhaltigem Gestein Bakterien leben. Er fand tatsächlich welche im Gesteinskern und lernte ihre Eigenschaften kennen. Er ist der Ansicht, sie müßten vermehrt werden, damit man mit ihrer Hilfe viel mehr Erdöl fördern kann als mit den heutigen Techniken. Einige weltbekannte Universitäten betreiben ähnliche Arbeiten, aber dort weiß man nicht so viel wie im Laboratorium von Professor D.

Auf die Copacabana, eines der luxuriöseren Viertel von Rio de Janeiro, kamen Autobusse der Polizei gefahren, um von zwei Plätzen die obdachlosen Kinder fortzuholen. Wieviel obdachlose Kinder es in ganz Brasilien gibt, ist nicht genau bekannt. Offiziell wird von 15 Millionen gesprochen, Alfredo meint, es seien 25 Millionen, und Doktor Niskier, ein ehrenamtlicher Sozialfürsorger, nennt 30 Millionen. In den Autobussen fanden 100 Kinder Platz. Sie fuhren sämtliche Erziehungsheime und Asyle der Gesellschaft zur Betreuung von Obdachlosen an, aber nirgends gab es freie Plätze. Die Autobusse kehrten auf die

Copacabana zurück. Die Kinder stiegen aus und blieben auf der Straße.

Im Klub der Alkoholikerfamilien erzählen die Frauen von ihren Männern, Söhnen, Enkeln und Liebhabern. Eine der Frauen ist von ihrem Mann mit einem Spiegel geschlagen worden. Sie zeigt die blauen Flecken vor. Die anderen fragen, ob sie die Polizei gerufen habe. Sie schreien auf sie ein, das nächste Mal solle sie es tun. Abschließend sprechen sie ihr Gebet – um Frieden der Seele, um Tapferkeit und Verstand. An der Wand hängt das Motto der Alkoholikerfamilien: Isto tambem passara. Das heißt: Auch das wird vorübergehen.

Die Enkelin von Doktor Niskier heiratet. Liliana fertigt die Kleider für ihre Mutter, ihre Großmutter und ihre zukünftige Schwiegermutter. Das Material – rosa Brokat, hellroter Musselin und violette Spitze – hatte man aus Italien kommen lassen. Die Musik besprach Doktor Niskier persönlich mit der Hochzeitskapelle.

Daniela, die Braut, stammt von König Saul ab, der Polen eine Nacht lang regiert hat. Sie ist die Urenkelin von Berek Niskier, der in Ostrowiec Swietokrzyski den größten Laden hatte. Sie ist die Enkelin von Moschek Niskier, dem Arzt und Ehrenbürger von Rio de Janeiro.

Saul Wahl hat es wirklich gegeben. Er war der Sohn des Rabbiners von Padua. Er hatte geheiratet und seinen Wohnsitz in Brest-Litowsk genommen. Er hatte die Gunst des Königs Stefan Batory und der Familie Radziwill gewonnen, den Bergbau in Wieliczka gepachtet, dazu auch Mühlen und Brauhäuser. Die Geschichte wird von der Legende vervollständigt. Während der stürmischen Königswahl nach dem Tode Stefan Batorys hat Mikolaj Radziwill angeblich vorgeschlagen, sein Makler solle für eine Nacht den Thron innehaben. Unter Gelächter und Hochrufen »Es lebe König Saul« steckten die Herren ihre Schwerter ein und griffen nach den Humpen. Saul herrschte bis zum Morgen und besänftigte die Verbissenheit der Parteien. Nach der Wahl Sigismunds III. blieb er königlicher Makler.

Die Legende von König Saul hält sich unter den Juden seit mehr als vier Jahrhunderten. Der Historiker Majer Balaban äußerte sich dazu geringschätzig, Henryk Samsonowicz hingegen hält sie für möglich. Die aus dem Rheinland, aus Worms und Mainz, eingewanderten Juden organisierten das Wirtschaftsleben im Großherzogtum Litauen und arbeiteten eng mit den Magnaten zusammen. Saul hätte durchaus bei der Königswahl zugegen sein können. Vielleicht hat er am Tisch der Radziwills gesessen. Und so konnte er König für eine Nacht gewesen sein – oder vielmehr der König eines Zechgelages...

Berek Niskier, der Urgroßvater der Braut, hatte vorbehaltlos an den König Saul geglaubt. Dies um so mehr, als königlicher Nachkomme in direkter Linie kein anderer als sein Schwiegervater Nachum Lejb Rapaport gewesen war, der Inhaber eines Geschäfts für Galanteriewaren. Er hatte es freilich nicht selbst geführt, im Laden hatte seine Frau gestanden. Nachum Lejb war in Anspruch genommen von Gesprächen mit Gott, für Kunden blieb da keine Zeit.

Der Urgroßvater war ein wohlhabender Mann gewesen. Sein Geschäft hatte fünf Räume umfaßt. Es führte Fahrräder, Schuhwerk, Grammophone und Bekleidung. Das Haus hatte zwei Eingänge – von der Kirchgasse kam man in den Laden, von der Mühlgasse in die Wohnung.

Doktor Niskier war im vergangenen Jahr in Ostrowiec gewesen, erstmals nach 55 Jahren. Am Fenster des Zimmers, in dem er zur Welt gekommen war, stand eine junge Frau. »Guten Tag«, sagte der Doktor, »ich bin in dieser Wohnung geboren...« Die Frau gab keine Antwort. Der Doktor dachte: Sicher hat sie Angst, daß ich ihr mein Haus wegnehmen will. Er sagte »Auf Wiedersehen« und ging weiter.

Der Urgroßvater war ein religiöser Mensch gewesen. Er hatte einen langen Bart und trug einen eleganten, maßgeschneiderten Kaftan. Zwar war er ein Bekenner des Zaddiks von Góra Kalwaria, aber an den größeren Feiertagen wurde er sogar von Jechiel empfangen, dem Rabbiner von Ostrowiec, der seit vierzig Jahren fastete. Am Tag trank er Wasser und betete wie an Jom Kippur, zur Nacht aß er ein wenig und betete wieder.

Den Urgroßvater Berek traf ein unverdienter Schicksalsschlag. Sein ältester Sohn wurde Kommunist. Es begann mit Büchern – Gladkows »Zement« und Ostrowskis »Wie der Stahl gehärtet wurde« – und endete im Zuchthaus. Der Sohn von Berek Niskier im Zuchthaus! Als sich aber herausstellte, daß der jüngere Sohn am Sabbat lernte, nicht koscher aß, statt in die Synagoge mit Chana, der Tochter der Milchfrau, in den Wald ging und – was das Schlimmste war – anfing, »Zement« zu lesen, da sprach Berek Niskier: »Dann ist es schon besser, wenn du zum Onkel nach Rio de Janeiro fährst.«

Moschek Niskier, der Großvater der Braut, kam im Jahre 1936 nach Rio. Er wurde Hausierer. Seine Waren hatte er in einem Koffer. Er setzte den Koffer auf die Erde und klatschte laut in die Hände. Aus den Häusern kamen die Kunden herbei. Er gab ihnen auf Kredit, und einmal

215

im Monat sammelte er die Schulden ein – ein oder zwei Cruzeiros. Auch durch andere Stadtviertel zogen polnische Juden mit ihren Koffern. Es waren die Hausierer aus Opatów, Ostrowiec, Szydlowiec und Sandomierz, die in Rio mit dem Verkauf auf Raten begonnen haben... Ein jeder hatte einen Koffer, sein Revier und seine feste Kundschaft. Gab einer den Handel auf, trat er seine Kundschaft einem anderen polnischen Juden ab.

Nach zehn Jahren trat Moschek Niskier seine Kundschaft einem Manne ab, der gerade aus Polen gekommen war.

Es war im Jahre 1946.

Der Mann fing an zu erzählen...

Moschek Niskier begann zu begreifen, was mit seinen Eltern, Großvätern, Onkeln und Geschwistern geschehen war. Was mit der ganzen hundertköpfigen Familie geschehen war – der königlichen Familie der Rapaports und Niskiers.

Zusammen mit zwei anderen Hausierern aus Ostrowiec nahm er einen Lehrer, und sie bereiteten sich auf die Aufnahmeprüfungen vor.

Als Moschek Niskier Arzt geworden war, kehrte er in sein ehemaliges Stadtviertel zurück. Vor den Fenstern der ärmsten Leute blieb er stehen und klatschte laut in die Hände. Er sagte: »Nun werde ich euch behandeln.«

Die Häuser der Armen waren aus Brettern und Pappe. Folie gab es noch nicht, und so mußte die Unterkunft aus Pappe nach jedem größeren Regen neu gebaut werden.

In einer solchen Papphütte saß Doktor Niskier. Draußen wartete die Menge. Der Doktor empfing alle und nahm von keinem Geld. Er hatte Medikamente mitgebracht und verteilte sie an die Kranken. Das geht so bis heute. Auf der Copacabana empfängt er für Geld die Reichen. In den Elendsvierteln behandelt er umsonst. Er hat ja »Zement« gelesen, einer seiner Brüder war im Zuchthaus, und er selbst schätzte die sozialistischen Ideale. »Sozialismus – was ist das?« wiederholt Doktor Niskier die Frage. »Das bin ich, ich habe etwas gegen den Egoismus, gegen die Not, und ich will, daß es Gerechtigkeit gibt. Ich weiß, daß es im Weltmaßstab nicht möglich ist, aber man darf nicht nur danach leben, was möglich ist...«

Er soll Häuser billig aufgekauft, renoviert und zu einem guten Preis wieder verkauft haben.

Also eher Kapitalismus.

Vom Kapitalismus bestritt er den Unterhalt seiner Familie, kaufte er Medikamente und transportierte Lebensmittel in den von Dürre und Hunger geschlagenen Norden.

Auf diese Weise hat er beide Systeme glücklich gekoppelt. Er lebt sowohl dem Möglichen als auch dem Unrealistischen.

Die Hochzeit seiner Enkelin wird in der Synagoge stattfinden.

Die Ärztin Daniela Niskier wird den Bankkaufmann Carlos Wajsman heiraten.

Die Hochzeit beginnt um zehn Uhr abends. Geladen sind achthundert Leute: die Großeltern – die Niskiers aus Ostrowiec und die Goldsztajns aus Sandomierz –, die bereits in Rio geborenen Eltern und die Studienkollegen.

Spielen wird die Band von Warda Hermolin.

Der alte Hermolin war Juwelier in Ostrowiec. Sein Laden war am Markt, bei den Niskiers in der Mühlgasse wohnte er zur Miete. Es gab in Ostrowiec noch ein anderes, vielleicht gar besseres Orchester – das des Geigers Sa-

217

muel Szpilman. Dessen Sohn Markus, der in Rio lebt und in einer weltbekannten Klinik für plastische Chirurgie die Stars von Hollywood operiert, hat leider die Geige verworfen und das Saxophon gewählt. In den Pausen zwischen den Operationen an den Hollywood-Stars spielt er Jazz. Moschek Niskier aber hat entschieden, daß Jazz nicht in Frage kommt. So blieb nur Warda Hermolin. Er spielt Lambada genausogut, wie er »A jidishe Mame« singt.

»A jidishe Mame« muß nämlich sein, damit die Hochzeitsgäste ein bißchen weinen können.

Weinen werden aber nur die aus Ostrowiec und Sandomierz. Nur dort gab es echte jüdische Mütter.

Die Frauen in Musselin, Brokat und Spitze – alles aus Italien eingeführt und im Maison Liliana genäht – das sind verkleidete Mütter.

Nicht sie sind es, die von Warda Hermolin besungen werden.

»A jidishe Mame« – das ist für die Mütter aus Opatów, Szydlowiec, Lublin, Ostrowiec Swietokrzyski und Janów bei Pinsk.

Den Tränen folgen die Tänze.

Cypa Gorodecka (um auf sie zurückzukommen) wird diesen Tänzen zuschauen.

Falls sie zu dieser Hochzeit eingeladen wird.

Sie müßte eingeladen werden, schon um der Pointe wegen.

Nicht einmal Chana Gorodecka hätte etwas gegen diese Hochzeit. Die Hochzeit der Enkelin von Moschek Niskier, der es nicht über sich bringt, nur dem Möglichen zu leben.

Wer weiß, vielleicht würde sie selber tanzen. Mit Marian Ronga zum Beispiel. Er müßte vorher natürlich seine komische Häkelmütze abnehmen und diskret jenes bewußte Gläschen verbergen.

Schlomo Mejsche würde tanzen, ganz beruhigt, weil er nicht bei den Hochzeitsgästen sammeln gehen müßte, um die Mitgift zusammenzubringen. (Mit wem würde er wohl tanzen? Vielleicht mit der schönen Rahel, der Mutter der Tochter, die keine Einreise in die USA bekam, weil sie einen Buckel hatte...)

Helena Turczynska würde mit ihrem Mann Boleslaw tanzen, dem Dirigenten der Blaskapelle des Warschauer Elektrizitätswerks.

Szczesny – mit Anna, die nur für ihn ein Make-up um die Augen auflegen würde (übrigens unnötigerweise, denn ihre Augen waren leuchtend und ausdrucksvoll).

Krystyna Arciuch (»Einst dachte ich, die Menschen seien irregeleitet, jetzt denke ich, daß sie böse sind«) – mit Arnold, dem Wirklichen, nicht dem Aufgefundenen. Der dennoch nicht böse, sondern nur irregeleitet war.

Teresa Z. – mit ihrem Mann Wincenty. Das Schiff, das seinen Namen trägt, hat seine Reise beendet und ist vor kurzem zur Verschrottung gekommen. Teresa Z. hat ein Foto des Schiffes auf die Etagere gestellt und hatte dabei das absurde, aber schmerzende Gefühl, daß ihr Mann damit zum zweiten Mal umgekommen sei.

Kurz – nur Cypa G. würde nicht tanzen.

Sie würde die Beine mit den brüchigen Knochen strekken, die Arme auf die Krücken stützen, einen ersten unbeholfenen Schritt machen und Adam zunicken. Adam würde aufmerksam jeden Stein, jede Stufe, jede Gehwegplatte ansehen und sagen: Nicht hier, nicht dort, vorsichtig! Seit Jahren setzt er jeden Schritt zweifach. Für sich und für sie. Die eigenen Schritte strengen viel weniger an.

Zu Hause schalten sie den Fernseher ein. Der Prozeß des Hauswarts, der den begnadeten Arzt erstochen hat, ist noch im Gange, man weiß aber schon, daß der Sohn des Ermordeten dessen Nachfolger wird – er ist zwar erst zwölf Jahre alt, beginnt aber bereits mit der Stimme von Adolf Fritz deutsch zu sprechen. Die Inflation steigt von Tag zu Tag. Das größte und ärmste Elendsviertel, die Favela Morro da Providencia, wird den Touristen zugänglich gemacht, für dreißig Dollar kann man sich mit Kindern vor einer Müllkippe fotografieren lassen, ein Fernglas ausleihen und aus dieser neuen Perspektive die Statue Christi des Erlösers betrachten, der mit steinernen Armen die Stadt umfängt. Über den Sesseln von Adam und Cypa, über dem Fernseher, an allen Wänden der Wohnung, die die gebrechlichen Stickerinnen hinterlassen haben, hängen Bilder polnischer Städte und Landschaften, Polens Winter und Polens goldener Herbst.

*Der Winter unsres
Mißvergnügens
Aus den Aufzeichnungen
des OV Diversant
220 Seiten
btb 72057*

Stefan Heym

Ein brisantes politisches Lehrstück und ein Beispiel für Mut und Zivilcourage unter den Bedingungen der Diktatur: Stefan Heyms Tagebücher aus der Zeit der Biermann-Ausbürgerung, ergänzt durch bislang unbekannte Stasi-Dossiers, beschreiben auf beklemmende Weise die Mechanismen von Bespitzelung, Psychoterror und Einschüchterung.

---

*Lebenszeit
280 Seiten
btb 72019*

Erwin Strittmatter

Kurze Erzählungen, Betrachtungen, Zeugnisse und Auszüge aus Erwin Strittmatters wichtigsten Romanen sind in diesem Lesebuch zusammengefaßt, das einen hervorragenden Einstieg in das Gesamtwerk des Autors bietet. Eines der persönlichsten Bücher des großen Sprachkünstlers und Dichters.